아쿠타가와 류노스케 × 청춘

아쿠타가와 류노스케 × 청춘
芥川龍之介 靑春

최고은 옮김

아쿠타가와 류노스케 단편집

나약한 마음이 　　　　 창피해서
우울해져 버렸다

기쿠치 간, 아쿠타가와 류노스케,
초조 무토, 도쿠타로 나가미
(왼쪽부터)

하지만 역시 우리의 이야기는
여자에서 벗어나지 않았다.
나는 그가 미워서라기보다는
나 자신의 나약한 마음이
창피해서 우울해져 버렸다.

〈톱니바퀴〉 중에서

일러두기
[1] 일본어를 비롯한 외래어 표기는 국립국어원의 외래어
　　표기법을 기준으로 했다.
[2] 일부 표현을 현대식으로 변형했으며, 무게, 거리 등 옛날식
　　단위 또한 가급적 현대식으로 환산해 표기했다.

# 차례

# 짝사랑

片恋

1917년 10월 잡지 ≪문장세계(文章世界)≫에 처음 발표된 작품이며, ≪아쿠타가와 류노스케 전집 2≫(1986년, 지쿠마쇼보)에 수록된 글을 원문으로 하여 번역했다.

(같이 대학을 졸업한 친한 친구 중 한 명과 어느 여름날 오후 게이힌 전철 안에서 마주쳤을 때 이런 이야기를 들었다.)

일전에 회사 업무로 Y에 갔을 때 이야기인데, 거래처에서 연회를 열어 나를 초대했어. 아무래도 Y 지역이라서인지, 도코노마에는 석판으로 인쇄한 노기 장군의 족자가 걸려 있고, 그 앞에 조화로 만든 모란꽃을 장식해 둔 모양새였지. 저녁부터 비가 내린 데다 참석자도 생각보다 적어서 의외로 분위기가 괜찮았어. 게다가 이 층에도 한 무리가 연회를 하는 것 같긴 했는데, 다행히 이쪽도 지역색과 달리 시끌벅적하지 않았지. 그런데 말이야,

술시중을 들던 여자 중에…….

자네도 알다시피 우리가 예전에 자주 갔던 U의 여종업원 중에 오토쿠라는 여자 있었잖아. 낮은 코, 좁은 이마에, 장난스러운 성격, 기억나? 아니, 그 여자가 있는 거야. 곱게 차려입고 술병을 들고, 다른 친구들처럼 도도한 척하면서 말이야. 처음엔 나도 사람을 잘못 본 줄 알았는데, 옆에 왔을 때 자세히 뜯어보니 오토쿠가 틀림없었어. 말할 때마다 턱을 까닥하는 버릇도 옛날 그대로였고. ……뭔가 무상함이 느껴지더라. 그래 봬도 시무라의 짝사랑이었잖아.

시무라도 당시에는 고지식할 정도로 진지해서, 아오키도(양주나 담배, 초콜릿 등 서양 문물을 판매하던 가게—옮긴이 주)에 가서 작은 페퍼민트 병을 사와서는 "달고 맛나니까 마셔 봐." 하며 열심이었지. 술도 달았지만, 시무라도 달았어.

그랬던 오토쿠가 지금은 이런 곳에서 장사를 하다니. 시카고에 있는 시무라가 들으면 어떤 심정일까. 궁금해서 말을 붙여 볼까 하다가 그만뒀어. 다른 사람도 아니고 오토쿠니까, 예전에 니혼바시에 있었다는 이야기는 안 했을 것 같아서.

그런데 상대가 먼저 말을 걸더라고. "정말 오랜만이 네요. 제가 U에 있을 때 보고 처음 뵙는 건데, 예전 모습 그대로시네요." 하는 거야. 오토쿠는 내 자리로 올 때부 터 이미 취해 있었어.

아무리 취했어도 오랜만이고, 시무라 일도 있으니까 좀 이야기를 길게 했어. 그러자 다른 사람들이 딴에는 나한테 신경을 써 준다는 표정으로 왁자지껄 떠들기 시 작하는 거야. 주최자가 먼저 나서서 무슨 사이인지 자 백하지 않으면 여기서 못 나갈 줄 알라고 엄포를 놓는 데 어쩌겠어. 그래서 페퍼민트 이야기를 하면서 말했지. "이 여자는 내 친구를 차 버린 여자입니다." 어처구니가 없었지만 그렇게 말했어. 주최자 나이가 지긋했어. 나 처음부터 삼촌을 따라간 거였거든.

그러자 무슨 사연인지 얘기 좀 해 보라고 또다시 야 단이지 뭐야. 다른 게이샤들까지 한통속이 돼서 오토쿠 를 놀려 댔지.

하지만 오토쿠, 지금 이름은 후쿠류(福龍)라고 하는 데, 아무튼 입을 다물고 아무 말도 안 하는 거야. 후쿠류 가 좋지. <팔견전>(에도 시대 후기 교쿠테이 바킨이 쓴 전기 소설—옮긴이 주)에서 용에 대한 설명 중에, '자유자재로 즐기는 걸 복룡이라 한다.'라는 구절이 있거든. 그런데 이 복룡은 자유자재로 즐기지 못하니 웃기는 일이지. 이 야기가 옆길로 샜네. 아무튼 오토쿠가 이야기하지 않겠 다는 이유가 참 논리적이었어. "시무라 씨가 나를 좋아 한다고 해서, 나도 그 사람을 좋아해야만 하는 건 아니 잖아요."라는 거야.

그리고 이렇게도 말했지. "마음이 다 통하는 거라면, 나도 옛날에 훨씬 좋아하던 사람하고 맺어졌겠죠."

그게 이른바 짝사랑의 슬픔이라는 거야. 그리고 예시 라도 들 생각이었는지, 오토쿠 녀석, 이상한 연애 이야 기를 늘어놨어. 자네한테 하려던 얘기는 바로 그거야. 어차피 남의 연애 이야기니 딱히 재미는 없지.

참 신기해. 남의 꿈 이야기와 연애 이야기만큼 재미 없는 이야기가 없어.

(거기서 나는 "본인 말고는 뭐가 재미있는지 모르니까."라고 말했다. "그럼 소설의 소재로 쓰려고 해도 꿈이나 연애는 피해야 겠군." "꿈은 감각적이니까 더욱 그렇지. 소설 속에 나오는 꿈 중 에 진짜 꿈 같은 건 하나도 없잖아." "하지만 걸작 연애소설은 많 지 않아?" "걸작이 그만큼 많다면, 후세에 전해지지 못한 졸작은 얼마나 더 많겠어.")

잘 아는 것 같으니 참 든든하네. 어차피 이 역시 그 졸작 중의 졸작이지. 무엇보다 오토쿠의 말투를 따라하자면, "뭐, 내 짝사랑이나 마찬가지."니까. 그렇게 알고 들어 봐.

　그 반했다는 남자는 배우인데, 오토쿠가 아사쿠사 다와라마치에 있는 부모 집에서 살 때 공원에서 본 모양이야. 이렇게 말하면 미야토자(도쿄 아사쿠사 공원 뒤에 있던 극장—옮긴이 주)나 도키와자(도쿄 아사쿠사의 극장, 영화관—옮긴이 주)의 단역 배우를 떠올리겠지? 그런데 그게 아니었어. 애초에 일본인이라고 생각하면 안 돼. 코쟁이 배우인데, 우스꽝스러운 악역이었다는 거야, 웃기는 일이지.

　좋아한다면서 오토쿠는 그 남자의 이름도 모르거니와 사는 곳도 몰랐어. 심지어 국적조차도. 결혼은 했는지, 독신인지, 그런 건 뭐 말할 것도 없지. 웃기지 않아? 아무리 짝사랑이라고 해도 너무 어처구니가 없잖아. 우리가 와카타케(도쿄 에토구의 일본 전통 공연을 하는 극장—옮긴이 주)에 다니던 시절에도, 공연 내용은 몰라도 공연자가 일본인이고, 예명이 쇼기쿠라는 정도는 알고 있었잖아. 내가 그렇게 말하며 놀리니까, 오토쿠는 발끈해서

"그야 나도 알고 싶었죠. 하지만 모르는 걸 어떡해요. 막 위에서만 만나는 사이인데."라고 하는 거야.

막 위라니, 이상한 표현이지. 막 안에서 만난다고 했으면 이해가 갔을 텐데. 그래서 이것저것 물어봤더니, 그 정인이라는 사람 영화 속 서양 희극 배우라는 거야. 듣고서는 나도 놀랐어. 그래서 막 위라고 했구나 납득했지.

다른 사람들은 황당한 이야기라고 생각한 모양이야. 개중에는 "하, 무슨 소리를 하나 했더니."라면서 혀를 차는 사람도 있었어. 항구라서 기질이 거친 지역이거든. 하지만 보아하니 오토쿠가 거짓말을 하는 것 같지도 않았어. 눈은 꽤 풀려 있었지만.

"매일 보고 싶어도, 용돈은 얼마 안 되니까요. 그래서 일주일에 한 번씩 가서 봤어요." 여기까지는 괜찮지만, 그 뒷말이 문제였어. "한번은 엄마한테 졸라서 겨우 갔는데, 만석이라 구석 자리밖에 들어갈 수 없는 거예요. 거기서 보면 그 사람 얼굴이 나와도 아주 납작하게만 보이는데. 서러워서 견딜 수가 없었어요." 그러면서 옷에 얼굴을 묻고 울었다지 뭐야. 좋아하는 사람의 얼굴이 그렇게 보이면 서럽기도 하겠지 싶어지면서, 안쓰럽다는 생각이 들더라고.

"열두, 열세 번 그 사람이 다른 역을 연기하는 걸 봤어요. 얼굴이 길고 몸이 마르고, 수염을 기른 사람이었죠. 대부분 그쪽이 입은 것 같은 까만 옷을 입고 있었어요." 그때 나는 모닝코트 차림이었어. 아까 이야기에 한 방 먹었으니, 기선을 제압할 작정으로 "닮았나?"라고 물었는데, 도도한 표정으로 "훨씬 멋진 남자예요."라고 대답하지 뭐야. '훨씬 멋진 남자'라니, 너무 박하지 않아?

"아니, 은막 위에서 만날 뿐이잖아. 상대가 진짜 인간이라면 말을 걸거나, 눈빛으로 마음을 전할 수도 있겠지만, 그래 봤자 영상인데." 하필이면 영상이라 지니고 다닐 수도 없는 노릇이지. "마음이 통했다는 말이 있잖아요. 설마 마음이 통하지 않더라도, 통하도록 이런저런 노력을 하죠. 시무라 씨도 나한테 자주 파란 술을 가져다줬어요. 하지만 내 연모는 그런 노력조차 할 수 없죠. 무슨 업보인지 모르겠네요." 틀린 말이 없었어. 상황 자체는 우스웠지만 이 말에는 가슴이 에이더라고.

"그 후 게이샤가 되고 나서도, 손님하고 같이 영화를 보러 갔는데, 어찌된 일인지 갑자기 그 사람이 나오지 않는 거예요. 언제 가도 <명금>(원제는 The Broken Coin, 1915년 제작된 미국 영화—옮긴이 주), <지고마>(1911년에 제작된 프랑스 영화—옮긴이 주) 같은, 보고 싶지도 않은 것들만 나오잖아요. 결국 나도 인연이 아닌가 보다 싶어서 깨끗하게 포기했어요. 그런데……."

다른 사람들이 상대해 주지 않으니, 오토쿠가 나를 붙잡고 혼자 떠들어 대는 거야. 그것도 울먹이는 소리로.

"그런데 말이죠, 이곳으로 옮기고 나서 처음으로 영화를 보러 간 날 밤에, 몇 년 만에 그 사람이 나오는 게 아니겠어요? 서양의 어느 마을이겠죠. 이렇게 길을 돌로 포장해 놨고, 한가운데에는 오동나무 같은 나무가 서 있는 거예요. 양쪽 옆에는 서양식 주택이 있고. 그런데 필름이 낡아서인지, 저녁처럼 흐릿한 노란빛이 돌고, 그 집들하고 나무가 묘하게 파들파들 흔들려서…… 무척 쓸쓸한 풍경이었어요. 거기에 작은 개 한 마리를 데리고 그 사람이 담배를 피우면서 나오는 거예요. 역시 검은 옷을 입고서, 지팡이를 짚고, 나 어릴 적하고 똑같은 모습으로요……."

대략 십 년 만에 정인과 다시 만난 거야. 상대방은 영상이니 옛날 모습 그대로지만, 오토쿠는 후쿠류로 변해 버렸지. 그렇게 생각하니 가엾더라고.

"그리고 그 나무 밑에 잠깐 멈춰 서서, 이쪽을 보고

모자를 벗으며 웃는 거예요. 꼭 나한테 인사를 하는 것처럼. 이름을 알면 부르고 싶었어요⋯⋯."

불러 보라지. 미친 여자인 줄 알겠지. 아무리 Y 지역이라지만 아직 영화를 보고 반한 게이샤는 없을 테니 말이야.

"그러고 나서 저쪽에서 작은 외국 여자 하나가 걸어와서 그 사람에게 달라붙었어요. 변사 말로는 그 사람의 정부라는군요. 나이깨나 먹었으면서 모자에 커다란 깃털이나 달고서는, 정말이지 천박하기 그지없었다니까요."

오토쿠는 질투심을 드러냈어. 그 역시 영상인데.

(여기까지 이야기했을 때 전철이 시나가와에 들어섰다. 나는 신바시에서 내려야 한다. 그걸 아는 친구는 이야기를 끝마치지 못할까 염려하듯 이따금 창밖으로 눈빛을 보내며 다소 거친 어조로 말을 이었다.)

그로부터 영화 속에서는 여러 일들이 벌어졌고, 결국 그 남자가 경찰에 붙잡히는 장면에서 끝이 났다나. 무슨 짓을 해서 붙잡혔는지 오토쿠가 상세히 말해 줬는데, 공교롭게도 기억이 안 나.

"여럿이 달려들어서 그 사람을 꽁꽁 묶어 버렸어요.

아뇨, 그때는 아까의 길이 아니었죠. 서양의 선술집 같은 곳이겠죠. 술병이 주르륵 늘어서 있고, 구석에는 앵무새가 든 커다란 새장이 하나 매달려 있었어요. 그게 밤인 것 같았는데, 사방이 온통 푸르스름했어요. 그 푸른빛 속에서…… 나는 그 사람의 울 것 같은 얼굴을 그 푸른빛 속에서 봤어요. 당신도 보면 분명 슬퍼질 거예요. 눈에 눈물을 머금고, 입을 반쯤 벌리고 있는데……."

그러다 나팔 소리가 나더니 영상이 사라졌대. 남은 건 하얀 막뿐이고. 오토쿠가 투덜거리는데, 이게 또 걸작이야. "모두 사라져 버렸어요. 사라져서 덧없어졌죠. 어차피 모든 게 그렇지만."

이것만 들으면 마치 득도한 사람 같지만, 오토쿠는 울고 웃으면서, 나에게 핀잔이라도 주듯, 이렇게 말한 거야. 뭐 거의 히스테리나 마찬가지였지.

하지만 히스테리라 해도 묘하게 진지한 구석이 있었어. 어쩌면 영화를 보고 반했다는 건 지어낸 이야기고, 사실은 우리 무리 중 누군가를 짝사랑했을지도 모르지.

(전철은 이때 어스름이 깔리는 신바시 정류장에 도착했다.)

게사와 모리토

袈裟と盛遠

엔도 모리토는 헤이안 시대 말기~가마쿠라 시대 초기의 무사이자 승려로, 법명은 문가쿠다. 사촌 와타나베(東로나 친구라는 설도 있다.)의 아내 게사를 좋아해 그 남편을 죽이려 했지만 결국 게사를 죽였다는 설화에서 착상한 이야기다. 1918년 4월 잡지 《중앙공론(中央公論)》에 처음 발표된 작품이며, 《아쿠타가와 류노스케 전집 2》(1986년, 지쿠마쇼보)에 수록된 글을 원문으로 하여 번역했다.

상

밤, 모리토가 토담 밖에서 낙엽을 밟고 달을 바라보며 생각에 잠겨 있다.

독백

"벌써 달이 뜨는구나. 평소에는 달이 뜨기를 손꼽아 기다리던 나도 오늘만큼은 달이 환해지는 게 두렵다. 지금까지의 내가 하룻밤 사이에 사라지고, 내일부터는 살인자가 되어 버린다고 생각하니, 가만히 있어도 몸이 떨려 온다. 이 두 손이 피로 붉게 물든 모습을 상상해 보라. 그때의 나는 스스로에게 얼마나 저주스러운 존재로 보일까. 그것도 자신이 미워하는 상대를 죽이는 거라면 이토록 괴롭지는 않겠지만, 나는 오늘 밤 미워하지 않는 남자를 죽여야만 한다.

나는 그 남자를 예전부터 봐 왔다. 와타루 사에몬노조라는 이름은 이번 일을 계기로 알게 됐지만, 사내치고는 부드럽고 하얀 얼굴을 기억한 게 언제부터였는지 모르겠다. 그가 게사의 남편이라는 걸 알았을 때, 잠시 질투를 느낀 건 사실이다. 하지만 그 질투심도 이제는 제 마음에 아무 흔적도 남기지 않고 깨끗이 사라져 버렸다. 때문에 나에게 와타루는 연적이긴 하지만, 밉지도 않고, 원망하지도 않는다. 아니, 오히려 나는 그 남자를 동정한다고 해도 좋을 정도다. 고로모가와의 입으로 와타루가 게사를 얻기 위해 얼마나 애썼는지 들었을 때, 나는 실제로 그 남자가 안쓰럽다고 생각한 적조차 있다. 와타루는 게사를 아내로 맞이하겠다는 일념으로 일부러 시 짓는 연습까지 했다는 게 아닌가. 그 고지식한 무사가 지은 연가(恋歌)를 상상하니 나도 모르게 입가에 미소가 번진다. 그러나 그 미소는 와타루를 비웃는 것이 아

24

니다. 그렇게까지 해서 여자에게 잘 보이려는 그 사내를 안쓰럽게 여기는 것이다. 혹은 내가 사랑하는 여자에게 그렇게까지 잘 보이려 애쓰는 그 남자의 열정이, 게사의 연인인 나에게 어떤 만족감을 주기 때문일지도 모른다.

그러나 그렇게 말할 수 있을 만큼 나는 게사를 사랑하는 걸까? 나와 게사의 연애는 지금과 옛날의 두 시기로 나뉜다. 게사가 아직 와타루와 결혼하기 전에 이미 그녀를 사랑하고 있었다. 또는 사랑한다고 생각했다. 하지만 이 역시 지금 생각해 보면 그때의 감정에는 불순한 것도 적잖이 섞여 있었다. 나는 게사에게 무엇을 바랐을까. 동정이었던 시절의 나는 명백히 게사의 몸을 원하고 있었다. 약간의 과장을 허락한다면, 게사에 대한 내 사랑도 실은 이 욕망을 미화한, 감상적인 감정에 지나지 않았다. 그 증거로, 게사와 사이가 멀어진 뒤로 삼 년간, 나는 역시 그 여인을 잊지 못했지만, 만약 그전에 그녀의 몸을 알았다면, 그래도 역시 잊지 못하고 계속 마음에 품었을까. 나는 부끄럽게도 그렇다고 대답할 용기가 없다. 그 뒤로도 계속된 게사에 대한 나의 애착에는 그 여자의 몸을 알지 못한다는 미련이 상당히 섞여 있었다. 그래서 그 애타는 마음을 끌어안고, 나는 마침내 내가 두려워했던, 그럼에도 고대하던, 지금의 관계에 빠지고 만 것이다. 그렇다면 지금은? 다시 한번 스스로에게 묻는다. 나는 과연 게사를 사랑할까?

하지만 그에 대답하기 전에, 나는 싫어도, 대충 이런 경위를 떠올릴 필요가 있다. 와타나베 다리 공양을 할 때, 삼 년 만에 우연히 게사와 만난 나는 그로부터 약 반 년 동안 그녀와 밀회할 기회를 만들기 위해 갖가지 수단을 동원했다. 그리고 성공했다. 아니, 성공했을 뿐 아니라, 그때 나는 꿈꿔 온 대로 게사의 몸을 알게 됐다. 하지만 당시 나를 지배하고 있던 건, 앞서 말한, 아직 그녀의 몸을 모른다는 미련만은 아니었다. 고로모가와의 집에서 게사와 같은 방에 앉았을 때, 이미 이 미련이 어느샌가 약해졌다는 걸 깨달았다. 아마도 내가 더 이상 동정이 아니라는 사실도 그 자리에서 내 욕망을 약하게 만드는 데 일조했을 것이다. 그러나 그보다 더 주된 원인은, 그 여자의 미색이 시들었다는 사실이었다. 사실 지금의 게사는 이미 삼 년 전의 게사가 아니다. 피부는 전체적으로 윤기를 잃었고, 눈 주변에는 거무스름한 기미 같은 것이 생겨났다. 예전에는 도톰했던 뺨 주변과 턱밑 살들도 지금은 거짓말처럼 사라졌다. 그나마 변하지 않은 것이라면, 활력이 도는, 검은자위가 커다란, 촉촉한 눈이 아닐까. 이 변화는 내 욕망에 확실히 엄청난 타격을 입혔다. 나는 삼 년 만에 처음으로 그 여자와 마주했을 때, 무심코 시선을 돌려 버렸을 만큼 강렬한 충동을 느꼈던 걸 아직도 똑똑히 기억한다.

그렇다면 비교적 그런 미련을 느끼지 않은 내가 어쩌다 그 여자와 관계를 맺게 된 걸까. 첫째, 묘한 정복욕에 불탔다. 게사는 나와 마주하면 남편 와타루에 대한 애정을 일부러 과장해서 말했다. 그렇지만 나에게는 그런 말들이 오히려 공허한 느낌만 불러일으켰다. '이 여자는 남편에 대해 허영심을 갖고 있구나.' 나는 이렇게 생각했다. '어쩌면 이것도 나에게 동정을 사고 싶지 않다는 반항심에서 비롯된 표현일지도 모른다.' 나는 또 이렇게도 생각했다. 그러자 이 거짓말을 폭로하고 싶다는 생각이 시시각각 나를 강하게 자극했다. 다만, 어째서 그걸 거짓말이라고 생각했느냐고 묻는다면, 거짓이라고 생각한 점에 나의 자만심이 있다고 말한다면, 물론 나로서는 더 항변할 근거가 없다. 그럼에도 나는 그게 거짓이라는 걸 믿었다. 지금도 여전히 믿는다.

하지만 이 정복욕 또한 당시 나를 지배했던 모든 것

은 아니었다. 그 밖에도—이렇게 말하기만 해도 얼굴이 화끈거리는 것 같다. 그 밖에도 순수한 정욕이 나를 지배하고 있었다. 그건 그 여자의 몸을 모른다는 미련이 아니다. 더욱 저급한, 상대가 그 여자일 필요는 없는, 욕망을 위한 욕망이다. 아마 창부를 사는 남자도 그때의 나만큼 천박하지는 않았을 것이다.

여하튼 나는 그런 여러 가지 동기로 끝내 게사와 관계를 맺었다. 아니, 게사를 욕보였다고 표현하는 것이 옳을 것이다. 그래서 지금 다시 처음 제기했던 의문으로 돌아가면, 아니, 내가 게사를 사랑하는지 아닌지는 아무리 자기 자신을 향한 것일지라도, 이제 와서 다시금 물을 필요는 없다. 나는 외려, 때로 그 여자에게 증오심마저 느낀다. 특히 관계가 끝난 뒤에 울며 쓰러져 있는 여자를 억지로 안아 일으켰을 때, 게사는 파렴치한 나보다 더욱 파렴치한 여자로 보였기 때문이다. 흐트러진 머리칼이며, 땀에 젖어 번진 화장이며, 무엇 하나 그 여자의 몸과 마음의 추함을 보여 주지 않는 것이 없었다. 만일 그때까지의 내가 그 여자를 사랑했다면, 그 사랑은 그날을 마지막으로 영영 사라졌을 것이다. 혹은 그때까지의 내가 그 여자를 사랑하지 않았다면, 그날부터 내 마음속에 새로운 미움이 생겼다고 해도 틀린 말은 아닐 것이다. 그러니까 아아, 오늘 밤 나는 내가 사랑하지 않는 여자를 위해, 미워하지 않는 남자를 죽이려는 것 아닌가!

그것도 전혀, 누구의 죄도 아니다. 내가 내 입으로 공공연히 말한 것이다. '와타루를 죽이자.' 내가 그 여자의 귀에 입을 대고 이렇게 속삭였을 때를 떠올리면, 스스로도 제정신이었는지 의심스러웠다. 하지만 나는 그렇게 속삭였다. 속삭이지 않으려고, 이를 악물었지만 그럼에도 속삭였다. 어째서 그토록 속삭이고 싶었는지, 지금와서 돌이켜 보면 도무지 이해할 수가 없다. 그러나 굳이 따지자면, 나는 그 여자를 경멸하면 경멸할수록, 미워하면 미워할수록, 더욱더 그 여자를 어떻게든 능욕하고 싶은 욕구가 강렬해졌다. 그리고 와타루 사에몬노조를, 자신이 얼마나 사랑받는 아내인지 은근히 자랑하던 게사에게 남편을 죽이자고 말할 정도로, 그리고 그 제안을 그 여자가 좋든 싫든 받아들이게 만드는 것만큼 목적에 맞는 일은 없다. 거기서 나는 마치 악몽에 시달리는 사람처럼, 하고 싶지도 않은 살인을, 억지로 그 여자에게 권한 것이리라. 그럼에도 내가 와타루를 죽이자고 했던 동기가 충분치 않다면, 그다음은 인간이 헤아릴 수 없는 힘이[천마파순(인간의 목숨이나 선한 마음을 없애는 악마—옮긴이 주)이라 해도 좋다.] 내 의지를 조작해 사도(邪道)로 빠뜨렸다고 해석할 수밖에 없다. 여하튼 나는 집요하게, 몇 번이고 같은 말을 반복해서 게사의 귀에 속삭였다.

그러자 게사는 잠시 후 갑자기 고개를 들더니, 솔직하게 내 계략에 함께하겠다고 대답했다. 하지만 내가 의외라고 생각한 건, 그 대답이 예상보다 쉽게 나왔다는 것만은 아니었다. 그때 게사의 얼굴을 보니, 지금까지 한 번도 보지 못했던 신기한 광채가 눈동자에 깃들어 있었다. 간통한 여자, 바로 그런 생각이 들었다. 동시에 실망에 가까운 감정이 갑자기 제 꿍꿍이의 두려움을 눈앞에 펼쳐 보였다. 그동안에도 그 여자의 음탕한, 시들해진 얼굴빛의 천박함이 끊임없이 나를 괴롭히고 있었다는 건 굳이 말할 필요도 없다. 할 수만 있다면 그때 나는 내 약속을 그 자리에서 깨 버리고 싶었다. 그렇게 그 부정한 여자를 상상할 수 있는 모든 모욕의 밑바닥까지 밀어 떨어뜨리고 싶었다. 그렇게 하면 내 양심은, 설령 그 여자를 농락했다고 해도, 그나마 의분 뒤에 숨을 수 있었을지도 모른다. 그러나 내겐 도저히 그렇게 할 여유가 없었다. 마치 내 마음을 꿰뚫어 본 듯 갑자기 표정을 바

꾼 그 여자가 가만히 내 눈을 바라봤을 때, 솔직하게 고백하겠다. 내가 날짜와 시간을 정해 와타루를 죽일 약속을 하는 지경에 이르게 된 건 전적으로, 내가 만일 승낙하지 않을 경우 게사가 내게 가할지도 모르는 복수에 대한 공포 때문이었다. 아니, 지금도 이 두려움은 집요하게 내 마음을 사로잡고 있다. 겁쟁이라고 비웃고 싶으면 얼마든지 그래도 좋다. 그때의 게사를 모르는 자들은 그럴 수 있겠지. '만약 내가 와타루를 죽이지 않는다면, 게사가 직접 손을 쓰지 않더라도 반드시 나는 이 여인에게 죽임을 당할 것이다. 그럴 바에야 내가 와타루를 죽이겠다.' 눈물 없이 울고 있는 그 여자의 눈을 봤을 때, 나는 절망적인 심정으로 이렇게 생각했다. 게다가 이 두려움은 내가 맹세한 뒤에 게사가 창백한 얼굴 한쪽에만 보조개를 지으며 눈을 내리깔고 웃는 모습을 보았을 때, 확고해진 게 아닐까.

아아, 나는 그 저주스러운 약속으로 인해 더럽혀지고 또 더럽혀진 마음 위에 또다시 살인의 죄를 더하는 것이다. 만약 오늘 밤에 임박해 이 약속을 어긴다면 이 역시 내게는 견딜 수 없는 일이다. 왜냐하면 이미 맹세를 했기 때문이다. 그리고 또 나는 복수당할 것이 두렵다고 했다. 그것도 결코 거짓말이 아니다. 하지만 그 밖에 또 무언가가 있다. 그건 무엇일까? 이런 나를, 이 겁 많은 나를 궁지에 몰아 무고한 남자를 죽이게 하는, 그 거대한 힘은 무엇일까? 나는 알 수 없다. 알 수 없지만, 어쩌면, 아니, 그럴 리 없다. 나는 그 여자를 경멸한다. 두려워한다. 미워한다. 그러나 그럼에도 여전히, 그럼에도 여전히, 나는 그 여자를 사랑하기 때문일지도 모른다."

모리토는 계속해서 배회하며 다시는 입을 열지 않았다. 달빛. 어디선가 이마요(헤이안 시대 중기에서 가마쿠라 시대까지 궁정에서 유행한 가요곡—옮긴이 주)를 부르는 소리가 들려왔다.

진정 인간의 마음이란 무명(無明)의 어둠과 다를 바 없도다.

그저 번뇌의 불길로 타오르다 사라질 목숨이로다.

하

밤, 게사가 침소의 휘장 밖에서 등잔불을 등지고 소매를 입에 문 채 사색에 잠겨 있다.

독백

"그 사람이 올까, 오지 않을까. 설마 오지 않을 리는 없겠지만, 이제 달이 기우는데 발소리도 나지 않는 걸 보면 갑자기 마음이 변한 건 아닐까. 혹시라도 오지 않는다면……. 아아, 나는 창부처럼 이 부끄러운 얼굴을 들고 다시 해를 보아야 한다. 그런 뻔뻔하고 사악한 짓을 내가 어떻게 할 수 있단 말인가. 그런 나는 저 길가에 버려진 시체와 조금도 다를 게 없다. 능욕당하고, 짓밟혀서 끝내 그 치욕을 만천하에 드러내고, 그럼에도 여전히 말 못하는 사람처럼 입을 다물고 있어야 하니 말이다. 나는 만일 그렇게 되면 설령 죽어도 죽지 못할 것이다. 아니, 아니야, 그 사람은 반드시 온다. 나는 얼마 전 헤어질 때 그 사람의 눈을 들여다본 순간부터 그렇게 생각할 수밖에 없었다. 그 사람은 나를 두려워하고 있다. 나를 미워하고, 경멸하면서도 여전히 나를 두려워한다. 내가 진정 믿는 게 나 자신이라면, 그 사람이 반드시 온다고 말하지 않을 것이다. 하지만 나는 그 사람을 믿는다. 그 사람의 이기심을 믿는다. 아니, 이기심이 불러일으키는 비열한 공포를 믿는다. 그래서 나는 이렇게 말하는 것이다. 그 사람은 반드시 몰래 올 것이 틀림없다.

하지만 자신을 믿지 못하게 된 나는 얼마나 이 얼마나 비참한 인간인가. 삼 년 전의 나는 나 자신을, 자신의 이 아름다움을, 무엇보다도 믿고 있었다. 삼 년 전이라기보다, 혹은 그날까지라고 하는 것이 더욱 진실에 가까울지도 모르겠다. 그날, 이모님 댁의 한 방에서 그 사람과 만났을 때, 나는 한눈에 그 사람의 마음에 비친 나의 추함을 알아 버렸다. 그 사람은 아무렇지 않은 얼굴로 나를 부추기듯 이런저런 다정한 말을 건넸다. 하지만 한번 자신의 추함을 알아 버린 여자의 마음이 어떻게 그런 말에 위로 받을 수 있을까. 나는 그저 분했다. 무서웠다. 서러웠다. 어릴 적 유모에게 안겨 월식을 보았을 때의 섬뜩함도 그때의 심정에 비하면 아무것도 아니었다. 내가 가졌던 여러 꿈이 한꺼번에 어디론가 사라져 버렸다. 그 뒤로는 그저 비 내리는 새벽녘 같은 쓸쓸함이 가만히 내 주위를 에워싸고 있을 뿐……. 나는 그 쓸쓸함에 떨면서, 죽은 것이나 다름없는 이 몸을 끝내 그 사람에게 맡겨 버렸다. 사랑하지도 않는 그 사람에게, 나를 미워하고, 나를 경멸하는, 색을 밝히는 그 사람에게. 나는 나의 추함을 드러내게 한, 그 쓸쓸함을 견딜 수 없었던 걸까. 그래서 그 사람의 가슴에 얼굴을 묻고, 열에 달

뜬 것 같은 한순간에 모든 걸 속이려 했던 걸까. 아니면 또 그 사람처럼 나도 그저 더러운 감정에 휘둘린 걸까. 그런 생각을 하는 것만으로도 나는 부끄럽다. 부끄럽다. 부끄럽다. 특히 그 사람의 품에서 벗어나 다시 자유로운 몸으로 돌아갔을 때, 어찌나 나 자신이 한심하게 느껴지던지.

나는 분노와 쓸쓸함으로 아무리 울지 않으려고 애써도 속절없이 눈물이 흘러나왔다. 하지만 그건 단지 정조를 지키지 못했기 때문에 슬펐던 게 아니다. 정조를 지키지 못한 데다 멸시당했다는 사실이, 마치 나병에 걸린 개처럼 미움 받으면서도 학대당하고 있다는 사실이 무엇보다 나를 괴롭게 했다. 그 뒤로 나는 도대체 뭘 하고 있었을까. 지금 생각해 보면 그것도 아득한 옛날의 기억처럼 어렴풋하게만 떠오른다. 그저 흐느껴 우는 동안 그 사람의 콧수염이 내 귀에 닿더니, 뜨거운 숨소리와 함께 낮은 목소리로 '와타루를 죽여 버리자.'라고 귓가에 속삭인 걸 기억한다. 나는 그 말을 듣자마자 아직까지도 알 수 없는, 기묘하게도 활기찬 기운이 마음에 깃드는 걸 느꼈다. 활기찬? 만약 달빛이 환하다고 말한다면 그것도 활기찬 마음일 것이다. 하지만 그건 어디까지나 환한 달빛과는 다른, 활기찬 마음이었다. 그러나 나는 역시 이 무서운 말로 인해 위안을 얻지 않았을까. 아아, 나는, 여자란, 제 남편을 죽여서라도 남에게 사랑받는 것을 기쁘게 여기는 존재인 걸까.

나는 그 환한 달밤을 닮은 쓸쓸하고도, 활기찬 마음으로 또 한참을 울었다. 그리고? 그리고? 언제 나는 그 사람을 끌어들여 남편을 죽이겠다는 약속을 하고 만 걸까. 하지만 그 약속을 맺자마자 나는 처음으로 남편을 떠올렸다. 솔직하게 처음이었다고 말하겠다. 그때까지 내 마음은 그저 나를, 능욕을 당한 나를, 골똘히 생각하고 있었다. 그런데 이때 남편을, 그 숫기 없는 남편을…… 아니, 남편이 아니다. 나에게 무언가를 말할 때 미소 짓던 남편의 얼굴을 생생하게 눈앞에 떠올렸다. 내 계획이 불현듯 머릿속에 떠오른 것도 아마 그 얼굴을 떠올린 찰나였을 것이다. 왜냐하면 그때 나는 이미 죽을 각오를 하고 있었기 때문이다. 그렇게 다시 정할 수 있어서 기뻤다. 하지만 울음을 그친 내가 고개를 들어 그 사람 쪽을 바라봤을 때, 그리고 거기서 전처럼, 그 사람의 마음에 비친 나의 추한 모습을 발견했을 때, 내 기쁨이 단번에 사라져 버린 기분을 느꼈다. 그것은……. 나는 다시 유모와 함께 보았던 월식의 어둠을 떠올리고 말았다. 그것은 이 기쁨의 밑바닥에 숨어 있는 갖가지 괴물을 한꺼번에 풀어놓은 듯했다. 내가 남편 대신 죽으려하는 건 과연 남편을 사랑하기 때문일까. 아니, 아니, 그런 그럴싸한 핑계 뒤에는, 그 사람에게 몸을 맡긴 나의 죄를 갚겠다는 마음이 있었다. 자해할 용기가 없는 나는, 조금이라도 세상 사람들의 눈에 좋은 여자로 비치고 싶은, 얄팍한 속셈을 가진 나는, 그러나 그런 건 그나마 관대하게 넘어갈 수 있겠지. 나는 더욱 비열했다. 더, 더 추했다. 남편 대신 죽는다는 명목으로, 나는 그 사람의 증오에, 그 사람의 멸시에, 그리고 그 사람이 나를 농락한 그 사악한 정욕에 복수하려 했던 게 아닌가. 그 증거로 그 사람의 얼굴을 보면, 그 달빛처럼 기묘한, 활기찬 기분도 사라지고, 그저 서글픈 마음만 가득 차서 순식간에 마음이 얼어붙었다. 나는 남편을 위해 죽는 게 아니다. 나는 나를 위해 죽으려 한다. 내 마음에 상처를 준 것에 대한 울분과, 내 몸을 더럽힌 원망, 그 두 가지를 위해 죽으려 한다. 아아, 나는 살 가치가 없었던 것만이 아니다. 죽을 가치조차 없었던 것이다.

하지만 그 죽을 가치가 없는 죽음조차도, 살아 있는

것보다는 훨씬 더 바람직하겠지. 나는 서글픈 심정으로 억지로 미소 지으며 반복해서 그 사람과 남편을 죽일 약속을 했다. 눈치 빠른 그 사람은 그런 내 말에서, 만일 약속을 지키지 않으면 내가 어떤 일을 저지를지 대략 짐작했을 것이다. 그러니 맹세까지 한 그 사람이, 몰래 오지 않을 리가 없다. 저건 바람 소리일까. 그날 이후 계속된 괴로운 마음이 오늘밤에 드디어 끝난다고 생각하니, 긴장이 한결 풀어지는 것 같기도 하다. 내일 해는 반드시 목 없는 내 주검 위로 서늘한 빛을 비추겠지. 그 모습을 보면 남편은……. 아니, 남편은 생각하지 말자, 남편은 나를 사랑한다. 그러나 나는 그 사랑을 어찌할 힘이 없다. 옛날부터 나는 단 한 남자밖에 사랑할 수 없었다. 그리고 그 한 남자가 오늘 밤 나를 죽이러 온다. 이 등잔불조차 그런 나에게는 분에 넘치게 화려하다. 게다가 정인에게 한없이 시달려 온 나에게는."

게사는 등잔불을 꺼 버린다. 이내 어둠 속에서 덧문을 여는 소리가 어렴풋이 들려온다. 그와 함께 어스름한 달빛이 비친다.

귤








蜜柑

1919년 5월 잡지 ≪신조(新潮)≫에 처음 발표된 작품이며, ≪현대 일본 문학 대계 43 아쿠타가와 류노스케 집≫(1986년, 지쿠마쇼보)에 수록된 글을 원문으로 하여 번역했다.

어느 흐린 겨울날 해 질 녘이었다. 나는 요코스카에서 출발하는 상행선 이등 객차 구석에 앉아 멍하니 출발 기적이 울리기를 기다리고 있었다. 이미 전등이 켜진 차내에는 신기하게도 나 말고 다른 승객은 없었다. 밖을 내다보니 어스름한 승강장에도 오늘은 웬일로 배웅하는 사람조차 없었고, 다만 우리에 갇힌 강아지 한 마리가 가끔 서럽게 짖어 댈 뿐이었다. 이 풍경은 그때의 내 마음과 신기할 정도로 닮아 있었다. 내 머릿속에는 형언할 수 없는 고단함과 권태가 마치 눈구름 덮인 하늘처럼 우중충한 그림자를 드리웠다. 주머니 속 석간을 꺼내 볼 기운조차 나지 않아서 나는 두 손을 외투 주머니에 가만히 넣은 채였다.

그러다 이윽고 출발을 알리는 기적이 울렸다. 나는 어렴풋한 마음의 여유를 느끼며 뒤쪽 창틀에 머리를 기댄 채 눈앞의 정거장이 조금씩 뒷걸음질 치기를 멍하니 기다렸다. 그런데 그보다 먼저 요란스러운 굽 낮은 나막신 소리가 개찰구 쪽에서 들리는가 싶더니, 이내 뭐라고 윽박지르는 차장의 목소리와 함께 내가 탄 이등실 문을 활짝 열고 열서너 살쯤 먹은 소녀 하나가 허둥지둥 안으로 들어온 동시에 객차가 덜컹 흔들렸다가 기차가 서서히 움직이기 시작했다. 하나씩 눈앞을 스쳐 지나가는 승강장의 기둥들, 누가 깜빡하고 두고 간 듯한 물수레, 그리고 기차에 탄 누군가에게 팁을 줘서 고맙다고 인사를 건네는 빨간 모자의 심부름꾼, 그 모든 것들이 창문으로 불어닥치는 매연 속에서 아쉬움을 남긴 채 뒤로 스러져 갔다. 나는 그제야 마음을 놓고 담배에 불을 붙이면서, 처음으로 나른한 눈꺼풀을 들어 앞좌석에 앉은 소녀의 얼굴을 힐끗 보았다.

머릿기름도 바르지 않은 머리카락을 은행잎 모양으로 틀어 올리고, 가로로 상처가 난 데다 추위에 살갗이 잔뜩 부르튼 볼이 꺼림칙할 정도로 빨갛게 달아오른, 한눈에도 촌에서 온 소녀였다. 게다가 꼬질꼬질한 연두색 털목도리가 흘러내린 무릎 위에는 큼지막한 보따리를 올려놓았다. 보따리를 안고 있는 부르튼 손으로는 빨간색 삼등석 표를 소중히 꼭 쥐고 있었다. 나는 이 소녀의 비루한 얼굴이 마음에 들지 않았다. 그리고 아이의 차림새가 남루한 것 또한 불쾌했다. 마지막으로 이등석과 삼등석조차 구분 못하는 우둔한 머리에 부아가 치밀었다. 그래서 담배에 불을 붙인 나는 이 소녀의 존재를 잊어버리고 싶기도 해서, 이번에는 주머니 속 석간을 별 생각 없이 무릎에 펼쳤다. 그러자 그때 신문 지면을 비추던 바깥의 빛이 돌연 전등 불빛으로 바뀌면서 인쇄 상태가 좋지 않은 어떤 난의 활자가 뜻밖에도 선연하게 내 눈앞에 떠올랐다. 말할 것도 없이 기차는 지금 요코스카선에 자리한 많은 터널 중 첫 번째 터널에 들어선 것이다.

전등 불빛이 비추는 신문 지면을 둘러보니 역시 나의 우울을 위로하기 위해서인지 세상은 너무나도 평범한 사건들로만 채워져 있었다. 강화 문제, 신랑 신부, 부정부패, 부고 등……. 나는 터널로 들어선 순간 기차의 진행 방향이 뒤바뀐 듯한 착각을 느끼며, 그런 삭막한 기사들을 거의 기계적으로 훑어봤다. 하지만 그 와중에도 물론 그 소녀가, 마치 비루한 현실을 인간으로 빚어 놓은 듯한 행색으로 내 앞에 앉아 있다는 사실을 끊임없이 의식하지 않을 수 없었다. 이 터널 속 기차와 이 촌뜨기 소녀와, 그리고 또 이 평범한 기사로 뒤덮인 석간. 이것이 상징이 아니면 무엇이겠는가. 이해할 수 없고, 초라하며, 지루한 인생의 상징이 아니면 무엇이겠느냐 말이다. 나는 모든 게 다 허무해져서 읽으려던 신문을 내던지고, 다시 창틀에 머리를 기대고 죽은 듯이 눈을 감은 채 꾸벅꾸벅 졸기 시작했다.

그로부터 얼마간 시간이 흐른 뒤였다. 문득 뭔가 무서운 기분이 들어서 무심코 주위를 둘러보니, 어느샌가 그 소녀가 맞은편에서 내 옆으로 자리를 옮겨 창문을 열기 위해 애쓰고 있었다. 하지만 묵직한 유리창은 좀처럼 움직이지 않는 것 같았다. 부르튼 뺨은 새빨개졌고, 이따금 코를 훌쩍이는 소리가 숨넘어가는 소리와 함께 부산스럽게 귓가에 들려왔다. 물론 이런 모습이 나에게 어느 정도 동정심을 불러일으킨 건 분명했다. 하지만 기차가 지금 막 터널 입구에 들어서려 한다는 건 창가 황혼녘 풍경 속에 마른 풀들만 밝게 빛나는 양옆의 산자

락 풍경이 바짝 다가선 것만 봐도 금방 알아챌 수 있는 사실이었다. 그런데도 이 소녀는 일부러 닫아 놓은 창문을 열려고 애를 쓰는데, 그 이유를 나는 도무지 이해할 수 없었다. 아니, 단순히 아이의 변덕이라는 생각밖에 들지 않았다. 그래서 나는 여전히 가슴속에 험악한 감정을 품은 채, 그 빨갛게 부르튼 손이 유리문을 열려고 악전고투하는 모습을, 마치 영원히 성공하지 못하기를 기도하듯 냉혹한 눈으로 바라보고 있었다. 이내 엄청난 소리와 함께 기차가 터널로 진입하는 순간 소녀가 열려고 애썼던 유리창이 결국 아래로 내려왔다. 그리고 그 네모난 구멍을 통해 검댕을 녹인 듯 시커먼 공기가 갑자기 숨 막히는 연기로 변해 차 안에 자욱하게 넘쳐흐르기 시작했다. 원래 기관지가 좋지 않던 나는 손수건을 얼굴에 댈 겨를도 없이, 이 연기를 온 얼굴로 들이마셨고, 덕분에 거의 숨을 쉴 수 없을 정도로 기침을 했다. 하지만 소녀는 내 모습에 아랑곳하지 않고 창밖으로 고개를 내밀어 어둠 속에서 불어오는 바람에 머리카락을 흩날리며 기차가 달리는 방향을 가만히 바라보고 있었다. 매연과 전등 불빛 속에서 그 모습을 바라봤을 때, 창밖이 순식간에 환해지고 거기서 흙과 마른 풀과 물 내음이 서늘하게 흘러들어 오지 않았다면, 간신히 기침이 멎은 나는 이 낯선 소녀를 호되게 꾸짖어서라도 원래대로 창문을 닫게 했을 것이다.

그러나 기차는 그즈음 이미 터널을 미끄러지듯 빠져나와 마른 풀이 우거진 산과 산 사이에 낀, 어느 가난한 마을 변두리의 건널목에 들어서고 있었다. 건널목 근처에는 하나같이 허름한 초가집과 기와집들이 부대끼듯 들어서 있었고, 건널목 안전요원이 흔드는 듯한, 허연 깃발 하나가 우울하게 황혼녘 풍경 속에서 흔들리고 있었다. 드디어 터널을 빠져나왔구나, 생각했을 때, 나는 그 쓸쓸한 건널목의 철조망 너머에 발그레한 뺨의 소년 셋이 서로 부대끼며 서 있는 모습을 보았다. 이 우중충한 하늘에 짓눌린 게 아닌가 싶을 정도로 세 소년은 모두 키가 작았다. 그리고 이 변두리의 음산한 풍경과 비슷한 빛깔의 기모노를 입고 있었다. 그들은 지나가는 기차를 올려다보며 일제히 손을 번쩍 들더니, 앳된 목을 한껏 젖히며 뜻 모를 함성을 힘껏 내질렀다. 그 순간이었다. 창밖으로 반쯤 몸을 내밀고 있던 소녀가 그 부르튼 손을 쭉 뻗어 힘차게 좌우로 흔들자, 곧바로 가슴 두근거리는 따스한 햇볕의 빛깔로 물든 귤 대여섯 개가 허공에서 기차를 배웅하는 아이들 머리 위로 흩날려 떨어졌다. 나는 저도 모르게 숨을 삼켰다. 그리고 한순간에 상황을 파악했다. 소녀는, 아마도 고용살이하러 집을 떠나는 소녀는 품에 간직했던 귤 몇 알을 창밖으로 던져 건널목까지 일부러 배웅하러 온 동생들의 정성에 보답한 것이리라.

황혼에 물든 마을 변두리의 건널목과 어린 새처럼 소리치는 세 아이, 그리고 그 위로 어지럽게 떨어지는 선연한 귤의 빛깔…… 이 모든 것이 기차 창밖으로 순식간에 지나갔다. 하지만 내 마음속에는 이 광경이 애절하리만큼 또렷하게 아로새겨졌다. 그리고 거기에서 어느 헤아릴 수 없는 환한 감정이 솟아오르는 걸 느꼈다. 나는 힘차게 고개를 들어 마치 다른 사람을 보듯 그 소녀를 자세히 보았다. 소녀는 어느새 내 앞자리로 돌아와 여전히 부르튼 뺨을 연둣빛 목도리에 묻으며 큼지막한 보따리를 든 손에 삼등석 표를 꼭 쥐고 있었다.

나는 이때 비로소 형언할 수 없는 고단함과 권태를, 그리고 또 이해할 수 없고, 초라하며, 지루한 인생을 조금이나마 잊을 수 있었다.

늪지


沼地

1919년 5월 잡지 ≪신조(新潮)≫에 처음 발표된 작품이며, ≪아쿠타가와 류노스케 전집 3≫(1986년, 지쿠마쇼보)에 수록된 글을 원문으로 하여 번역했다.

어느 비 내리는 날 오후였다. 나는 회화 전시장의 한 전시실에서 작은 유화 한 점을 발견했다. 발견, 이라고 하면 좀 거창하지만, 사실 그렇게 말해도 무방할 정도로 이 그림만 유독 채광이 좋지 않은 구석, 그것도 놀라우리만치 허름한 액자에 담겨 잊힌 듯 걸려 있었다. 그림은 분명 <늪지>라는 제목이었고, 화가는 알려진 사람도 아니었다. 또한 그림 자체도 그저 탁한 물과 축축한 흙, 그리고 그 흙에서 무성하게 우거진 풀과 나무를 그렸을 따름이라, 아마도 평범한 관람객들에게는 말 그대로 눈길 한번 받지 못했을 것이다.

게다가 신기하게도 이 화가는 울창한 풀과 나무들을 그리면서도 녹색을 전혀 사용하지 않았다. 갈대와 포플러, 무화과나무를 칠한 건 어디를 봐도 누런색이었다. 마치 젖은 벽토 같은 갑갑한 누런색이다. 이 화가의 눈에는 실제로 풀과 나무의 빛깔이 이렇게 비친 걸까? 아니면 따로 의도한 바가 있어서 부러 이런 과장된 표현을 쓴 것일까? 나는 이 그림 앞에 서서, 그림이 주는 느낌을 음미하는 동시에 이런 의문을 제기하지 않을 수 없었다.

　그러나 그 그림에 무서운 힘이 숨어 있다는 건 보다 보면 절로 알 수 있었다. 특히 앞부분의 흙 같은 건 밟았을 때의 감촉까지 생생하게 느껴질 정도로 정교하게 그려져 있었다. 밟으면 푹 하는 소리를 내며 발목이 빠져들 것 같은, 매끈한 진흙탕의 느낌이다. 나는 이 작은 유화 속에서 날카롭게 자연을 포착하려는 애처로운 예술가의 모습을 발견했다. 그리고 모든 뛰어난 예술품이 그러하듯, 이 누런 늪지의 풀과 나무에서도 황홀한 비장미를 느끼고 감격했다. 실제로 같은 전시장에 걸린 크고 작은 그림들 중에서 이 한 점에 대항할 수 있을 만큼 강렬한 그림은 어디에서도 찾을 수 없었다.

　"무척 감명을 받으신 모양입니다."

그렇게 말하며 누가 어깨를 툭 두드려서, 나는 마치 마음에서 무언가가 떨어진 기분을 느끼며 확 뒤를 돌아봤다.

"어떻습니까, 이 그림."

상대는 무심한 표정으로 그렇게 말하며 방금 면도한 듯한 턱을 까닥해 <늪지> 그림을 가리켰다. 유행하는 갈색 정장을 차려입고 풍채가 좋은, 소식통을 자처하는 어느 신문의 미술기자였다. 나는 이 기자에게 전에도 한두 번 불쾌한 인상을 받은 기억이 있었기에, 마지못해 대답했다.

"걸작이네요."

"걸작이라고요? 재미있는 말씀을 하시는군요."

기자는 배를 흔들며 웃었다. 그 목소리에 놀랐는지 근처에서 그림을 감상하던 관람객 두세 명이 일제히 이쪽을 보았다. 영 심기가 불편해졌다.

"이거 재미있네요. 원래 이 그림은 회원의 작품이 아닙니다. 그린 사람이 입버릇처럼 여기 내놓겠다, 내놓겠다 하는 바람에 유족이 심사위원에게 부탁해 겨우 이 구석에 걸었죠."

"유족? 그럼 이 그림을 그린 사람이 죽었습니까?"

늪지                                    53

"죽었습니다. 애당초 살아 있을 때도 죽은 것이나 마찬가지였지만요."

내 호기심은 어느샌가 불쾌한 감정보다 더 강해졌다.

"이유가 뭡니까?"

"이 사람은 오래전부터 정신이 이상했어요."

"이 그림을 그릴 때도요?"

"물론이죠. 미친 사람이 아니면 누가 그림에 이런 색을 씁니까. 당신은 그걸 걸작이라며 감탄하시다니. 그게 대단히 재미있네요."

기자는 또다시 의기양양하게 웃었다. 그는 내가 나의 무지를 부끄러워하리라 여겼던 모양이다. 아니면 거기서 한 걸음 나아가 자신의 우월한 심미안을 내게 각인시키려 했는지도 모른다. 허나 그 기대는 모두 허사로 돌아갔다. 그의 이야기를 들으면서, 거의 엄숙에 가까운 감정이 내 모든 정신에 형언할 수 없는 파동을 불러일으켰기 때문이다. 나는 송연한 심정으로 다시 이 <늪지> 그림을 뚫어져라 바라봤다. 그리고 다시 이 작은 캔버스 안에서 끔찍한 초조함과 불안에 시달리는 애처로운 예술가의 모습을 발견했다.

"생각대로 그림이 그려지지 않아서 미쳐 버린 모양입

니다. 그 점만은 높이 평가할 수 있겠군요."

기자는 후련한 표정으로 기쁜 듯 미소 지었다. 이것이 무명의 예술가가―우리 중 하나가 제 목숨을 희생해 세상으로부터 조금이나마 얻어 낸 유일한 보수였다. 나는 온몸에 기묘한 전율을 느끼며 재차 이 우울한 유화를 들여다봤다. 거기에는 어스름한 하늘과 물 사이에 자리한 축축한 황토 빛 갈대가, 포플러가, 무화과나무가 자연 그 자체를 보듯 무시무시한 기세로 살아 있었다.

"걸작입니다."

나는 기자의 얼굴을 똑바로 바라보며 당당한 목소리로 다시 말했다.

# 신들의 미소

神神の微笑

1922년 1월 잡지 ≪신소설(新小說)≫에 처음 발표된 작품이며, ≪아쿠타가와 류노스케 전집 4≫(1987년, 지쿠마쇼보)에 수록된 글을 글을 원문으로 하여 번역했다.

어느 봄날 저녁, 오르간티노(네키 솔도 오르간티노, 전국 시대 말기 일본에서 활동한 이탈리아인 선교사—옮긴이 주) 신부는 홀로 긴 법의 자락을 끌며 난반지[전국 시대부터 에도 시대 초기에 세워진 남만(스페인과 포르투갈의 통칭)풍 성당, 여기서는 1576년 예수회에 의해 교토에 세워진 성당을 말한다.—옮긴이 주] 정원을 걷고 있었다.

정원에는 소나무와 편백나무 사이사이에 장미꽃이며 감람나무, 월계수, 서양 식물들이 자라 있었다. 특히 이제 피기 시작한 장미꽃은 나무들의 윤곽을 어렴풋하게 만드는 저녁 어스름 속에서 감미로운 향기를 풍겼다.

그건 이 정원의 정적에, 뭔가 일본과는 다른 신비한 매력을 더하는 것 같았다.

오르간티노는 쓸쓸한 표정으로 붉은 모래가 깔린 오솔길을 걸으며 아련한 추억에 잠겨 있었다. 로마의 대성당, 리스본의 항구, 하베카의 소리, 아몬드의 맛, '주는 내 영혼의 거울'이라는 노래…… 그런 추억들이 어느샌가 이 갈색 머리 수행자의 마음속에 고향을 그리워하는 슬픔을 가져왔다. 그는 그 슬픔을 달래기 위해 가만히 신의 이름을 불렀다. 하지만 슬픔이 사라지기는커녕, 전보다 한층 더 갑갑한 기운이 그의 가슴에 퍼져 나갔다.

"이 나라의 풍경은 아름답다."

오르간티노는 반성했다.

"이 나라의 풍경은 아름답다. 기후부터 온화하다. 토착민들은 그 누런 얼굴의 난쟁이보다는 그나마 흑인이 더 나을지도 모른다. 하지만 대체로 친해지기 쉬운 기질을 가졌다. 뿐만 아니라 신도도 요즘에는 수만 명에 이를 정도로 많아졌다. 실제로 이 수도 한가운데에도 이런 사원이 우뚝 솟아 있다. 그러니 이곳에 사는 것이 즐겁지는 않더라도 불쾌할 것도 없지 않은가? 하지만 나는 걸핏하면 우울의 밑바닥에 빠지곤 한다. 리스본으로 돌아가고 싶고, 이 나라를 떠나고 싶다고 생각할 때가 있다. 이건 단지 고향을 그리워하는 슬픔일까? 아니, 나는 리스본이 아니더라도 이 나라를 떠날 수만 있다면 어떤 곳이든 가고 싶었다. 중국이든, 태국이든, 인도든, 고향을 그리는 슬픔이 내 우울의 전부가 아니다. 나는 그저 이 나라에서 하루라도 빨리 벗어나고 싶은 것이다. 하지만…… 하지만 이 나라의 풍경은 아름답다. 기후부터 온화하다."

오르간티노는 한숨을 내쉬었다. 이때 그의 눈은 우연히 나무 그늘의 이끼에 점점이 떨어진 희끄무레한 벚꽃을 포착했다. 벚꽃! 오르간티노는 놀란 듯 어스름한 나무 사이를 바라봤다. 그곳에는 네다섯 그루의 종려나무 사이로, 가지를 늘어뜨린 수양벚나무 한 그루가 꿈결처럼 흐드러지게 꽃을 피우고 있었다.

"주여, 지켜 주시옵소서!"

오르간티노는 순간 악마를 쫓는 성호를 그으려 했다. 실제로 그 순간 그의 눈에는 저녁 어스름 속에서 피어난 수양벚나무가 그토록 섬뜩하게 보였던 것이다. 섬뜩하다기보다는 오히려 이 벚꽃이 어째서인지 그를 불안하게 만드는, 일본 그 자체처럼 보였다. 그러나 그는 이내 그것이 신기할 것도 없는, 별것 아닌 평범한 벚꽃이었다는 사실을 깨닫고는 쑥스러운 듯 웃으며 조용히 다시 왔던 오솔길로 힘없이 발길을 돌렸다.

———————

삼십 분 뒤, 그는 난반지 안 예배당에서 천주님께 기도를 올리고 있었다. 그곳에는 둥그런 천장에 램프만 매달려 있었다. 그 램프의 빛을 받은 예배당 안 프레스코 벽에는 성 미카엘이 모세의 주검을 놓고 지옥의 악마와 대치하고 있었다. 그러나 용맹한 대천사는 물론이거니와, 포효하는 악마조차도 오늘 밤은 흐릿한 빛 때문인지 평소보다 묘하게 우아해 보였다. 싱그러운 장미와 금작화가 제단 앞에 놓여 있는 까닭인지도 모른다. 그는 제단 뒤에서 가만히 고개를 숙이고 열심히 이런 기도를 드렸다.

"나무 대자대비하신 천주님! 저는 리스본에서 출항할 때부터 이 목숨을 당신께 바쳤습니다. 그래서 어떠한 고난과 맞닥뜨려도 십자가의 위광을 빛내기 위해, 한 걸음도 물러서지 않고 전진했습니다. 물론 이건 저 혼자 능히 할 수 있는 일이 아닙니다. 모두 천지의 주인이

신 당신의 은혜의 은총이옵니다. 그러나 이곳 일본에 사는 동안 저는 점점 제 사명이 얼마나 어려운 것인지 알게 됐습니다. 이 나라에는 산에도, 숲에도, 또 집들이 늘어선 마을에도 뭔가 신비한 힘이 숨어 있습니다. 그리고 그것이 부지불식간에 제 사명을 방해하고 있습니다. 그게 아니라면 저는 요즘처럼 아무 이유도 없는 우울의 늪에 빠져들었을 리가 없을 것입니다. 그 힘이 무엇인가 하면, 저도 알 수 없습니다. 하지만 여하튼 그 힘은 지하 샘물처럼 이 나라 전체에 퍼져 있습니다. 먼저 이 힘을 쳐부수지 않으면, 오오, 나무 대자대비하신 천주님! 사교에 현혹된 일본인은 영원히 천국의 장엄함을 그 눈에 담을 수 없을 것입니다. 부디 당신의 종 오르간티노에게 용기와 인내를 내려 주시옵소서.”

그때 문득 오르간티노는 닭 울음소리를 들은 것 같았다. 하지만 그는 이에 아랑곳하지 않고 계속해서 기도를 드렸다.

“저는 사명을 완수하기 위해서 이 나라의 산과 강에 숨어 있는 힘, 어쩌면 인간에게 보이지 않는 영들과 싸워야 합니다. 당신은 먼 옛날 홍해 밑바닥에 애굽 군대를 가라앉히셨습니다. 이 나라에 깃든 영의 강력함은 애굽 군대에도 뒤지지 않습니다. 옛 선지자처럼 저도 이 영과의 싸움에······."

기도의 말은 어느샌가 그의 입술에서 사라져 버렸다. 이번에는 갑작스레 제단 주변에서 요란스러운 닭 울음 소리가 들렸다. 오르간티노는 의아한 표정으로 주위를 둘러봤다. 그러자 그의 바로 뒤편에 하얀 꼬리를 늘어뜨린 닭 한 마리가 제단 위에서 가슴을 펴고 다시 한번 밤이 밝았다는 양 울어 대는 게 아닌가?

오르간티노는 뛰어오르기가 무섭게 법의를 입은 두 팔을 펼쳐 서둘러 이 새를 쫓아내려 했다. 그러나 두세 걸음 내디딘 순간, 끊어질 듯 말 듯한 목소리로 "천주님!"을 외치더니 망연자실하게 그 자리에 우두커니 섰다. 이 어스름한 예배당 안은 어느샌가 어디로 들어왔는지 수없이 많은 닭들로 가득 차 있었는데, 닭들은 하늘을 날기도 하고, 또는 여기저기 뛰어다니기도 해서, 거의 그의 눈에는 닭 벼슬의 바다를 이루고 있었다.

"주여, 지켜 주시옵소서!"

그는 다시 성호를 그으려 했다. 그러나 이상하게도 그의 손은 바이스에 고정되기라도 한 것처럼 조금도 자유롭게 움직여지지 않았다. 그러자 점점 예배당 안쪽에서 어디서 온 것인지도 모를 장작불 비슷한 붉은빛이 흘러나왔다. 오르간티노는 헐떡이며, 이 빛이 비치기 시작한 것과 동시에 그 주위로 어렴풋이 떠오른 사람 그림자를 발견했다.

그 그림자는 점점 선명해졌다. 그의 눈에는 낯설기만한, 소박한 한 무리의 남녀였다. 그들은 모두 얇은 줄로 꿴 옥구슬 목걸이를 걸고 유쾌하게 웃고 있었다. 예배당에 모인 수많은 닭들은 그들의 모습이 또렷하게 나타나자, 지금까지보다 한층 더 소리 높여 울어 댔다. 동시에 예배당 벽은—성 미카엘이 그려져 있던 벽은 안개처럼 밤에 삼켜져 버렸다. 그 자리에는…….

어안이 벙벙한 오르간티노 앞에 일본의 바카날리아(술의 신 바쿠스를 기리는 축제—옮긴이 주)가 신기루처럼 떠올랐다. 그는 붉은 화톳불 빛에 비친, 고대 복식의 일본인들이 빙 둘러앉아 술잔을 나누는 모습을 보았다. 그 한가운데에는 일본에서는 아직 본 적 없는, 당당한 체구의 여자 하나가 뒤집어 놓은 큰 통 위에서 열광적으로 춤을 추고 있었다. 통 뒤쪽에는 이 역시 작은 산처럼 건장한 남자 하나가 곡옥이며 거울 같은 걸 단, 뿌리째 뽑은 비쭈기나무 가지를 침착하게 들고 있었다. 그들 주변에는 수백 마리의 닭들이 꼬리깃과 닭 벼슬을 맞붙이고 기쁜 듯 쉬지 않고 울고 있었다. 그리고 그 건너편에는 —오르간티노는 새삼스레 제 눈을 의심하지 않을 수 없었다.— 밤안개 속에 암굴의 문으로 보이는 육중한 바위 하나가 우뚝 솟아 있었다.

통 위에 올라간 여인은 언제까지고 춤을 멈추지 않았다. 그녀의 머리카락을 감고 있던 덩굴은 팔랑팔랑 하늘로 나부꼈다. 그녀의 목에 걸린 옥구슬들은 몇 번이고 부딪치며 우박처럼 울려 퍼졌다. 손에 들린 작은 조릿대 가지가 종횡무진하며 바람을 휘저었다. 게다가 훤히 드러낸 젖가슴! 붉은 화톳불 빛 속에서 반질반질 떠오른 두 젖가슴은, 오르간티노의 눈에는 거의 정욕 그 자체로밖에 보이지 않았다. 그는 천주님의 이름을 외며 열심히 고개를 돌리려 했다. 하지만 역시 신비한 저주의 힘 때문인지, 제대로 몸을 움직일 수조차 없었다.

그러던 중 돌연 침묵이 남녀의 환상 위로 내려앉았다. 통 위에 올라간 여자도 다시 제정신을 차렸는지 드디어 열광적인 몸짓을 멈췄다. 아니, 앞다투어 울부짖던 닭들조차 이 순간만큼은 고개를 쭉 뻗은 채 단번에 잠잠해졌다. 그러자 그 침묵 속에서 영원토록 아름다운 여인의 목소리가 어디선가 엄숙하게 들려왔다.

"내가 여기에 계속 숨어 있으면 암흑이 세상을 지배했을 텐데? 그런데 신들은 즐거운 듯 흥겹게 웃고 즐기는 것 같구나."

그 목소리가 밤하늘로 사라졌을 때, 통 위에 있던 여인은 일동을 힐끗 둘러보며 의외로 얌전하게 대답했다.

"당신을 능가하는 새로운 신이 계셔서 서로 기뻐하고 있는 겁니다."

그 새로운 신이란 천주님을 가리키는 것일지도 모른다. 오르간티노는 잠시 그런 생각에 용기를 얻으며, 이 수상한 환영의 변화를 다소 흥미로운 눈빛으로 지켜봤다.

침묵은 한동안 깨지지 않았다. 그러나 곧이어 닭 무리가 일제히 울어 대는가 싶더니, 맞은편에서 밤안개를 막고 있던 바위굴의 문 같은 큰 바위가 서서히 좌우로 열리기 시작했다. 그리고 그 틈새로 형언할 수 없는 붉은 노을빛이 홍수처럼 사방에서 넘쳐흘렀다.

오르간티노는 소리치려 했다. 하지만 혀가 꿈쩍도 하지 않았다. 오르간티노는 도망치려 했다. 하지만 다리도 꿈쩍하지 않았다. 그는 그저 밝고 큰 빛으로 인해 심한 현기증을 느꼈다. 그리고 그 빛 속에서 수많은 남녀의 환희에 찬 목소리가 거세게 솟구쳐 하늘로 오르는 걸 들었다.

"오히루메무치(일본 신화에서 태양의 신 아마테라스 오미카미의 별칭—옮긴이 주)! 오히루메무치! 오히루메무치!"

"새로운 신은 없습니다. 새로운 신은 없습니다."

"당신을 거스르는 자는 멸망합니다."

"보세요, 어둠이 사라지는 것을."

"보이는 건, 당신의 산, 당신의 숲, 당신의 강, 당신의 마을, 당신의 바다입니다."

"새로운 신은 없습니다. 모두가 당신의 종입니다."

"오히루메무치! 오히루메무치! 오히루메무치!"

그렇게 외치는 목소리가 솟아오르는 가운데, 식은땀을 흘리던 오르간티노는 뭔가 괴로운 듯 외치다가 끝내 그 자리에 쓰러지고 말았다.

그날 밤, 자정이 가까워졌을 무렵, 정신을 잃었던 오르간티노는 겨우 의식을 되찾았다. 그의 귀에는 아직도 신들의 목소리가 울려 퍼지는 것 같았다. 하지만 주위를 둘러보니, 인기척 하나 나지 않는 예배당에는 둥그런 천장의 램프 불빛이 아까처럼 흐릿하게 벽화를 비추고 있을 뿐이었다. 오르간티노는 신음을 흘리며 제단 뒤에서 벗어났다. 그 환영에 어떤 의미가 있는지, 그로서는 알 수 없었다. 하지만 그 환상을 보여 준 것이 천주님이 아닌 것만은 분명했다.

"이 나라의 영과 싸우는 건……."

오르간티노는 걸음을 옮기며 무심코 혼잣말을 했다.

"이 나라의 영과 싸우는 건 생각보다 더 어려울 것 같군. 승리할까, 아니면 패배할까."

그때 그의 귀에 누군가가 이렇게 속삭였다.

"패배한다!"

오르간티노는 섬뜩해하며 소리가 난 쪽을 뚫어지게 바라봤다. 하지만 그곳에는 여전히 어슴푸레한 장미와 금작화 말고는 사람 그림자 같은 건 보이지 않았다.

———————

오르간티노는 이튿날 저녁에도 난반지의 뜰을 거닐고 있었다. 그러나 그의 푸른 눈동자에는 어딘지 모르게 환희의 빛이 감돌았다. 오늘 하루 동안에만 서른네 명의 일본 무사들이 천주교 신자가 되겠다고 했기 때문이었다.

뜰의 감람나무와 월계수는 고요히 저녁 어둠 속에 우뚝 솟아 있었다. 그 침묵을 흐트러뜨리는 건 사원에 있다 처마로 돌아가는 비둘기들의 날갯짓 소리뿐이었다. 장미 향기, 모래의 습한 냄새…… 이 모든 건 날개 달린 천사들이 '사람의 딸들의 아름다움을 보고' 아내로 삼으러 내려온다는 고대의 해 질 녘처럼 평화로웠다.

"역시 십자가의 위광 앞에서는 더러운 일본의 영이 힘을 써도 승리를 차지하기 어려워 보인다. 하지만 어젯밤에 본 환상은? 아니, 그건 환상에 지나지 않는다. 악마는 안토니오 성인에게도 그런 환상을 보여 주지 않았는가? 그 증거로 오늘은 한 번에 여러 명의 신자들이 생겼다. 머지않아 이 나라 곳곳에 천주님의 성전이 세워질 것이다."

오르간티노는 그렇게 생각하며 붉은 모래가 깔린 오솔길을 걸어갔다. 그러자 누군가 뒤에서 살며시 어깨를 두드렸다. 그는 곧바로 뒤돌아보았다. 하지만 그곳에는 저녁 어스름이 길 건너편 플라타너스의 어린잎에 희미하게 감돌고 있을 뿐이었다.

"주여, 지켜 주시옵소서!"

그는 이렇게 중얼거린 뒤 천천히 고개를 돌렸다. 그러자 어느 틈에 다가왔는지, 그의 곁에는 어젯밤에 본 환상에 나온, 옥구슬 목걸이를 한 노인 하나가 연기처럼 흐릿한 모습으로 서서히 걸음을 옮기고 있었다.

"너는 누구냐?"

허를 찔린 오르간티노는 저도 모르게 그 자리에 멈춰 섰다.

"저는⋯⋯ 누구라 해도 상관없습니다. 이 나라의 영 중 하나입니다."

노인은 미소를 지으며 친절하게 대답했다.

"자, 함께 걸읍시다. 나는 당신과 잠시 대화를 나누려고 왔습니다."

오르간티노는 성호를 그었다. 하지만 노인은 그 모습을 보고도 조금도 두려워하지 않았다.

"나는 악마가 아닙니다. 이 구슬과 검을 보세요. 지옥의 불길에 탄 물건이라면 이렇게 깨끗할 리가 없겠지요. 자, 이제 주문 같은 건 외지 마세요."

오르간티노는 어쩔 수 없이 불쾌한 듯 팔짱을 긴 채 노인과 함께 걸음을 옮겼다.

"당신은 천주교를 널리 알리기 위해 오셨죠⋯⋯."

노인은 조용히 이야기를 시작했다.

"그것도 나쁘지 않을지 모릅니다. 하지만 천주님도 이 나라에 오면 결국 패배하고 말 겁니다."

"천주님은 전능하신 주님이니, 천주님께……."

오르간티노는 이렇게 말하고 나서 불현듯 생각난 듯 늘 이 나라 신도들을 대하는 정중한 말투로 말을 이었다.

"천주님께 이길 수 있는 자는 없습니다."

"그런데 실은 있습니다. 일단 들어 보세요. 멀리서 이 나라로 건너온 건 천주님만이 아니었습니다. 공자, 맹자, 장자, 그 밖에도 중국에서 여러 철인(哲人)들이 이 나라로 건너왔죠. 당시에는 이 나라가 아직 태어난 지 얼마 되지 않았을 무렵이었어요. 중국 철학자들은 도(道) 말고도 오나라 비단, 진나라 옥 같은 보물들을 가지고 왔습니다. 아니, 그런 보물보다 더 귀하고 영묘한 문자까지 가져왔습니다. 그런데 과연 중국이 그로써 우리를 정복할 수 있었습니까? 예컨대 문자를 보세요. 문자는 우리를 정복하는 대신 우리에게 정복당했습니다. 제가 예전에 알던 사람 중에 가키노모토노 히토마로(아스카 시대의 시인—옮긴이 주)라는 시인이 있습니다. 그가 지은 칠석의 시가 지금도 이 나라에 남아 있는데, 그 시를 읽어 보세요. 그 안에서 견우직녀는 찾을 수 없습니다. 그가 읊은 연인들은 어디까지나 히코보시와 다나바타쓰메입니다. 그들의 베갯머리에 울려 퍼진 건 바로 이 나라의 강물처럼 맑은 하늘 강의 여울 소리였습니다. 중국의 황하나 양쯔강을 닮은 은하의 물결 소리가 아니었습니다. 하지만 내가 말하고 싶은 건 시보다 문자에 관한 것입니다. 히토마로는 그 시를 기록하기 위해 중국의 문자를 사용했습니다. 하지만 그건 의미보다는 발음을 위한 문자였습니다. '舟'라는 글자가 들어온 뒤에도 '배'는 항상 '배'였던 것입니다. 그렇지 않다면 우리말은 중국말이 되었을지도 모릅니다. 이것은 물론 히토마로보다 그 마음을 지켰던 우리나라 신의 힘입니다. 뿐만 아니라 중국의 철인들은 이 나라에 글씨도 전파했습니다. 구카이(헤이안 시대의 승려, 달필로 유명했다.—옮긴이 주), 도후(오노노 미치카제, 헤이안 시대의 귀족이자 서예가—옮긴이 주), 사리(후지와라노 스케마사, 헤이안 시대의 귀족이자 서예가—옮긴이 주), 고제(후지와라노 유키나리, 헤이안 시대의 귀족—옮긴이 주)…… 나는 그들이 있는 곳이라면 어디든 남몰래 찾아갔습니다. 그들이 본으로 삼은 건 중국인이 남긴 글씨였습니다. 그러나 그들의 붓끝에서 점차 새로운 아름다움이 피어났습니다. 그들의 글씨는 어느샌가 왕희지(중국 진나라의 서예가—옮긴이 주)도, 저수량(중국 당나라의 서예가—옮긴이 주)도 아닌 일본인의 글씨가 되어 버렸습니다. 그러나 우리가 승리를 거둔 건 글씨만이 아닙니다. 우리의 숨결은 바닷바람처럼 노유(학식이 뛰어난 고령의 학자—옮긴이 주)의 도조차 누그러뜨렸습니다. 이 나라 사람들에게 물어보세요. 그들은 모두 맹자의 저서는 우리의 노여움을 사기 쉬워서 그걸 실은 배는 반드시 침몰한다고 믿습니다. 시나토(바람이 일어나는 곳 또는 바람의 신 시나토베노미코토—옮긴이 주)의 신은 아직 한 번도 그런 장난을 친 적이 없습니다. 하지만 그런 신앙 안에서도, 이 나라에 사는 우리의 힘은 희미하게 느껴질 것입니다. 그렇게 생각하지 않습니까?"

오르간티노는 망연히 노인의 얼굴을 바라봤다. 이 나라 역사에 어두운 그는 상대가 애써 하는 말의 절반도 이해하지 못했다.

"중국의 철인들 뒤에 온 이는 인도 왕자 싯다르타였습니다."

노인은 말을 이으면서 오솔길의 장미꽃을 따 그 향기를 맡으며 즐거워했다. 하지만 장미를 꺾은 자리에는 꽃이 그대로 남아 있었다. 노인의 손에 들린 꽃은 빛깔과 모양은 똑같아 보였지만 왠지 안개처럼 흐릿했다.

"부처도 같은 운명을 걸었습니다. 하지만 이런 이야

기를 일일이 하면 지루함만 더할지 모르겠습니다. 다만 주의하셨으면 하는 건 본지수적(일본에서 불교가 융성하던 시대에 발생한 신불습합 사상으로, 인도의 부처나 보살이 중생을 구제하기 위해 신의 모습을 빌려 나타난 것이 일본의 신이라는 사상―옮긴이 주)의 가르침입니다. 그들은 이 나라 사람들에게 오히루메무치와 대일여래(우주의 실상을 체현하는 근본 부처―옮긴이 주)를 동일시하게 했습니다. 이건 오히루메무치의 승리일까요? 아니면 대일여래의 승리일까요? 현재 이 나라 사람 중에 오히루메무치는 몰라도, 대일여래는 아는 사람들이 많다고 칩시다. 그럼에도 불구하고 그들이 꿈에서 보는 대일여래의 모습에는 인도 부처의 흔적이 아니라 오히루메무치의 흔적이 엿보이지 않겠습니까? 저는 신란(가마쿠라 시대의 승려, 대승불교의 하나인 정토진종의 개조―옮긴이 주)이나 니치렌(가마쿠라 시대의 승려, 법화경을 중시하는 일련종의 개조―옮긴이 주)과 함께 사라쌍수의 꽃그늘도 걸었습니다. 그들이 진심으로 기뻐하며 숭상한 부처는 후광이 비치는 검은 피부의 부처가 아닙니다. 온화한 위엄이 넘치는 쇼토쿠 태자 같은 동포죠. 하지만 이런 이야기를 장황하게 늘어놓는 건 약속대로 그만두기로 하죠. 즉, 제가 드리고 싶은 말은 천주님이 이 나라에 와도 이길 수가 없다는 것입니다."

"잠깐 기다리세요. 당신은 그리 말씀하시지만……."

오르간티노가 끼어들었다.

"오늘만 해도 무사 두세 명이 한꺼번에 주의 가르침에 귀의했습니다."

"그야 몇 명이라도 귀의하겠죠. 단지 귀의했다는 사실만 놓고 보면 이 나라 사람들은 대부분 싯다르타의 가르침에 귀의했습니다. 그러나 우리의 힘은 파괴하는 힘이 아닙니다. 다시 만드는 힘이죠."

노인은 장미꽃을 던졌다. 꽃은 손을 떠나자마자 금방 저녁 어스름에 사라졌다.

"그래요, 다시 만드는 힘이라고요? 하지만 그건 당신들에게만 국한된 건 아니겠죠. 어느 나라에서든, 예컨대 그리스 신들이라 불렸던, 그 나라에 있는 악마도……."

"위대한 목신 판(Pan)은 죽었습니다. 아니, 판도 언젠가는 되살아날지 모릅니다. 하지만 보시다시피 우리는 여전히 살아 있습니다."

오르간티노는 신기하다는 듯 곁눈질로 노인의 얼굴을 힐끔거렸다.

"당신은 판을 압니까?"

"뭐, 서쪽 지방 영주의 아이들이 서양에서 가져왔다는 이국의 서책에 나오더군요. 그것도 아까 이야기와 관련이 있습니다만, 설령 이 다시 만드는 힘을 우리만 지니고 있는 게 아니더라도, 역시 방심하면 안 됩니다. 아니, 오히려 그렇기 때문에 주의하라고 말하고 싶은 겁니다. 우리는 태고의 신이니까요. 저 그리스 신들처럼 태초에 세상이 밝아 오는 걸 본 신들이니까요."

"하지만 천주님께서는 승리하실 겁니다."

오르간티노는 완고하게 다시 한번 같은 말을 내뱉었다. 하지만 노인은 들리지 않는다는 양 천천히 이야기를 계속했다.

"나는 불과 사오 일 전에, 서쪽 지방 바닷가에 상륙한 그리스의 뱃사람을 만났습니다. 그 남자는 신이 아닙니다. 평범한 인간에 지나지 않죠. 나는 그 뱃사람과 달밤에 바위에 앉아 여러 이야기를 들었습니다. 외눈박이 신에게 붙잡힌 이야기, 사람을 돼지로 만드는 여신 이야기, 아름다운 목소리를 가진 인어 이야기……. 당신은 그 남자의 이름을 아십니까? 그 남자는 나를 만났을 때부터 이 나라 사람으로 변했습니다. 지금은 유리와카(1906년 작가 쓰보우치 쇼요는 호메로스의 ≪오디세이아≫가 일본에 전해져 번안된 게 '유리와카'라는 무사의 복수담인 <유리와카>일지 모른다는 설을 발표했다.―옮긴이 주)라는 이름이라고 합니다. 그러니 당신도 부디 조심하세요. 천주님도 반드시 승리한다고는 할 수 없습니다. 천주교가 아무리 널리 퍼져도 반드시 승리한다고는 할 수 없습니다."

노인의 목소리는 점점 작아졌다.

"어쩌면 천주님도 이 나라 사람으로 변할지 모릅니다. 중국과 인도도 변했습니다. 서양도 변하지 않으면 안 됩니다. 우리는 나무들 속에도 있습니다. 시냇물 속에도 있습니다. 장미꽃을 스치는 바람 속에도 있습니다. 사원의 벽에 남은 저녁놀에도 있습니다. 어디에든, 언제든 있습니다. 조심하세요. 조심하세요……"

그 목소리가 마침내 사라지는가 싶더니 노인의 모습도 땅거미 속으로 그림자처럼 사라져 버렸다. 동시에 사원의 종탑에서 미간을 찌푸린 오르간티노의 머리 위로 아베 마리아의 종소리가 울려 퍼지기 시작했다.

———

난반지의 오르간티노 신부는…… 아니, 오르간티노

에만 국한된 일은 아니다. 유유히 법의 자락을 끌던, 높은 콧대의 갈색머리 서양인은 황혼 빛이 감도는 가공의 월계수와 장미 속에서 한 쌍의 병풍 속으로 돌아갔다. 남만선(남만과 교류하던 배를 말한다.—옮긴이 주)이 도래하는 모습을 그린, 지금으로부터 삼 세기 전의 낡은 병풍으로(화가 가노 나이젠이 십육 세기 말에서 십칠 세기 초에 그린 것으로 추정되는 남만병풍을 말한다.—옮긴이 주).

안녕히, 오르간티노 신부여! 그대는 지금 동료와 함께 일본의 바닷가를 거닐며 금박 가루 안개 속에 깃발을 휘날리는 커다란 남만선을 바라보고 있다. 천주님이 승리할지, 오히루메무치가 승리할지 그건 지금도 아직 쉽게 단정 지을 수 없을지 모른다. 그러나 결국 우리 사업이 단정을 내려야 할 문제다. 그대는 그 과거의 바닷가에서 조용히 우리를 지켜보라. 설령 그대는 같은 병풍의 개를 데리고 있는 선장이나 양산 받쳐 든 흑인 아이와 함께 망각의 잠에 빠져 있더라도, 새로이 수평선에서 나타난 우리 흑선의 대포 소리는 반드시 그대들의 옛 꿈을 깨울 때가 올 것임이 틀림없다. 그때까지, 안녕히. 오르간티노 신부! 안녕히. 난반지의 파드레 오르간티노!

피아노


ピアノ

1925년 5월 잡지 《신소설(新小說)》에 처음
발표된 작품이며, 《아쿠타가와 류노스케
전집 12》(1996년, 이와나미쇼텐)에 수록된 글을
원문으로 하여 번역했다.

어느 비 내리는 가을날, 나는 어떤 이를 만나러 요코하마의 야마테를 걷고 있었다. 이 부근의 황폐함이란, 지진이 일어난 당시 모습 그대로였다. 조금이라도 달라진 게 있다면, 그건 한 면이 슬레이트 지붕과 벽돌 벽이 무너져 겹친 가운데, 무성히 자란 명아주뿐이었다. 실제로 어느 집의 무너진 터에는 뚜껑이 열린 피아노조차, 반쯤 벽에 기대 만질만질하게 건반을 적시고 있었다. 뿐만 아니라 희미하게 물든 명아주 속에는 크고 작은 악보들의 복숭앗빛, 물빛, 연노랑 빛 등 서양 글자가 적힌 표지도 흠뻑 젖어 있었다.

나는 찾아간 사람과 어느 복잡한 사안에 관해 이야기했다. 이야기는 쉽사리 마무리되지 않았다. 결국 나는 밤이 돼서야 그의 집을 떠날 수 있었다. 그것도 조만간 다시 만나기로 약속을 잡고 나서였다.

다행히도 비는 그쳤다. 덤으로 달도 바람 부는 하늘에서 가끔씩 얼굴을 내밀어 빛을 흘렸다. 나는 기차를 놓치지 않으려(담배를 피우지 못하는 국철은 나에게 금물이었다.) 가급적 걸음을 재촉했다.

그때 느닷없이 누군가가 피아노를 치는 소리가 들렸다. 아니, '친다'라기보다는 오히려 살며시 건드리는 소리였다. 나는 무심코 걸음을 늦추고 황량한 주변을 돌아봤다. 때마침 달빛이 가늘고 긴 건반을 은은하게 비추고 있었다. 그 명아주 속에 있는 피아노를. 하지만 사람 그림자는 어디에도 없었다.

그건 단지 한 음일 뿐이었다. 하지만 피아노 소리가 분명했다. 나는 다소 으스스한 기분을 느끼며 다시 걸음을 재촉하려 했다. 그때 내가 지나친 피아노가 분명히 다시 희미한 소리를 냈다. 나는 당연히 돌아보지도 않고 곧장 발걸음을 재촉했다. 습기를 머금은 한 줄기 바람이 나를 배웅하는 걸 느끼면서……

나는 이 피아노 소리를 초자연적으로 해석하기에는 너무나도 현실주의자였다. 비록 사람 그림자는 보이지 않았지만, 그 무너진 벽 언저리에 고양이라도 숨어 있었으리라. 만일 고양이가 아니라면, ……나는 계속해서 또 다른 가능성, 족제비나 두꺼비 같은 것도 생각해 보았다. 하지만 좌우지간 사람의 손을 빌리지 않고 피아노가 울린 건 신기한 일이었다.

닷새 후에 나는 같은 볼일로 야마테를 지나고 있었다. 피아노는 여전히 명아주 속에 오도카니 있었다. 복숭앗빛, 물빛, 연노랑 빛의 악보들이 흩어져 있는 모양새도 여전했다. 하지만 오늘은 그것들은 물론, 무너져 내린 벽돌이나 슬레이트도 맑은 가을 햇살을 받아 빛나고 있었다.

나는 악보를 밟지 않도록 조심조심 피아노 앞으로 다가갔다. 오늘 이렇게 보니 건반의 상앗빛도 광택을 잃었고, 뚜껑의 칠도 벗겨져 있었다. 특히 다리에는 까마귀머루와 비슷한 덩굴도 감겨 있었다. 피아노 앞에 서니 뭔가 실망에 가까운 감정이 느껴졌다.

"애초에 이 상태로도 소리가 나나."

나는 혼잣말로 중얼거렸다. 그러자 내 말에 호응하듯

피아노는 희미한 소리를 냈다. 마치 의심하는 나를 꾸짖듯이. 하지만 나는 놀라지 않고 빙그레 미소를 지었다. 피아노는 오늘도 햇빛을 받으며 태연하게 건반을 펼쳐 놓고 있다. 하지만 그곳에는 어느샌가 밤이 하나 떨어져 있었다.

나는 길로 돌아온 뒤에 다시 한번 이 폐허를 돌아봤다. 그때까지 몰랐는데, 밤나무는 슬레이트 지붕에 눌린 채 비스듬히 피아노를 덮고 있었다. 하지만 이제 아무래도 좋았다. 나는 무성한 명아주 속의 피아노에 눈길을 줬다. 작년의 그 지진 이후로 아무도 모르는 소리를 간직하고 있는 피아노를.

# 점귀부

点鬼簿

1926년 10월 잡지 ≪개조(改造)≫에 처음 발표된 작품이며, ≪소와 문학 전집 1≫(1987년, 소가쿠칸)에 수록된 글을 원문으로 하여 번역했다.

1

   내 어머니는 광인이었다. 나는 단 한 번도 내 어머니에게 어머니의 정을 느껴 본 적이 없다. 내 어머니는 머리를 빗으로 틀어 올리고, 늘 시바의 본가에 홀로 앉아 긴 담뱃대로 뻐금뻐금 담배만 피웠다. 얼굴도 작을뿐더러 체구도 작다. 게다가 낯빛은 어찌된 영문인지 생기라고는 찾아볼 수 없는 흙빛이었다. 나는 언젠가 《서상기》(중국 원대의 고전 문학―옮긴이 주)를 읽다가 흙냄새와 진흙 맛이라는 구절을 접했을 때 문득 내 어머니의 얼굴,

비쩍 여윈 옆얼굴이 떠올랐다.

이렇게 말하는 나는 내 어머니에게 전혀 보살핌을 받은 적이 없다. 어쩌다 한번 양어머니와 함께 이 층으로 인사를 하러 올라갔다가 느닷없이 담뱃대로 머리를 한 대 맞은 기억이 있다. 하지만 내 어머니는 대체로 조용한 광인이었다. 나와 누나가 그림을 그려 달라고 조르면 두 번 접은 종이에 그림을 그려 줬다. 그림은 먹으로만 그리는 게 아니다. 누나의 수채화 도구로도 나들이옷이나 수풀의 꽃을 그려 줬다. 다만 그 그림 속 인물들은 하나같이 여우 얼굴이었다.

내 어머니가 돌아가신 건 내가 열한 살 되던 해 가을이었다. 병 때문이라기보다는 쇠약해져서였다. 그 죽음의 전후 기억만큼은 뜻밖에도 선명하게 남아 있다.

위독하다는 전보라도 받은 걸까. 나는 어느 바람 한 점 없는 깊은 밤에 양어머니와 인력거를 타고 혼조에서 시바까지 달려갔다. 나는 아직까지도 목도리라는 것을 두르지 않는다. 하지만 유독 이날 밤만은 남화(중국의 남송화를 일본식으로 해석한 회화 양식—옮긴이 주)의 산수화 같은 게 그려진 얇은 비단 손수건을 두르고 있던 것으로 기억한다. 그리고 그 손수건에서는 '아야메 향수'라는 향수 냄새가 났던 것도 기억난다.

　내 어머니는 이 층 바로 아래층의 네 평짜리 방에 누워 있었다. 나는 네 살 터울의 누나와 함께 어머니의 머리맡에 앉아 쉼 없이 소리 내 울었다. 특히 누군가 내 뒤에서 "임종하셨습니다."라고 말했을 때는 애달픔이 한층 솟아오르는 걸 느꼈다. 그런데 지금까지 눈을 감고 있던, 죽은 사람이나 다름없던 어머니가 갑자기 눈을 뜨고는 무언가 말씀하셨다. 우리는 모두 슬픈 가운데에서도 작은 소리로 키득거렸다.

　나는 그다음 날 밤에도 동틀 녘까지 어머니의 머리맡에 앉아 있었다. 하지만 어째서인지 어젯밤처럼 눈물이 나오지는 않았다. 나는 쉼 없이 우는 누나 보기가 부끄러워서 열심히 우는 시늉을 했다. 동시에 내가 울지 않으면 내 어머니가 죽는 일은 절대로 없으리라고 믿었다.

　내 어머니는 사흘째 되던 날 밤 거의 고통 없이 떠나셨다. 숨을 거두기 전에 제정신으로 돌아왔는지, 우리의 얼굴을 바라보며 속절없이 눈물을 뚝뚝 흘리셨다. 하지만 역시 평소처럼 아무 말도 하지 않으셨다.

　나는 납관을 마친 뒤에도 이따금 울음을 참을 수 없었다. 그러자 '오지(현재 기타 구―옮긴이 주) 숙모'라는 어느 먼 친척 할머니 한 분이 "정말 기특하네."라고 했다. 하지만 나는 이상한 데 감탄하는 사람이라고만 생각했다.

내 어머니의 장례식 날, 누나는 위패를 들고, 나는 그 뒤에서 향로를 들고 같이 인력거를 탔다. 꾸벅꾸벅 졸다가 퍼뜩 눈을 떴는데 하마터면 향로를 떨어뜨릴 뻔했다. 하지만 야나카에는 좀처럼 도착하지 못했다. 화창한 가을날, 긴 장례식 행렬은 도쿄 시내를 느릿하게 지나고 있었다.

내 어머니의 기일은 십일월 이십팔 일이다. 계명(죽은 사람에게 붙여 주는 이름—옮긴이 주)은 '귀명원묘승일진대자'다. 하지만 나는 내 친부의 기일과 계명은 기억하지 못한다. 그건 아마 열한 살의 나에게는 기일이며 계명을 외는 것도 자랑거리 중 하나였기 때문이리라.


2


내 위로 누나가 하나 있다. 누나는 병약하지만 두 아이의 엄마가 됐다. 나의 '점귀부(죽은 사람의 이름을 적은 장부—옮긴이 주)'에 추가하고 싶은 이름은 물론 이 누나는 아니다. 내가 태어나기 직전에 갑자기 요절한 누나가 있었다. 우리 삼남매 중 가장 영리했다고 한다.

이 누나의 이름이 하쓰코(初子)인 것은 맏이로 태어났기 때문일 것이다. 우리 집 불단에는 아직도 '하쓰'의 사진이 든 작은 액자가 놓여 있다. 하쓰는 조금도 연약해 보이지 않는다. 자그마한 보조개가 있는 두 뺨은 잘 익은 살구처럼 둥글둥글하다…….

내 아버지와 어머니의 사랑을 가장 많이 받은 건 단연 '하쓰'다. '하쓰'는 시바의 신센자에서 외국인 부인이 세운 쓰키지의 유치원인지 뭔지까지 일부러 다녔다. 하지만 토요일부터 일요일까지는 반드시 내 어머니의 집, 즉 혼조의 아쿠타가와 본가에서 자고 갔다. '하쓰'가 이렇게 외출하던 시절은 아직 메이지 20년대(1887~1896년)였지만 서양식 옷을 입고 있었다. 나는 소학교에 다닐 때 '하쓰'의 옷 조각을 받아 고무인형에 입히며 놀았던 기억이 있다. 그 옷 조각은 모두 가느다란 꽃이나 악기가 그려진 수입산 캘리코 원단이었다.

초봄의 어느 일요일 오후, '하쓰'는 정원을 걷다가 방에 있는 이모에게 말을 걸었다. (나는 물론 이때의 누나도 양복 차림이었으리라고 상상한다.)

"외숙모, 이건 무슨 나무예요?"

"어느 나무?"

"이 꽃망울이 맺힌 나무요."

내 어머니의 친정집 마당에는 작은 명자나무 한 그루가 오래된 우물에 가지를 늘어뜨리고 있었다. 머리를 땋은 '하쓰'는 아마도 눈을 동그랗게 뜨고 가지가 날카로운 이 명자나무를 바라보고 있었으리라.

"이건 너하고 같은 이름의 나무란다."

외숙모의 재치 있는 말장난은 안타깝게도 통하지 않았다.

"그럼 이 나무는 바보 나무(명자나무를 의미하는 '보케'에는 '바보', '멍청이'라는 뜻이 있다.—옮긴이 주)구나."

외숙모는 '하쓰' 이야기가 나올 때마다 이 일화를 몇번이고 들려준다. 기실 '하쓰'의 이야기란 것도 이것 말고는 아무것도 남아 있지 않다. '하쓰'는 그로부터 며칠 지나지 않아 관에 들어갔을 것이다. 나는 자그마한 위패에 새겨진 '하쓰'의 계명은 기억나지 않는다. 하지만 '하쓰'의 기일이 사월 오 일이라는 것만은 묘하게도 선명하게 기억하고 있다.

나는 어째서인지 이 누나에게…… 내가 전혀 모르는 누나에게 일종의 친근감을 느낀다. '하쓰'가 지금 살아 있다면 마흔이 넘었을 것이다. 마흔을 넘긴 '하쓰'의 얼굴은 어쩌면 시바의 본가 이 층에서 망연자실 담배를 피우던 내 어머니의 얼굴과 닮았을지도 모른다. 나는 가끔 환상처럼, 어머니도 누나도 아닌 마흔 줄의 여자가 어딘가에서 내 일생을 지켜보고 있다는 느낌이 든다. 이건 커피와 담배에 찌든 내 신경의 소행일까? 아니면 또 어떠한 기회에 실재 세계에도 얼굴을 내미는 초자연적 힘의 소행일까?

3

나는 어머니가 미쳐 버린 탓에 태어나자마자 양자로 보내져서(입양된 곳은 외삼촌의 집이었다.) 내 아버지에게도 냉담했다. 내 아버지는 우유 공장을 운영했는데, 어느 정도 성공을 거뒀던 모양이다. 나에게 당시로서는 생소했던 과일이나 음료를 알려 준 건 모두 내 아버지였다. 바나나, 아이스크림, 파인애플, 럼주…… 그 밖에도 더 있었을지 모른다. 나는 당시 신주쿠에 있던 목장 밖 떡갈나무 그늘에서 럼주를 마셨던 걸 기억한다. 럼주는 알코올 성분이 아주 적은, 주홍빛이 도는 음료였다.

내 아버지는 어린 나에게 이런 신기한 문물을 권하며 나를 다시 데려오려 했다. 어느 날 밤에는 오모리의 어시장에서 내게 아이스크림을 사 준다면서 노골적으로 집으로 돌아오라고 꾀었던 일도 기억한다. 내 아버지는 이럴 때면 대단한 교언영색을 구사했다. 하지만 공교롭게도 그런 제안은 한 번도 결실을 맺지 못했다. 그건 내가 양부모님을, 특히 외숙모를 사랑했기 때문이었다.

내 아버지는 또 성마른 성정이라 다툼이 잦았다. 나는 중학교 삼 학년 때 아버지와 스모 시합을 했는데, 내 주특기인 밭다리후리기로 아버지를 멋지게 쓰러뜨렸다. 아버지는 일어서자마자 "한 번 더!"라고 하며 나에게 달려들었다. 나는 이번에도 손쉽게 아버지를 쓰러뜨렸다. 아버지는 세 번째에도 "한 번 더!"라고 하면서 낯빛을 바꾸며 달려들었다. 이 모습을 지켜보던 이모, 어머니의 여동생이자 아버지의 후처였던 이모는 나에게 두세 번 눈짓을 했다. 나는 아버지와 드잡이하다 일부러 벌러덩 쓰러졌다. 하지만 만약 그때 내가 져 주지 않았다면, 내 아버지는 반드시 나를 던질 때까지 멈추지 않았으리라.

스물여덟 살 때, 아직 교사로 일하던 시절에 '아버지

입원'이라는 전보를 받고 황급히 가마쿠라에서 도쿄로 달려갔다. 아버지는 인플루엔자로 도쿄 병원에 입원 중이었다. 나는 이래저래 사흘쯤 외숙모, 이모와 함께 병실 구석에서 숙식했다. 그러다 보니 슬슬 지루해지기 시작했다. 때마침 가깝게 지내던 아일랜드의 신문기자가 쓰키지의 어느 가게에서 밥이라도 먹자고 전화를 걸어 왔다. 나는 그 신문기자가 곧 미국으로 떠난다는 구실로 빈사의 내 아버지를 남겨 둔 채 쓰키지의 어느 가게로 나갔다.

우리는 게이샤 네다섯 명과 유쾌하게 일본식 식사를 했다. 식사는 분명 열 시쯤 끝났다. 나는 그 신문기자를 두고 좁은 사다리를 타고 아래층으로 내려갔다. 그러자 누가 위에서 "아아 씨." 하고 나를 불렀다. 나는 중간쯤에 멈춰서 사다리 위를 올려다봤다. 함께 있던 게이샤한 명이 물끄러미 나를 내려다보고 있었다. 나는 잠자코 사다리에서 내려와 현관 밖에서 택시를 탔다. 택시는 곧바로 출발했다. 하지만 나는 내 아버지보다도, 윤기 흐르는 머리를 서양식으로 묶은 그녀의 얼굴을, 특히 그녀의 눈을 생각했다.

병원에 도착하니 내 아버지는 나를 기다리고 있었다.

뿐만 아니라 병풍 밖으로 다른 사람들을 물리더니, 내 손을 잡고 쓰다듬으며 내가 모르는 옛날 일을, 내 어머니와 결혼했을 때의 이야기를 들려주었다. 내 어머니와 둘이서 서랍장을 사러 나갔다든지, 초밥을 배달시켜 먹었다든지 하는 사소한 이야기에 지나지 않았다. 그러나 나는 그 이야기를 들으며 어느샌가 눈시울이 뜨거워졌다. 내 아버지도 푹 꺼진 뺨 위로 눈물을 흘렸다.

내 아버지는 그다음 날 아침 고통 없이 눈을 감았다. 숨을 거두기 전에는 제정신이 아니었는지, "깃발을 잔뜩 올린 군함이 왔다. 모두 만세를 외쳐라." 같은 소리를 중얼거렸다. 나는 내 아버지의 장례식이 어땠는지 기억하지 못한다. 다만 내 아버지의 시신을 병원에서 본가로 옮길 때 봄밤의 커다란 달이 내 아버지의 운구차 위를 비추고 있었던 건 기억한다.

4

나는 올해 삼월 중순에 손난로를 품에 넣고 오랜만에 아내와 함께 성묘를 했다. 오랜만에, 그러나 자그마한 무덤은 물론이거니와 무덤 위로 가지를 드리운 적송 한 그루도 변함이 없었다.

'점귀부'에 올린 세 사람은 모두 이 야나카(도쿄 다이토 구에 있는 공원묘지—옮긴이 주) 묘지 구석에 잠들어 있는데, 그들의 유골은 같은 석탑 아래 묻혀 있다. 나는 이 무덤 아래로 조용히 내 어머니의 관을 내렸을 때를 떠올렸다. 이것은 '하쓰' 또한 마찬가지였을 것이다. 다만 내 아버지는…… 나는 곱게 빻은 내 아버지의 하얀 뼛가루 속에 섞여 있던 금니를 기억한다.

나는 성묘를 좋아하지 않는다. 만일 잊을 수만 있다면 내 부모님과 누나의 존재도 잊고 싶다. 하지만 특히 그날만큼은 육체적으로 쇠약했던 탓인지, 오후의 봄볕 속에서 거무스름한 석탑을 바라보며 도대체 그들 셋 중 누가 가장 행복했을까 생각했다.

'아지랑이여 무덤 밖에 살고 있을 뿐.'(나이토 조소의 하이쿠.—옮긴이 주)

나는 기실 이때만큼 이런 조소의 심정이 밀려드는 걸 실감한 적이 없었다.

꿈

夢

1926년 11월 잡지 ≪부인공론(婦人公論)≫에 처음 발표된 작품이며, ≪아쿠타가와 류노스케 전집 6≫(1987년, 지쿠마쇼보)에 수록된 글을 원문으로 하여 번역했다.

나는 완전히 지쳐 있었다. 어깨와 목덜미가 결리는
건 물론 불면증도 상당히 심각했다. 뿐만 아니라 어쩌다
잠들면, 이런저런 꿈을 꾸기 일쑤였다. 언젠가 누군가가
"색채가 있는 꿈은 불건전하다는 증거다."라고 말한 적
이 있다. 하지만 내가 꾸는 꿈은 화가라는 직업도 한몫
해서인지 대체로 색채가 없는 경우는 없었다. 나는 한
친구와 함께 어느 변두리의 카페인 듯한 유리문으로 들
어갔다. 먼지투성이 유리문 밖은 버드나무 새순이 돋아
난 철도 건널목이었다. 우리는 구석 테이블에 앉아 그릇
에 담긴 음식을 먹었다. 그런데 먹고 나서 보니 그릇 바

닥에 남아 있는 건 한 뼘쯤 되는 뱀의 머리였다.—그런 꿈도 색채는 선명했다.

내 하숙집은 추위가 매서운 도쿄 외곽에 있었다. 나는 우울한 기분이 들 때면 하숙집 뒤편으로 나가서는 제방 위로 올라가 국철 선로를 내려다보곤 했다. 기름과 녹이 밴 자갈 위로 여러 갈래의 선로가 빛나고 있었다. 그리고 건너편 제방 위에는 메밀잣밤나무로 보이는 나무 한 그루가 비스듬히 가지를 뻗고 있었다. 그것은 우울 그 자체라고 해도 과언이 아닌 풍경이었다. 하지만 긴자나 아사쿠사보다 내 심정에 더 잘 어울렸다. '독으로 독을 제압한다.'—나는 혼자 제방 위에 쪼그리고 앉아 담배 한 대를 피우며 가끔 그런 생각을 하곤 했다.

내게도 친구가 없는 건 아니었다. 어느 해 만난 젊은 서양화가가 있는데 부잣집 아들이었다. 그는 내가 기운이 없는 걸 보고 여행을 가자고 권하기도 했다. "돈은 어떻게든 해결될 거야."—친절하게 그런 말을 해 주기도 했다. 그러나 설령 여행을 다녀와도 내 우울이 치유되지 않는다는 건 나 자신이 누구보다 잘 알고 있었다. 실제로 나는 삼사 년 전에도 역시 이런 우울에 빠져, 일시적으로라도 기분을 전환하기 위해 멀리 나가사키까지 여

행을 떠났다. 하지만 막상 나가사키에 가 보니 마음에
드는 숙소가 하나도 없었다. 뿐만 아니라 겨우 짐을 푼
숙소도 밤에 커다란 불나방이 몇 마리씩 날아드는 게 아
닌가. 나는 한참을 괴로워한 끝에 채 일주일도 지나지
않아 다시 도쿄로 돌아가기로 했다.

서릿발이 남아 있던 어느 오후, 나는 돈을 찾으러 갔
다가 돌아오는 길에 불현듯 창작욕이 들었다. 돈이 들어
왔기 때문에 모델을 쓸 수 있게 된 것도 한몫했다. 하지
만 그 밖에도 뭔가 발작적으로 창작 욕구가 솟아오르기
시작한 게 분명했다. 나는 하숙집으로 돌아가지 않고 일
단은 M이라는 가게로 가서 십 호 사이즈 정도의 인물화
를 완성하기 위해 모델 한 명을 고용하기로 했다. 이 결
심은 우울한 가운데에서도 오랜만에 내게 활력을 불어
넣었다. '이 그림만 완성하면 죽어도 좋다.' 실제로 그런
마음도 들었다.

M에서 보내 준 모델은 얼굴은 그다지 예쁘지 않았
다. 하지만 몸, 특히 가슴이 훌륭했다. 그리고 올백으로
넘긴 머리도 풍성했다. 나는 이 모델에 만족해하며 그녀
를 등나무 의자에 앉힌 뒤 바로 작업에 들어갔다. 벌거
벗은 그녀는 꽃다발 대신 영자 신문을 들고 두 다리를

살짝 꼬고 고개를 기울인 포즈를 취하고 있었다. 그러나 화폭을 마주하자, 나는 새삼스럽게 피로를 느꼈다. 북향인 내 방에는 화로가 하나 놓여 있을 뿐이었다. 나는 물론 이 화로 가장자리에 그을음이 생길 정도로 불을 피워 놓았다. 하지만 실내는 아직 충분히 데워지지 않았다. 그녀는 등나무 의자에 앉아 이따금 두 다리의 허벅지 근육을 반사적으로 부르르 떨었다. 나는 붓을 움직이면서 그때마다 짜증을 느꼈다. 그건 그녀에 대한 것이라기보다는 스토브 하나 살 수 없는 내 처지에 대한 짜증이었다. 또한 이런 일에도 신경을 쓰고야 마는 나 자신을 향한 짜증이기도 했다.

"집은 어디지?"

"우리 집이요? 야나카 산사키초예요."

"혼자 살아?"

"아뇨, 친구랑 같이 세 들어 살아요."

나는 이런 이야기를 하면서 정물화를 그린 낡은 캔버스 위에 서서히 색을 칠해 나갔다. 고개를 기울인 그녀의 얼굴에서는 표정다운 것이라고는 찾아볼 수 없었다. 뿐만 아니라 목소리와 말투 역시 단조롭기 그지없었다. 타고난 기질이라는 생각밖에 들지 않았다. 나는 거기서

편안함을 느꼈고, 가끔은 시간이 끝난 뒤에도 그녀에게 계속해서 포즈를 취해 달라고 부탁하기도 했다. 하지만 어떠한 순간에는 눈조차 움직이지 않는 그녀의 모습에서 묘한 압박감을 느꼈다.

작업은 좀처럼 진척이 없었다. 하루 일을 마치면 대부분 카펫 위에 누워 목덜미와 머리를 주무르거나 멍하니 방 안을 바라봤다. 내 방에는 이젤 말고는 등나무 의자가 하나 있을 뿐이었다. 등나무 의자는 공기의 습도에 따라 가끔 아무도 앉지 않았는데 삐걱거리는 소리를 내기도 했다. 그럴 때면 왠지 모르게 오싹해서 곧바로 어디론가 산책을 나갔다. 산책이라고 해도 하숙집 뒤 제방을 따라 절이 많이 자리한 시골 동네로 나가는 정도였다.

하지만 나는 쉬는 날 없이 매일 이젤 앞에 앉았다. 모델도 매일같이 찾아왔다. 그러던 중 나는 그녀의 몸에서 이전보다 더 많은 압박감을 느끼기 시작했다. 건강한 그녀를 부러워하는 마음도 있었을 것이다. 그녀는 변함없이 무표정한 얼굴로 가만히 구석에 눈길을 주더니 불그스름한 카펫 위에 누웠다. '이 여자는 인간보다는 동물과 더 비슷해.' 나는 캔버스에 붓질을 하며 가끔 그런 생각을 했다.

뜨뜻미지근한 바람이 부는 어느 오후, 나는 역시 이 젤 앞에 앉아 열심히 붓질을 하고 있었다. 모델은 평소보다 한층 더 무뚝뚝해 보였다. 이제 그녀의 몸에서 느껴지는 건 야만적인 힘이었다. 뿐만 아니라 그녀의 겨드랑이 아래쪽과 다른 부분에서 어떤 냄새를 맡았다. 그 냄새는 흑인에게서 나는 체취와 비슷했다.

"어디서 태어났어?"

"군마현 ××초."

"××초? 방직으로 유명한 지역이지?"

"네."

"너는 길쌈 안 했어?"

"어렸을 때 해 본 적 있어요."

나는 이런 이야기를 나누는 중에 어느샌가 그녀의 젖꼭지가 점점 커지기 시작한 걸 알아챘다. 그건 막 벌어지기 시작한 양배추와 비슷했다. 나는 물론 평소처럼 열심히 붓을 움직였다. 하지만 그녀의 젖꼭지에―그 역시 섬뜩한 아름다움에 묘하게 집착하지 않을 수 없었다.

그날 밤에도 바람은 멎지 않았다. 나는 문득 잠에서 깨 하숙집 화장실로 가려고 일어섰다. 그러나 정신을 차리고 보니, 방문만 열어 놓고 계속 방 안을 돌아다니고 있었다. 무심코 걸음을 멈춘 채 멍하니 방 안, 특히 발밑에 깔린 불그스름한 카펫으로 시선을 떨어뜨렸다. 그리고 맨발가락으로 살며시 카펫을 쓰다듬었다. 카펫의 촉감은 뜻밖에도 모피에 가까웠다. '이 카펫 뒷면은 무슨 색이었지?' 갑자기 그런 것이 신경 쓰였다. 하지만 카펫을 젖혀서 뒷면을 보기가 묘하게 두려웠다. 나는 화장실에 다녀와 바로 다시 잠자리에 들었다.

다음 날 일을 마친 나는 평소보다 더 기운이 빠졌다. 그렇다고 방에 있으면 오히려 마음이 편치 않았다. 그래서 다시 하숙집 뒤 제방으로 나갔다. 주변은 이미 어둑어둑했다. 하지만 거의 없는 빛 속에서도, 나무와 전봇대는 신기하게도 또렷하게 보였다. 나는 제방을 따라 걸으며 큰 소리로 외치고 싶은 유혹을 느꼈다. 하지만 물론 그런 유혹은 억눌러야만 했다. 나는 마치 머리만 걷는 듯한 기분을 느끼며 제방을 따라 자리한 초라한 시골 동네로 내려갔다.

이 시골 동네는 여전히 인적이 드물었다. 그런데 길가에 있는 전봇대에 황소 한 마리가 묶여 있었다. 황소는 목을 길게 뻗고 묘하게 여성적인 느낌이 드는 촉촉한 눈망울로 나를 물끄러미 지켜보고 있었다. 마치 내가 오

꿈

기를 기다린 듯한 표정이었다. 나는 황소의 표정에서 온건하게 싸움을 걸고 있음을 느꼈다. '저 녀석은 도살자와 마주할 때도 저런 눈빛이겠지.' 그런 생각도 나를 불안하게 했다. 우울은 점점 깊어졌고, 결국 그 길을 지나가지 못하고 다른 길로 돌아갔다.

그로부터 이삼 일이 지난 어느 오후, 나는 또다시 이젤 앞에서 열심히 붓을 놀리고 있었다. 불그스레한 카펫 위에 누운 모델은 역시나 눈썹조차 꿈틀하지 않았다. 나는 지난 보름 동안 이 모델을 두고 진척이 없는 창작을 계속하고 있었다. 하지만 우리는 서로에게 조금도 마음을 털어놓지 않았다. 아니, 오히려 내가 그녀에게서 느끼는 위압감은 더욱더 강해져만 갔다. 그녀는 쉬는 시간에도 슈미즈 한 장 걸치지 않았다. 뿐만 아니라 내 말에도 나른하게 대답할 뿐이었다. 그런데 오늘은 어찌된 일인지 내게 등을 돌린 채(나는 불현듯 그녀의 오른쪽 어깨에 점이 있는 걸 발견했다.) 카펫 위로 발을 뻗더니 이렇게 말했다.

"선생님, 이 하숙집으로 오는 길에 가느다란 돌이 여러 장 깔려 있잖아요?"

"그렇지……."

"그거 포의총이에요."

"포의총?"

"네, 태반이나 태막, 탯줄을 묻은 곳에 표식으로 세워 놓은 돌이요."

"그걸 어떻게 알아?"

"글자가 새겨진 것도 있던데요."

고개를 돌려 어깨 너머로 나를 바라본 그녀는 냉소에 가까운 표정을 지었다.

"누구나 태막을 쓰고 태어나는 거죠?"

"쓸데없는 소리를 하는군."

"태막을 쓰고 태어난다고 생각하니……."

"……?"

"개 새끼 같다는 생각도 들어서요."

나는 다시 그녀를 앞에 두고 내키지 않는 붓을 움직이기 시작했다. 내키지 않는다? 그러나 그게 꼭 의욕이 없다는 건 아니었다. 나는 늘 그녀 안에서 거친 표현을 갈구하는 무언가를 느끼고 있었다. 하지만 이 무언가를 표현하는 건 내 역량으로서는 힘들었다. 표현하는 걸 피하고 싶은 마음일지도 몰랐다. 그럼 무엇을 쓰느냐 하면,—나는 붓을 움직이며, 이따금 어느 박물관에 있던 석봉(조몬 시대 중기 이후에 제례를 목적으로 제작, 사용됐던 것으로 보이는 석기로, 남성기를 본뜬 형태—옮긴이 주)이나 석검을 떠올렸다.

그녀가 돌아간 뒤, 나는 어둑한 전등 아래서 커다란 고갱의 화집을 펼쳐 놓고 타히티의 그림을 한 장씩 바라봤다. 그러던 중 불현듯 정신을 차리니, 어느샌가 몇 번이고 "이래야 한다고 생각하지만."이라는 문어체의 말을 반복해서 중얼거리고 있었다. 왜 그런 말을 반복해 말했는지는 물론 알 수 없었다. 하지만 나는 섬뜩한 기분에 하인에게 이부자리를 봐 달라고 하고 수면제를 먹고 잠들었다.

내가 눈을 뜬 건 대충 열 시가 다 되어서였다. 어젯밤에 따뜻했기 때문인지 카펫 위로 몸을 내밀고 있었다. 하지만 그보다 신경 쓰이는 건 잠에서 깨기 전에 꾼 꿈이었다. 나는 이 방 한가운데에 서서 한 손으로 그녀를 목 졸라 죽이려고 했다. (그게 꿈이라는 사실은 스스로도 분명히 알고 있었다.) 그녀는 고개를 살짝 젖히고, 역시 아무런 표정 없이 조금씩 눈을 감았다. 그와 동시에 그녀의 가슴은 점차 곱게 부풀어 올랐다. 어렴풋이 정맥이 비치는, 희미하게 빛나는 젖가슴이었다. 나는 그녀를 목 졸

라 죽이는 것에 아무 거부감도 느끼지 않았다. 아니, 오
히려 당연한 일을 해냈다는 쾌감에 가까운 감정을 느꼈
다. 그녀는 마침내 눈을 감은 채, 조용히 죽은 것 같았
다. 꿈에서 깨어난 나는 세수를 한 뒤 진한 차를 두세 잔
마셨다. 그러나 내 마음은 한층 더 우울해질 뿐이었다.
나는 마음속으로 그녀를 죽이고 싶다는 생각을 해 본 적
이 없었다. 그러나 내 의식 밖에서……. 나는 담배를 피
우며 묘하게 설레는 마음을 가라앉히고 모델이 오기를
기다렸다. 그러나 한 시가 돼도 그녀는 오지 않았다. 그
녀를 기다리는 동안 나는 꽤나 괴로웠다. 더 기다리지
말고 산책하러 나갈까도 생각했다. 하지만 산책을 나가
는 것 자체가 내게는 두려운 일이었다. 내 방의 문밖으
로 나가는 것, 그런 아무것도 아닌 일조차 내 신경은 견
딜 수 없던 것이다.

해 질 녘이 점점 다가오고 있었다. 나는 방 안을 돌아
다니며 오지 않을 모델을 기다렸다. 그러다 문득 떠올린
건 십이삼 년 전의 일이었다. 나는―당시 어렸던 나는
역시 이런 해 질 녘에 선향 불꽃에 불을 붙이고 있었다.
물론 도쿄는 아니었다. 부모와 살던 시골집 뜨락이었다.
그때 누군가 큰 소리로 "야, 정신 차려." 하고 부르는 소

꿈

리가 들렸다. 어깨를 흔드는 손길도 함께였다. 물론 나는 뜨락에 앉아 있다고 생각했다. 그런데 어렴풋이 정신이 들고 보니, 어느샌가 집 뒤편에 있는 파밭 앞에 쪼그리고 앉아 부지런히 파에 불을 붙이고 있었다. 뿐만 아니라 내 성냥갑도 어느새 텅 비어 있었다. 나는 담배를 피우면서 내 인생에 내가 조금도 알지 못하는 시간이 있다는 걸 생각하지 않을 수 없었다. 이런 생각은 내게 불안함보다는 오히려 섬뜩함을 안겨 주었다. 나는 어젯밤 꿈속에서 한 손으로 그녀를 목 졸라 죽였다. 하지만 꿈이 아니었다면…….

모델은 다음 날에도 오지 않았다. 나는 결국 M으로 찾아가 그녀의 안부를 물었다. 하지만 M의 주인 역시 그녀에 대해 알지 못했다. 불안해진 나는 그녀의 주소를 물었다. 그녀는 본인 입으로 야나카 산사키초에 산다고 했다. 하지만 주인의 말로는 혼고 히가시카타마치에 산다고 했다. 나는 전등에 불이 들어올 즈음 혼고 히가시카타마치에 있는 그녀의 셋집에 도착했다. 어느 골목길에 자리한, 불그스레한 페인트를 칠한 서양식 세탁소였다. 유리문으로 된 세탁소에는 셔츠 한 장만 입은 직원 둘이 부지런히 다림질을 하고 있었다. 나는 딱히 서두르지 않고 가게 유리문을 열려 했다. 그런데 어느샌가 유리문에 머리를 박고 말았다. 부딪치는 소리에 직원들은 물론이고 나 자신도 놀랐다.

나는 쭈뼛거리며 가게로 들어가 한 직원에게 말을 걸었다.

"○○ 씨라는 분 계십니까?"

"○○ 씨는 그저께부터 들어오지 않았습니다."

이 말은 나를 불안하게 만들었다. 하지만 그 이상 물어보는 건 역시 조심스러웠다. 혹시라도 무슨 일이 생겼을 때 그들에게 의심을 살까 걱정하는 마음도 있었다.

"그 사람은 가끔 집을 비우면 일주일씩 들어오지 않아요."

안색이 좋지 않은 직원이 다림질을 멈추지 않고 이렇게 덧붙이기도 했다. 나는 그의 말에서 경멸에 가까운 감정을 분명히 느꼈고, 나 자신에게 부아가 치밀어 서둘러 세탁소를 떠났다. 그러나 그건 그나마 다행이었다. 나는 평범한 가옥들이 늘어선 히가시카타마치의 길을 걷다가 문득 언젠가 꿈속에서 이런 경험을 했던 것을 떠올렸다. 페인트로 칠한 서양식 세탁소도, 안색이 좋지 않은 직원도, 불에 달아오른 다리미도—아니, 그녀를

꿈

찾아간 것도 분명 몇 달 전(혹은 몇 년 전) 꿈에서 본 것과 다르지 않았다. 또한 나는 그 꿈속에서도 역시 세탁소를 나와, 이렇게 홀로 쓸쓸한 길을 걷고 있었던 것 같다. 그보다, 그보다 앞선 꿈에 대한 기억은 조금도 내 안에 남아 있지 않았다. 그러나 지금 무슨 일이 일어나면, 그건 순식간에 그 꿈속의 일이 될 것 같은 심정도 들었다.

# 갓파

河童

1927년 3월 잡지 《개조(改造)》에 처음 발표된 작품이며, 《갓파·어느 바보의 일생》(1966년, 오분사)에 수록된 글을 원문으로 하여 번역했다.

부디 Kappa라고 발음해 주십시오.

(갓파는 물에 사는 일본 요괴로, 지역에 따라 다양한 이름으로 불리는데 도쿄 가나가와현에서는 갓파라고 불린다. 아쿠타가와 역시 그런 이유로 이 구절을 넣었다고 1927년 ≪문예춘추≫와의 대담에서 밝힌 바 있다.—옮긴이주)

서문

이것은 어느 정신병원의 환자 제23호가 누구에게나 들려주는 이야기다. 그는 이미 서른이 넘었을 것이다.

그러나 언뜻 보기에는 아주 젊은 광인이었다. 그의 반평생 경험은—아니, 그런 건 아무래도 좋다. 그는 그저 가만히 두 무릎을 안고 가끔 창밖으로 눈길을 주며(쇠창살이 달린 창밖에는 마른 잎조차 보이지 않는 떡갈나무 한 그루가 눈 내릴 듯 흐린 하늘에 가지를 뻗고 있었다.) 원장인 S박사와 나를 상대로 이 이야기를 장황하게 늘어놓았다. 전혀 움직이지 않은 건 아니었다. 그는 예컨대 "놀랐다."라고 말할 때면 갑자기 얼굴을 뒤로 젖히기도 했다.

나는 이런 그의 이야기를 꽤 정확하게 옮겼다고 생각한다. 만약 내 기록에 만족하지 못하는 사람이 있다면, 도쿄 외곽 ××촌에 있는 S정신병원을 찾아가 봐라. 나이보다 젊어 보이는 제23호 환자가 일단 정중하게 고개를 숙이고는 방석 없는 의자를 가리킬 것이다. 그리고 우울한 미소를 지으며 조용히 이 이야기를 반복하리라. 끝으로 나는 이 이야기를 끝냈을 때의 그의 낯빛을 기억한다. 그는 마지막으로 몸을 일으키고는 곧바로 주먹을 휘두르며 누구에게나 이렇게 고함을 지를 것이다. "썩 꺼져! 이 악당아! 너도 어리석고, 질투심 많고, 외설적이고, 뻔뻔스럽고, 교만하고, 잔인한, 이기적인 동물이겠지. 썩 꺼져! 이 악당!"

1

    삼 년 전 여름이었습니다. 나는 남들처럼 배낭을 메고 가미코치의 온천 여관에서 호타카야마로 올라가려 했습니다. 호타카야마로 올라가기 위해서는 아시다시피 아즈사가와를 거슬러 올라가는 것 말고는 방법이 없습니다. 저는 전에 호타카야마는 물론, 야리가타케로도 올라간 적이 있었기 때문에 아즈사가와 계곡을 길잡이도 없이 올라갔습니다. 아침 안개가 내려앉은 아즈사가와의 계곡을. 하지만 그 안개는 언제까지고 걷힐 기미가 보이지 않았습니다. 그뿐 아니라 오히려 더 짙어만 갔습니다. 나는 한 시간쯤 걷다가 일단 가미코치로 되돌아갈까 생각했습니다. 하지만 가미코치로 돌아간다 하더라도 어차피 안개가 걷히기를 기다려야 합니다. 그러나 안개는 시간이 지날수록 점점 더 짙어질 뿐이었습니다. '그래, 차라리 올라가자.' 그렇게 생각한 저는 아즈사가와 계곡을 벗어나지 않도록 조심하며 얼룩조릿대를 헤치고 올라갔습니다.

    하지만 제 눈을 가로막는 건 역시나 자욱한 안개뿐이었습니다. 물론 이따금 안개 사이로 굵은 너도밤나무와 전나무 가지가 푸른 잎을 드리운 모습도 보였습니다. 그리고 또 방목하는 말과 소도 갑자기 제 앞에 얼굴을 내밀었습니다. 그러나 그것들은 보이는가 싶으면 금세 짙은 안개 속으로 숨어 버렸습니다. 그러던 중에 발도 아프고 배도 점점 고프기 시작한 데다 안개에 젖은 등산복과 담요도 보통 무거운 게 아니었습니다. 나는 끝내 고집을 꺾고 바위에 부딪히는 물소리를 따라 아즈사가와 계곡으로 다시 내려가기로 했습니다.

나는 물가의 바위에 앉아 일단 식사를 시작했습니다. 콘비프 캔을 따고, 마른 가지를 모아 불을 지피고, 그런 일을 하는 동안 대충 십 분은 지났을 겁니다. 그사이에 심술궂은 안개는 어느샌가 어렴풋이 걷히기 시작했습니다. 나는 빵을 우물거리며 잠시 시계를 들여다보았습니다. 벌써 한 시 이십 분이 지나고 있었습니다. 하지만 그보다 더 놀란 건 뭔가 섬뜩한 얼굴 하나가 둥근 손목시계 유리 위로 설핏 그림자를 드리웠기 때문이었습니다. 저는 화들짝 놀라 뒤를 돌아봤습니다. 그러자— 제가 갓파라는 것을 본 건 실로 이때가 처음이었습니다.— 제 뒤에 있는 바위 위에 그림에서 본 것 같은 갓파 한 마리가, 한 손은 자작나무 줄기를 안고, 다른 쪽은 손차양을 하고, 신기하다는 듯 저를 내려다보고 있었습니다.

어안이 벙벙해진 저는 잠깐 동안 꼼짝도 하지 못했습니다. 갓파 역시 놀랐는지 이마에 댄 손조차 까딱하지 않았습니다. 그러다 저는 벌떡 일어나 바위 위에 있는 갓파에게 달려들었습니다. 동시에 갓파도 달아났죠. 아니, 아마도 달아난 것이겠죠. 사실 휙 몸을 돌린 줄 알았는데, 순식간에 어디론가 사라져 버렸습니다. 저는 더욱 놀라며 얼룩조릿대 속을 둘러보았습니다. 그러자 갓파가 달아나려는 자세로, 이삼 미터 떨어진 건너편에서 저를 돌아보는 게 아니겠습니까. 그건 딱히 신기하지 않았습니다. 뜻밖인 건 갓파의 몸 색깔이었습니다. 바위 위에서 저를 바라보던 갓파는 온몸이 회색빛을 띠고 있었습니다. 그런데 이번에는 온몸이 온통 초록색으로 변한 게 아니겠습니까. 저는 "제기랄!" 하고 소리치며 다시 한번 갓파에게 달려들었습니다. 물론 갓파는 도망쳐 버렸습니다. 그로부터 저는 삼십 분쯤 얼룩조릿대를 헤치고, 바위를 뛰어넘으며 갓파를 쫓아갔습니다.

갓파 또한 발이 빠르기로는 결코 원숭이에 뒤지지 않습니다. 정신없이 쫓아가는 동안 몇 번이나 갓파를 놓칠 뻔했습니다. 그뿐 아니라 발이 미끄러져 넘어진 적도 여러 번이었습니다. 그런데 커다란 칠엽수 한 그루가 굵은 가지를 뻗은 곳에 왔을 때, 다행히도 풀어놓은 소 한 마리가 갓파 앞을 가로막고 섰습니다. 그 소는 굵은 뿔에 눈에 핏발이 선 수소였습니다. 갓파는 이 수소를 보자마자 뭐라고 비명을 지르며, 흰칠한 얼룩조릿대 속으로 공중제비를 돌듯 뛰어들었습니다. 저도 '잡았다.' 생각하며 갑자기 그 뒤를 쫓아가 달려들었습니다. 하지만 거기엔 제가 모르는 구멍이 뚫려 있던 모양입니다. 매끄러운 갓파의 등에 겨우 손끝이 닿았다 싶은 순간, 저는 깊은 어둠 속으로 곤두박질쳤습니다. 하지만 우리 인간의 마음은 이런 위기일발의 순간에도 황당한 생각을 하고 마는 법입니다. 저는 "앗!" 하는 순간, 그 가미코치의 온천 여관 옆에 있던 '갓파바시'라는 다리를 떠올렸습니다. 그다음부터는 기억이 나지 않습니다. 눈앞에 번개 비슷한 것이 번뜩이는가 싶더니, 저는 어느새 정신을 잃었습니다.

2

그러다 겨우 정신을 차렸을 때, 저는 드러누운 채 수많은 갓파들에게 에워싸여 있었습니다. 그뿐 아니라 두툼한 부리 위에 코안경을 쓴 갓파 한 마리가 곁에 무릎을 꿇고 제 가슴에 청진기를 대고 있었습니다. 그 갓파는 제가 정신을 차린 걸 보고 손으로 '조용히' 하라는 시늉을 하더니 뒤에 있는 다른 갓파에게 "콱스, 콱스(Quax, quax)."라고 말했습니다. 그러자 어디선가 갓파 두 마리가 들것을 들고 다가왔습니다. 저는 이 들것에 실려 수많은 갓파들의 무리 속을 몇 백 미터쯤 조용히 지나갔습니다. 제 양옆으로 늘어선 거리는 긴자 거리와 조금도 다를 바 없었습니다. 너도밤나무 가로수 그늘에 이런저런 가게들이 차양을 나란히 하고 늘어서 있었고, 가로수 사이로 난 도로에는 자동차 여러 대가 달리고 있었습니다.

이내 저를 실은 들것은 좁은 골목길을 도는가 싶더니 어느 집 안으로 들어섰습니다. 나중에 알게 된 사실입니다만, 그곳은 그 코안경을 쓴 갓파의 집, 즉 '척'이라는 의사의 집이었습니다. 척은 저를 정돈된 침대에 눕혔습니다. 그리고는 뭔가 투명한 물약을 한 잔 마시게 했습니다. 저는 침대에 누워 척이 시키는 대로 따랐습니다. 사실 제대로 움직일 수 없을 만큼 온몸의 뼈마디가 아팠기 때문이었습니다.

척은 하루에 두세 번은 반드시 저를 진찰하러 왔습니다. 또 사흘에 한 번쯤은 제가 처음 본 갓파, 즉 '백'이라는 어부가 찾아왔습니다. 갓파는 우리 인간이 갓파를 아는 것보다 훨씬 더 인간에 관해 아는 것이 많았습니다. 인간이 갓파를 붙잡은 경우보다 갓파가 인간을 붙잡은 경우가 훨씬 많기 때문입니다. 붙잡혔다는 표현이 적절치는 않겠지만, 나보다 앞서 우리 인간은 종종 갓파 나라에 온 적이 있습니다. 그뿐 아니라 평생 갓파 나라에서 살았던 이들도 많았습니다. 왜냐고요? 우리는 이곳에서 단지 갓파가 아닌 인간이라는 특권으로 인해 일하지 않고도 먹고살 수 있기 때문입니다. 실제로 백의 이야기에 따르면, 어떤 젊은 도로공사 인부는 우연히 이 나라에 와서 암컷 갓파를 아내로 맞아 죽을 때까지 살았다고 합니다. 게다가 그 암컷은 이 나라 최고의 미녀였고, 남편인 도로공사 인부를 속이는 데도 아주 능했다고 합니다.

일주일쯤 지나서 저는 이 나라 법이 정하는 바에 따

라 '특별 보호 주민'으로서 척의 옆집에 살게 됐습니다. 제 집은 아담한 규모에 비해 꽤나 멋들어지게 꾸며져 있었습니다. 물론 이 나라의 문명은 우리 인간 세상의 문명—적어도 일본의 문명과 크게 다르지 않습니다. 길가 쪽으로 나 있는 거실 구석에는 작은 피아노가 한 대 놓여 있었고, 벽에는 에칭 판화 액자 같은 것들도 걸려 있었습니다. 다만 집을 비롯해 테이블과 의자의 크기가 갓파의 키에 맞춰져 있어서 꼭 어린애 방에서 지내는 것 같아 그 점만은 불편했습니다.

저는 늘 해 질 녘이면 그 방에 척과 백을 불러 갓파의 말을 배웠습니다. 아니, 그들만이 아니었습니다. 특별 보호 주민이었던 저에게 누구나 호기심을 갖고 있었기 때문에, 날마다 혈압을 재려고 일부러 척을 부르는 '게르'라는 유리 회사 사장도 이 방에 얼굴을 내밀곤 했습니다. 하지만 처음 보름 동안 저와 가장 친해진 건 역시 그 백이라는 어부였습니다.

어느 포근한 날 저녁이었습니다. 저는 이 방에서 테이블을 사이에 두고 어부 백과 마주앉아 있었습니다. 그러자 백은 무슨 생각인지 갑자기 입을 다물더니 커다란 눈을 더욱 크게 뜨며 저를 뚫어져라 쳐다봤습니다. 저는 당연히 의아해하며 "콱스, 백, 쿠오 쿠엘, 콴(Quax, Bag, quo quel, quan)?"이라고 말했습니다. 인간어로 번역하면 "이봐, 백, 왜 그래?"라는 뜻입니다. 하지만 백은 대답하지 않았습니다. 그뿐 아니라 갑자기 벌떡 일어서더니 혀를 날름 내밀며 마치 펄쩍 뛰는 개구리처럼 달려들려는 기색까지 보였습니다. 저는 결국 섬뜩한 기분에 슬그머니 의자에서 일어나 한달음에 문밖으로 뛰쳐나가려 했습니다. 때마침 그곳에 나타난 건 다행히 의사인 척이었습니다.

"이봐, 백, 뭐하는 거야?"

척은 코안경을 쓰고 백을 노려봤습니다. 그러자 백이 송구스러운 듯 머리를 몇 번이나 긁적이며 척에게 이렇게 사과했습니다.

"정말 죄송합니다. 실은 이분이 무서워하는 모습이 재미있어서 저도 모르게 나쁜 장난을 치고 말았습니다. 부디 용서해 주세요."


3


다음 이야기를 하기 전에 갓파에 관해 잠깐 설명해야

128

할 것 같습니다. 갓파는 아직 실제로 존재하는지 의문시
되는 동물입니다. 하지만 저 자신이 그들 사이에서 살았
으니, 존재 자체에 대해서는 조금도 의심의 여지가 없을
겁니다. 갓파란 어떤 동물인가 하면, 머리에 짧은 털이
있는 건 물론, 손발에 물갈퀴가 달린 것도 《수호고략》
(에도 시대의 유학자 고가 도안이 갓파의 정보를 수집해 고증한
갓파 연구서―옮긴이 주) 등에서 묘사된 것과 크게 다르지
않습니다. 키도 대략 일 미터가 넘을까 말까 하는 정도
입니다. 의사 척에 따르면 체중은 십에서 십사 킬로그램
정도인데, 드물게는 이십삼 킬로그램쯤 되는 거대 갓파
도 있다고 합니다. 그리고 머리 한가운데에는 타원형의
접시가 있는데, 이 접시는 나이를 먹으면서 점점 단단해
지는 모양입니다. 실제로 나이가 든 백의 접시는 젊은
척의 접시와는 전혀 다른 촉감입니다. 하지만 가장 신기
한 건 갓파의 피부색일 겁니다. 갓파의 피부색은 우리
인간처럼 일정하지 않습니다. 무엇이든 주변의 색과 같
은 색으로 변해 버리는데, 예를 들어 풀밭에 있을 때는
풀처럼 초록색으로 변하고, 바위 위에 있을 때는 바위처
럼 회색으로 변합니다. 이건 비단 갓파뿐 아니라 카멜
레온도 그렇죠. 어쩌면 갓파의 피부 조직에는 카멜레온

갓파                                    129

과 비슷한 무언가가 있을지도 모릅니다. 저는 이 사실을 발견했을 때, 서쪽 지방의 갓파는 녹색이고 동북 지방의 갓파는 붉은색이라는 민속학적 기록이 떠올랐습니다. 그뿐 아니라 갓파를 쫓아갈 때 갑자기 어디로 갔는지 눈앞에서 사라졌던 기억이 떠올랐습니다. 게다가 갓파의 피부 밑에는 꽤나 두툼한 지방층이 자리한 것으로 보이는데, 그래서인지 이 지하 나라의 기온이 비교적 낮은 편인데도(평균 십 도 전후입니다.) 옷이라는 걸 모르고 살았습니다. 물론 어떤 갓파는 안경을 쓰거나, 담뱃갑이나 지갑을 갖고 있기도 합니다. 하지만 갓파는 캥거루처럼 배에 주머니가 있어서 그런 물건들을 넣을 때도 딱히 불편하지는 않습니다. 다만 제가 이상하게 여긴 건 아랫도리조차 가리지 않는다는 점이었습니다. 저는 언젠가 백에게 왜 그러는지 물어봤습니다. 그랬더니 백은 몸을 젖히며 한참을 낄낄거리더니 오히려 "나는 가리는 당신이 이상한데."라고 대답했습니다.


4


　저는 점점 갓파가 사용하는 일상적인 말을 익히게 됐

습니다. 때문에 갓파의 풍속과 습관도 조금씩 이해하게 됐습니다. 그중에서도 가장 신기했던 건 우리 인간이 진지하게 여기는 걸 우스워하고, 우리 인간이 우스워하는 걸 진지하게 여기는, 그런 종잡을 수 없는 갓파의 습관이었습니다. 예를 들어, 우리 인간은 정의나 윤리 같은 것을 진지하게 생각하지만, 갓파는 그런 말을 들으면 배를 잡고 웃음을 터뜨립니다. 즉, 그들의 우스꽝스럽다는 관념은 우리의 우스꽝스럽다는 관념과 전혀 기준이 다른 것이죠. 한번은 의사 척과 산아 제한에 관한 이야기를 나눴습니다. 그러자 척은 입을 쩍 벌리더니 코안경이 벗겨질 정도로 웃음을 터뜨렸습니다. 저는 당연히 부아가 치밀어서 뭐가 우습냐고 따졌습니다. 척의 대답은 대충 이랬습니다. 세부적인 부분은 조금 다를 수도 있습니다. 어쨌든 그 당시에는 저도 갓파가 쓰는 말을 아직 완전히 이해하지 못했으니까요.

"하지만 부모의 사정만 생각하는 건 좀 이상하잖아요. 아무래도 너무 이기적인 것 같은데요."

대신 우리 인간 입장에서 보면 사실 갓파의 출산만큼 이상한 것도 없습니다. 실제로 저는 얼마 후 백의 부인이 출산하는 모습을 보려고 백의 오두막을 찾아갔습니다. 갓파도 출산할 때는 우리 인간과 다를 게 없습니다. 의사나 산파의 도움을 받아 출산을 하죠. 하지만 출산을 할 때 남편은 전화라도 하듯 산모의 생식기에 입을 대고 "이 세상에 태어날지 말지 잘 생각한 뒤에 대답해라."라고 큰 소리로 묻습니다. 백도 무릎을 꿇고 몇 번이고 반복해서 이렇게 말했습니다. 그리고 테이블 위에 있던 소독용 물약으로 입을 헹궜습니다. 그러자 산모의 배 속 아이는 다소 조심스러워하듯 작은 소리로 이렇게 대답했습니다.

"저는 태어나고 싶지 않아요. 무엇보다 제 아버지에게 물려받은 정신병만으로도 힘들어요. 게다가 저는 갓파라는 존재를 악하다고 믿고 있습니다."

이 대답을 들은 백은 쑥스러운 듯 머리를 긁적였습니다. 그리고 그 자리에 있던 산파는 곧바로 산모의 생식기에 두꺼운 유리관을 찔러 넣고 어떤 액체를 주입했습니다. 그러자 산모는 안도한 듯 크게 숨을 내쉬었습니다. 동시에 지금까지 부풀어 있던 배가 수소 가스를 뺀 풍선처럼 축 늘어져 버렸습니다.

배 속에서부터 이런 대답을 할 정도니 아기 갓파는 태어나자마자 걷기도 하고, 말도 합니다. 척의 이야기에 따르면 태어난 지 이십육 일째에 신이 존재하는지에 관해 강연을 한 아이도 있었다고 합니다. 그 아이는 두 달째에 죽었다고 하지만요.

출산 이야기가 나온 김에, 제가 갓파 나라에 온 지 석 달쯤 됐을 때 우연히 어느 길모퉁이에서 본 커다란 포스터 이야기를 하겠습니다. 그 큰 포스터 아랫부분에는 나팔을 부는 갓파와 칼을 든 갓파가 열두세 마리쯤 그려져 있었습니다. 그리고 윗부분에는 갓파가 사용하는, 시계 태엽처럼 생긴 나선 문자가 한 면을 가득 채우고 있었습니다. 이 나선 문자를 번역하면 대충 이런 내용입니다. 이 역시 세세한 부분은 다를 수도 있습니다. 하지만 어쨌든 저는 함께 걸어가던 '랩'이라는 학생 갓파가 큰 소리로 읽는 내용을 일일이 노트에 적어 두었습니다.


「유전적 의용대를 모집한다!!!
건전한 남녀 갓파여!!!
나쁜 유전자를 박멸하기 위해
불건전한 남녀 갓파와 결혼하라!!!」


나는 물론 그때도 그런 일은 일어나지 않을 거라고

랩에게 이야기했습니다. 그러자 랩은 물론이고 갓파들 근처에 있던 갓파들도 모두 깔깔거리며 웃기 시작했습니다.

"일어나지 않는다고요? 당신 말대로라면 인간들도 역시 우리처럼 하고 있는 것 같던데요. 당신은 도련님이 하녀에게 반하거나, 아가씨가 운전기사에게 반하는 게 무엇 때문이라고 생각합니까? 모두 무의식적으로 나쁜 유전자를 박멸하고 있는 겁니다. 일전에 당신이 말해 준 당신들 인간의 의용대보다—철도 하나를 빼앗기 위해 서로 죽이고 죽이는 의용대 말입니다.— 우리 의용대 가 훨씬 더 고상한 것 같은데요."

랩은 진지하게 이렇게 말했지만, 그 두툼한 배는 우스운 듯 끊임없이 출렁거렸습니다. 하지만 저는 웃기 커녕 황급히 한 갓파를 붙잡으려 했습니다. 제가 방심한 틈을 타 그 갓파가 제 만년필을 훔친 걸 알아차렸기 때문입니다. 하지만 매끈한 피부를 가진 갓파를 붙잡기란 쉽지 않습니다. 그 갓파는 미끄러지듯 쏙 빠져나가자마자 재빠르게 도망쳐 버렸습니다. 쓰러질까 걱정될 정도로 모기처럼 마른 몸뚱이를 한껏 굽히고 말입니다.

## 5

저는 이 랩이라는 갓파에게도 백 못지않게 신세를 졌습니다. 하지만 그중에서도 잊을 수 없는 게 '톡'이라는 갓파를 소개받은 일입니다. 톡은 갓파 무리의 시인입니다. 시인이 머리를 길게 기르는 건 우리 인간과 다를 바 없습니다. 저는 가끔 심심할 때면 톡의 집으로 놀러 갔습니다. 톡은 늘 비좁은 방에 고산 식물 화분을 늘어놓고 시를 쓰거나 담배를 피우는 등 아주 마음 편히 살고 있었습니다. 그 방 한구석에는 암컷 갓파 한 마리(톡은 자유연애주의자라 딱히 부인은 없었습니다.)가 뜨개질이나 뭔가를 하고 있었습니다. 톡은 내 얼굴을 보면 항상 미소지으며 이렇게 말하곤 했습니다. (사실 갓파의 미소는 썩 기분 좋은 느낌은 아닙니다. 적어도 저는 처음에 오히려 섬뜩하다 느꼈습니다.)

"아, 잘 왔어. 거기 의자에 앉아."

톡은 자주 갓파의 생활이나 갓파의 예술에 관한 이야기를 했습니다. 톡의 신조에 따르면, 평범한 갓파의 생활만큼 어리석은 건 없습니다. 부모자식, 부부, 형제자매란 서로를 괴롭히는 걸 유일한 즐거움으로 삼아 살아

갑니다. 특히 가족 제도란 어찌할 수 없을 정도로 어리석은 것입니다. 톡은 어느 날 창밖을 가리키며 "저길 봐. 얼마나 멍청한지!"라고 내뱉듯 말했습니다. 창밖으로 보이는 길에는 아직 어린 갓파 한 마리가, 부모인 듯한 갓파를 비롯해 일고여덟 마리의 남녀 갓파를 목덜미에 매달고 숨을 헐떡이며 걸어가고 있었습니다. 하지만 저는 젊은 갓파의 희생정신에 감탄했기에 오히려 그 갸륵함을 칭찬했습니다.

"흠, 넌 이 나라에서도 시민이 될 자격을 갖추고 있구나. ……그런데 너 사회주의자야?"

나는 물론 "쿠아(Qua)."라고 대답했습니다(갓파어로는 '그러하다'라는 뜻입니다).

"그렇다면 백 명의 평범한 이들을 위해 한 명의 천재를 희생시키는 것도 마다하지 않겠네."

"그럼 넌 무슨 주의자야? 누가 네 신조는 무정부주의라던데……."

"나 말이야? 난 초갓파야."

톡은 흥분한 듯 큰 소리로 말했습니다. 이런 톡은 예술에 관해서도 독특한 사상을 갖고 있었습니다. 톡의 신조에 따르면, 예술은 그 무엇의 지배도 받지 않는, 예술을 위한 예술이며, 따라서 예술가라는 존재는 무엇보다 선악을 초월한 초갓파여야만 한다는 것입니다. 물론 이건 꼭 톡 한 마리만의 의견은 아니었습니다. 톡의 동료 시인들도 대부분 같은 의견을 갖고 있는 것 같았습니다. 실제로 저는 톡과 함께 종종 초갓파 클럽에 놀러 가곤 했습니다. 초갓파 클럽에 모이는 갓파들은 시인, 소설가, 극작가, 비평가, 화가, 음악가, 조각가, 예술에 관심을 가진 일반 갓파 등 다양했습니다. 모두 초갓파입니다. 그들은 전등을 훤히 밝힌 살롱에서 늘 활기차게 이야기를 나눴습니다. 뿐만 아니라 가끔은 자신들의 초갓파적 면모를 의기양양하게 과시하기도 했습니다. 예를 들면, 어느 조각가는 큰 양치식물 화분 사이에서 어린 갓파를 붙잡아 놓고 열심히 남색을 즐기고 있었습니다. 또 어떤 암컷 소설가는 테이블 위로 올라가더니 압생트를 육십 병이나 마셔 보였습니다. 물론 이 갓파는 육십 병째를 마시고 테이블 아래로 굴러 떨어지자마자 바로 숨을 거뒀지만요.

　나는 어느 달 밝은 밤에, 시인 톡과 팔짱을 끼고 초갓파 클럽에서 돌아왔습니다. 톡은 여느 때와 달리 침울해져서 한마디도 하지 않았습니다. 그러던 중 우리는 불빛이 새어 나오는 작은 창문 앞을 지나쳤습니다. 창문 너머로 부부인 듯한 암수 갓파가 두세 마리의 아기 갓파와 함께 저녁 식탁에 둘러앉아 있었습니다. 그러자 톡은 한숨을 내쉬며 갑자기 내게 이렇게 말했습니다.

"난 스스로를 초갓파적 연애가라고 생각하고 있지만, 저런 가정을 보면 역시 부러운 마음이 들어."

"하지만 그건 어떻게 생각해도 모순된 것 같은데?"

그렇지만 톡은 달빛 아래에서 가만히 팔짱을 낀 채 그 작은 창문 너머로 평화로운 다섯 갓파들의 저녁 식탁을 지켜보고 있었습니다. 그러더니 잠시 후 이렇게 대답했습니다.

"저기 있는 달걀말이는 누가 뭐래도 연애 같은 것보다 위생적이거든."


6


사실 갓파의 연애는 우리 인간의 연애와는 그 경향이 사뭇 다릅니다. 암컷 갓파는 이거다 싶은 수컷 갓파를 발견하자마자, 수컷 갓파를 잡기 위해 수단과 방법을 가리지 않습니다. 가장 솔직한 암컷 갓파는 물불 가리지 않고 수컷 갓파를 쫓아다닙니다. 실제로 저는 미치광이처럼 수컷 갓파를 쫓아다니는 암컷 갓파를 본 적이 있습니다. 아니, 그뿐만이 아닙니다. 어린 암컷 갓파는 물론이고 그의 부모나 형제 갓파까지 함께 쫓아다닙니다. 수컷 갓파야말로 비참합니다. 어쨌든 꽁무니가 빠져라 도망 다니다가 운 좋게 붙잡히지 않더라도, 두세 달은 병져 눕고 마니까요. 저는 어느 날 집에서 톡의 시집을 읽고 있었습니다. 그런데 랩이라는 학생이 달려오는 게 아니겠습니까. 우리 집으로 굴러 들어온 랩은 바닥에 쓰러지자마자 숨을 헐떡이며 이렇게 말하더군요.

"큰일이에요! 드디어 저도 찍히고 말았습니다!"

나는 그 즉시 시집을 집어던지고 문을 걸어 잠갔습니다. 열쇠구멍으로 살펴보니 얼굴에 유황가루를 바른 키 작은 암컷 갓파 한 마리가 여전히 문밖을 서성이고 있었습니다. 랩은 그날부터 몇 주 동안이나 내 침실에서 잠들었습니다. 거기다 어느샌가 랩의 부리는 완전히 썩어서 떨어져 나가고 말았습니다.

그러나 또 간혹 암컷 갓파를 열심히 쫓아다니는 수컷 갓파도 없진 않았습니다. 하지만 그것도 실은 쫓아가지 않고는 견딜 수 없도록 암컷 갓파가 일을 꾸민 것이었습니다. 저 역시 미치광이처럼 암컷 갓파를 쫓아가는 수컷 갓파를 본 적이 있습니다. 암컷 갓파는 도망가다가도 이따금 짐짓 멈춰 서거나 네 발로 기기도 합니다. 더구나 적당한 때가 오면 자못 체념한 듯 쉽게 붙잡혀 줍니다. 제가 본 수컷 갓파는 암컷 갓파를 덥석 안더니 한동안 그 자리에서 뒹굴었습니다. 하지만 겨우 일어서는 모습을 보니 실망이라고 해야 하나, 후회라고 해야 하나, 뭐라 형용할 수 없는 안쓰러운 표정을 짓고 있었습니다. 하지만 그건 그나마 나은 편입니다. 이것도 제가 본 일인데, 작은 수컷 갓파 한 마리가 암컷 갓파를 쫓아다니고 있었습니다. 암컷 갓파는 예의 그 유혹적인 도주를 선보이고 있었죠. 그러자 저쪽 마을에서 커다란 수컷 갓파 한 마리가 콧김을 내뿜으며 걸어왔습니다. 암컷 갓파는 이 수컷 갓파를 보더니 "큰일 났어요! 살려 주세요! 저 갓파가 저를 죽이려고 해요!" 하고 쇳소리를 내며 외쳤습니다. 물론 큰 수컷 갓파는 곧바로 작은 갓파를 붙잡아 길 한복판에 쓰러뜨렸습니다. 작은 갓파는 물갈퀴가 달린 손을 두세 번 허공으로 뻗더니 끝내 죽고 말았습니다. 하지만 그때 이미 암컷 갓파는 히죽거리며 큰 갓파의 목덜미에 찰싹 매달려 있었습니다.

제가 알던 수컷 갓파는 마치 짠 것처럼 모두가 암컷 갓파에게 쫓겨 다녔습니다. 물론 아내와 자식을 둔 백 역시 쫓겨 다녔습니다. 게다가 두세 번은 붙잡혔습니다. 다만 '맥'이라는 철학자만은(이 친구는 톡이라는 시인 옆에 있는 갓파입니다.) 한 번도 붙잡힌 적이 없습니다. 첫째로 맥만큼 못난 갓파도 얼마 없기 때문일 것입니다. 하지만 또 다른 이유는 맥이 그다지 밖에 얼굴을 비추지 않고 집에만 있기 때문이기도 합니다. 저는 맥의 집에도 종종 이야기를 나누러 들렀습니다. 맥은 늘 어스름한 방에서 일곱 빛깔의 색유리 랜턴을 켜 놓고, 다리가 긴 책상에 앉아 두꺼운 책만 읽었습니다. 나는 언젠가 이런 맥과 갓파의 연애에 관해 이야기를 나눈 적이 있습니다.

　"왜 정부는 암컷 갓파가 수컷 갓파를 쫓아다니는 걸 더 엄하게 단속하지 않는 겁니까?"

　"일단 관리 중에 암컷 갓파가 적기 때문이죠. 암컷 갓파는 수컷 갓파보다 질투심이 훨씬 강하기 때문에 암컷 갓파 관리가 많아지기만 하면 수컷 갓파는 지금보다 훨씬 덜 쫓기며 살 수 있겠죠. 하지만 그 효력도 대단치는 않을 겁니다. 왜냐고 물어보세요. 그건 바로 같은 관리들끼리도 암컷 갓파가 수컷 갓파를 쫓아다닐 테니까요."

"그럼 당신처럼 사는 게 가장 행복하겠군요."

그러자 맥은 의자에서 일어나 내 두 손을 꼭 잡은 채 한숨과 함께 이렇게 말했습니다.

"당신은 우리 갓파가 아니니 이해하지 못하는 것도 당연합니다. 하지만 나도 가끔은 그 무서운 암컷 갓파에게 쫓기고 싶은 마음이 들어요."


7


저는 시인 톡과 함께 종종 음악회도 갔습니다. 그중에서 아직도 잊을 수 없는 건 세 번째로 갔던 음악회입니다. 공연장의 외관은 일본과 크게 다를 바 없습니다. 역시나 뒤로 갈수록 점점 높아지는 좌석에 암수 갓파 삼사백 마리가 모두 프로그램을 손에 들고 앉아, 열심히 귀를 기울이고 있습니다. 저는 이 세 번째 음악회 때는 톡과 톡의 암컷 갓파 말고도 철학자 맥과 함께 맨 앞자리에 앉아 있었습니다. 그런데 첼로의 독주가 끝난 뒤에, 유난히 눈이 가느다란 갓파 한 마리가 악보를 아무렇게나 안고 단상으로 올라왔습니다. 이 갓파는 프로그램에 적힌 대로 유명 작곡가 '크라백'이었습니다. 프로그램에 적힌 대로…… 아니, 굳이 프로그램을 볼 것도 없었습니다. 크라백은 톡이 속해 있는 초갓파 클럽의 회원이라서 저도 얼굴은 알고 있었습니다.

　'리트 크라백(Lied—Craback)'(갓파 나라의 프로그램도 대부분 독일어로 쓰여 있었습니다.)

크라백은 박수갈채가 울려 퍼지는 가운데 우리에게 꾸벅 목례를 하고 나서 조용히 피아노 앞으로 다가갔습니다. 그러고는 역시 아무렇게나 본인이 작곡한 가곡을 연주하기 시작했습니다. 톡의 말에 따르면 크라백은 이 나라가 낳은 음악가 중에서도 전무후무한 천재라고 했습니다. 크라백의 음악은 물론이거니와 그의 또 다른 특기인 서정시에도 관심을 갖고 있던 저는 커다란 활 모양의 피아노 소리에 열심히 귀를 기울이고 있었습니다. 톡과 맥도 어쩌면 나보다 더 황홀경에 빠져 있었을지도 모릅니다. 하지만 그 아름다운(적어도 갓파들의 이야기에 따르면) 암컷 갓파만은 프로그램을 꽉 쥐고 이따금 짜증스러운 듯 긴 혀를 날름거렸습니다. 맥의 말에 따르면, 십여 년 전쯤에 크라백을 붙잡는 데 실패한 뒤로 아직도 이 음악가를 눈엣가시처럼 여기고 있다고 했습니다.

크라백은 온몸에 정열을 담아 싸우듯 피아노를 연주

했습니다. 그때 갑자기 공연장 안에 느닷없이 천둥처럼 울려 퍼진 건 "연주 금지."라는 목소리였습니다. 저는 그 목소리에 깜짝 놀라 무심코 뒤를 돌아봤습니다. 목소리의 주인공은 다름 아닌 맨 뒷자리에 앉은 훤칠한 경찰이었는데요, 제가 뒤돌아봤을 때 경찰은 유유히 자리에 앉아 다시 한번 전보다 더 큰 목소리로 "연주 금지."라고 고함쳤습니다. 그러고 나서는…….

그다음부터는 혼란의 도가니였습니다. "경찰의 횡포!" "크라백, 연주해라! 계속해!" "멍청이!" "제기랄!" "꺼져!" "지지 마!"…… 이런 소리들이 터져 나오는 가운데 의자는 쓰러지지, 프로그램은 날아가지, 거기다 누가 던졌는지 빈 사이다 병이며 돌멩이, 심지어 먹다 만 오이까지 날아왔습니다. 저는 어안이 벙벙해서 톡에게 그 이유를 물어보려 했습니다. 하지만 톡도 흥분했는지 의자 위에 올라가서 "크라백, 연주해! 계속 쳐!"라고 목청껏 외쳐 댔습니다. 뿐만 아니라 톡의 암컷 갓파도 어느샌가 적의를 잊었는지 톡처럼 "경찰의 횡포!"라고 외쳤습니다. 저는 어쩔 수 없이 맥을 향해 "대체 어떻게 된 일입니까?" 하고 물었습니다.

"이 상황이요? 이 나라에서는 흔히 있는 일입니다.

원래 그림이니 문학이니 하는 건……."

맥은 뭔가가 날아올 때마다 살짝 목을 움츠리며 여전히 조용한 목소리로 설명해 주었습니다.

"원래 그림이니 문학이니 하는 건 누가 봐도 무엇을 표현하고 있는지 분명히 알 수 있기 때문에, 이 나라에서는 발매 금지나 관람 금지는 절대 하지 않습니다. 그 대신에 연주를 금지하죠. 어쨌든 음악이라는 것만은 아무리 풍속을 해치는 곡이라도 듣는 귀가 없는 갓파는 알 수 없으니까요."

"그러면 저 경찰은 듣는 귀가 있는 겁니까?"

"글쎄요, 그건 의문이네요. 아마 방금 그 선율을 들으면서 부인과 함께 자고 있을 때의 심장 고동 소리라도 떠올렸나 보죠."

이런 와중에도 소동은 더욱더 떠들썩해졌습니다. 크라백은 피아노 앞에 앉아 오연하게 우리를 돌아봤습니다. 하지만 아무리 오연하게 굴어도 날아오는 물건들을 피하지 않을 도리가 없었습니다. 한마디로 이삼 초 간격으로 몸을 홱홱 움직였다는 말입니다. 하지만 어쨌든 대체로 거장의 위엄을 보이며 가느다란 눈을 매섭게 빛내고 있었습니다. 저는—물론 저 역시 위험을 피하기 위해 톡을 방패로 삼고 있었습니다. 하지만 역시 호기심을 이기지 못하고 열심히 맥과 대화를 이어갔습니다.

"그런 검열은 너무 난폭하지 않습니까?"

"뭐, 어느 나라보다도 오히려 더 진보적이죠. 예를 들어 ××를 보세요. 실제로 불과 한 달 전만 해도……."

이렇게 말을 잇던 찰나였습니다. 맥은 공교롭게도 정수리에 빈 병을 맞고. "쿠액(Quack)."(이건 그냥 감탄사입니다.)이라고 외마디 비명을 지르고는 결국 혼절하고 말았습니다.

8

저는 유리 회사 사장인 게르에게 이상하게도 호감이 갔습니다. 게르는 자본가 중의 자본가입니다. 아마 이나라 갓파 중에서도 게르만큼 배불뚝이 갓파는 한 마리도 없을 것입니다. 하지만 여주를 닮은 부인과 오이를 닮은 자식을 양옆에 끼고 안락의자에 앉아 있는 모습은 행복 그 자체였습니다. 나는 가끔 재판관 '펩'과 의사 척을 따라 게르 가의 저녁 식사에 참석했습니다. 또 게르의 소개장을 들고 게르와 그의 친구들이 얼마간 관계를 맺고 있는 다양한 공장들을 구경하고 다니기도 했습니다. 그 다양한 공장들 중에서도 특히 흥미로웠던 곳은 서적 제조 회사의 공장이었습니다. 나는 젊은 갓파 기사와 함께 공장에 들어가 수력 전기를 동력으로 쓰는 커다란 기계를 바라보면서 새삼스레 갓파 나라 기계 공업의 진보에 경탄했습니다. 그곳에서는 한 해에 칠백만 권의 책을 제조한다고 했습니다. 하지만 저를 놀라게 한 건 책의 부수가 아니었습니다. 그렇게 많은 책을 생산하는 데 조금도 힘이 들지 않는다는 게 아닙니까. 어쨌든 이 나라에서는 책을 만드는 데 그저 종이와 잉크와 회색 가루를 깔때기 모양의 기계 투입구에 넣기만 하면 되니까요. 그 원료들이 기계에 들어가면 거의 오 분도 지나지 않아 국판, 사륙판, 반국판 등 무수한 책이 만들어져 나옵니다. 나는 폭포수처럼 흘러나오는 갖가지 책들을 바라보며, 몸을 뒤로 젖힌 갓파 기사에게 그 회색 가루가 무엇인지 물었습니다. 그러자 기사는 검게 빛나는 기계 앞에 서서 지루한 표정으로 이렇게 대답했습니다.

"이거 말입니까? 이건 당나귀의 뇌수입니다. 네, 한 번 건조시켜서 대충 가루로 만들었을 뿐입니다. 시세는 일 톤에 이삼 전쯤 합니다."

물론 이런 공업의 기적은 비단 서적 제조 회사에서만 일어나는 건 아니었습니다. 그림 제작 회사에서도, 음악 제작 회사에서도 똑같이 일어나고 있었습니다. 실제로 게르의 이야기에 따르면, 이 나라에서는 한 달 평균 칠팔백여 종의 기계가 새로 고안돼, 놀랍게도 갓파의 손을 거치지 않고 대량 생산이 이뤄지고 있다고 합니다. 또한 해고되는 직공도 사오만 마리를 넘지 않는다고 합니다. 그런데도 아직 이 나라에서는 매일 아침 신문을 읽으면서도 파업이라는 글자를 한 번도 본 적이 없습니다. 이것을 의아하게 여긴 저는 어느 날 펩, 척과 함께 게르 가의 만찬에 초대받은 자리에서 이유를 물어봤습니다.

　　"그야 다들 먹어 버리니까요."

　　식사가 끝난 뒤 담배를 문 게르는 아무렇지도 않다는 양 이렇게 말했습니다. 하지만 저는 '먹어 버린다'는 말이 무슨 뜻인지 이해할 수 없었습니다. 그러자 코안경을 쓴 척이 내 마음을 헤아렸는지 옆에서 설명을 덧붙였습니다.

　　"그 직공들을 모두 죽여서 그 고기를 식용으로 쓰는 겁니다. 여기 신문을 보세요. 이번 달에는 6만 4,769마리의 직공이 해고돼 그만큼 고기 값도 내린 겁니다."

"장인들은 순순히 죽는 건가요?"

"그야 난리를 쳐도 소용이 없으니까요. 직공 도축법이 있기 때문이죠."

이건 소귀나무 화분을 등진 채 쓸쓸한 표정을 짓고 있던 펩이 한 말입니다. 저는 당연히 불쾌감을 느꼈습니다. 하지만 주인공인 게르는 물론이고 펩과 척도 그걸 당연하게 여기는 모양이었습니다. 실제로 척은 웃으면서 조롱하듯 내게 말을 건넸습니다.

"한마디로 굶어 죽거나 자살하는 수고를 국가적으로 덜어 주는 셈입니다. 유독가스를 살짝 맡게 할 뿐이니까 큰 고통은 없습니다."

"하지만 그 고기를 먹는다는 건……."

"그런 농담을 하시면 안 되죠. 맥에게 들려주면 아마 한바탕 웃음을 터뜨리겠군요. 당신네 나라에서도 제4계급의 소녀들은 창부가 되지 않습니까? 직공의 고기를 먹는 것 따위에 분개하는 건 감상주의입니다."

이런 문답을 듣고 있던 게르는 가까운 테이블 위에 있던 샌드위치 접시를 권하며 태연하게 제게 이렇게 말했습니다.

"어떠세요? 하나 드시지 않을래요? 이것도 직공의

고기입니다만."

당연히 나는 질색했습니다. 아니, 그뿐만이 아니었습니다. 펩과 척의 웃음소리를 뒤로하고 게르의 집 거실에서 뛰쳐나왔습니다. 마침 머리 위로 펼쳐진 하늘에 별빛도 보이지 않는 궂은 밤이었습니다. 저는 그 어둠 속을 지나 집으로 돌아가면서 걸음마다 구역질을 했습니다. 밤눈에도 허옇게 흐르는 구토를.


9


하지만 유리 회사 사장인 게르는 분명 살가운 성격의 갓파였습니다. 나는 종종 게르와 함께 그가 속해 있는 클럽에 가서 유쾌하게 하룻밤을 보냈습니다. 우선 그 클럽이 톡이 속해 있는 초갓파 클럽보다 훨씬 더 아늑한 분위기였습니다. 뿐만 아니라 게르의 이야기는 철학자 맥의 이야기처럼 깊이가 있지는 않았지만, 제게 완전히 새로운 세계를—넓은 세계를 언뜻 보여 주었습니다. 게르는 늘 순금 스푼으로 커피 잔을 휘저으며 쾌활하게 이런저런 이야기를 했습니다.

어느 안개가 짙게 낀 밤, 저는 겨울 장미를 가득 담은 꽃병을 두고 게르의 이야기를 듣고 있었습니다. 방 전체는 물론이고 의자나 테이블도 흰색에 얇은 금색 테두리를 두른 시세션(secession, 십구 세기 말 독일 및 오스트리아에서 일어난 전위적 성격의 예술 유파. 과거의 전통에서 분리돼 자유로운 표현 활동을 목표로 했다.—옮긴이 주)풍의 방이었던 것으로 기억합니다. 게르는 평소보다 더 의기양양하게 얼굴 가득 미소를 머금고서는, 그 무렵 한창 정권을 잡고 있던 쿠오락스(Quorax)당 내각에 관해 이야기했습니다. 쿠오락스라는 단어는 의미 없는 단순한 감탄사라 '어라'라고 번역할 수밖에 없습니다. 어쨌든 그들은 무엇보다도 '갓파 전체의 이익'을 표방하는 정당이었습니다.

"쿠오락스당을 지배하고 있는 건 고명한 정치가 '로페'입니다. '정직은 최선의 외교다.'라는 건 비스마르크의 말이죠. 하지만 로페는 정직함을 내정에도 적용하고 있습니다."

"그러나 로페의 연설은……."

"일단 제 말을 들어 보세요. 그 연설은 물론 모두 거짓말입니다. 하지만 거짓말이라는 건 누구나 알고 있는 사실이라 결국은 정직한 셈인데, 그걸 일률적으로 거짓말이라고 하는 건 당신들의 편견입니다. 우리 갓파는 당신들처럼…… 그건 아무래도 좋습니다. 제가 말하고 싶은 건 로페에 관한 이야기입니다. 로페는 쿠오락스당을 지배하고 있고, 또 로페를 지배하고 있는 것은 푸후(Pou-Fou) 신문(이 푸후라는 단어도 역시 의미 없는 감탄사입니다. 굳이 번역하자면 '아아'일까요.) 사장인 '쿠이쿠이'입니다. 하지만 쿠이쿠이도 자신의 주인은 아닙니다. 쿠이쿠이를 지배하고 있는 건 당신 앞에 있는 게르입니다."

"하지만 실례가 될지 모르지만, 푸후 신문은 노동자 편을 드는 신문이지 않습니까. 그곳 사장인 쿠이쿠이도 당신의 지배를 받고 있다는 건……."

"푸후 신문 기자들은 물론 노동자의 편입니다. 그러나 기자들을 지배하는 건 쿠이쿠이 말고는 없습니다. 그리고 쿠이쿠이는 이 게르의 후원을 받지 않을 수 없죠."

게르는 여전히 미소를 지으며 순금 수저를 가지고 놀고 있었습니다. 저는 이런 게르를 보면서 그를 미워하기보다는 푸후 신문 기자들에게 동정심이 생겼습니다. 그러자 게르는 내 침묵에서 곧바로 이 동정심을 읽어 낸 모양인지 큰 배를 부풀리며 이렇게 말했습니다.

"뭐, 푸후 신문 기자들도 모두 노동자 편은 아닙니다. 적어도 우리 갓파는 누구 편을 들기 전에 먼저 자기 편을 드니까요. ……그러나 더욱 성가신 건 이 게르 자신조차도 역시 누군가의 지배를 받고 있다는 사실입니다. 그게 누구라고 생각하십니까? 바로 제 아내입니다. 아름다운 게르 부인입니다."

게르는 큰 소리로 웃었습니다.

"그건 오히려 행복한 일이죠."

"어쨌든 저는 만족합니다. 하지만 이것도 당신 앞에서만―갓파가 아닌 당신 앞에서만 마음 놓고 할 수 있는 말입니다."

"그렇다면 쿠오락스 내각은 게르 부인이 지배하는 셈이군요."

"그렇게 말할 수도 있겠죠. ……하지만 칠 년 전의 전쟁은 분명 어느 암컷 갓파 때문에 시작된 게 틀림없습니다."

"전쟁? 이 나라에도 전쟁이 있었습니까?"

"있었고말고요. 앞으로도 언제 일어날지 모릅니다. 이웃 나라가 있는 한……."

저는 사실 이때 처음으로 갓파 나라도 국가적으로 고립돼 있지 않다는 사실을 알았습니다. 게르의 설명에 따르면, 갓파는 항상 수달을 가상의 적으로 삼고 있다고 합니다. 게다가 수달은 갓파에게 뒤지지 않는 군비를 갖추고 있다고 합니다. 저는 이 수달을 상대로 갓파가 전쟁을 벌였다는 이야기에 적잖은 흥미를 느꼈습니다. [아무튼 수달이 갓파의 천적이라는 건 ≪수호고략≫의 저자는 물론 ≪산도민담집≫의 저자 야나기다 구니오(일본의 민속학자. 일본 각지의 전승기록을 집대성하여 일본민속학을 확립했다. ≪산도민담집≫에는 갓파에 대한 글이 실려 있다.—옮긴이 주) 씨도 몰랐던 새로운 사실입니다.]

"그 전쟁이 일어나기 전에는 물론 두 나라 모두 방심하지 않고 가만히 상대의 동태를 주시했습니다. 왜냐하면 양쪽 다 상대를 두려워하고 있었기 때문입니다. 그러던 중 이 나라에 있던 한 수달이 어느 갓파 부부를 찾아갔습니다. 부부 중 암컷 갓파는 남편을 죽일 작정이었습니다. 남편이 워낙에 난봉꾼이었거든요. 게다가 생명보험을 들고 있었기 때문에 그 유혹도 있었겠죠."

"그 부부를 아십니까?"

"네, 아니오, 수컷 갓파만 압니다. 제 아내는 이 갓파를 천하의 나쁜 놈처럼 말하지만, 제 생각에는 나쁜 놈이라기보다는 오히려 암컷 갓파에게 붙잡힐까 두려워하는 피해망상증이 심한 미치광이입니다. ……그래서 이 암컷 갓파는 남편의 코코아 찻잔 속에 청산가리를 넣었습니다. 그런데 또 뭐가 잘못됐는지, 손님인 수달이 마셔 버렸죠. 물론 그 수달은 죽었습니다. 그러고 나서……."

"전쟁이 일어났습니까?"

"네, 공교롭게도 그 수달은 훈장을 받은 자였거든요."

"전쟁은 어느 나라가 이겼습니까?"

"물론 우리나라가 이겼습니다. 36만 9,500마리의 갓파들은 승리를 위해 장렬하게 전사했죠. 하지만 적국에 비하면 그 정도 피해는 별것 아닙니다. 이 나라에 있는 모피란 모피는 대부분 수달 가죽입니다. 저도 그 전쟁 때 유리를 제조하는 것 말고도 석탄재를 전장으로 보냈습니다."

"석탄재는 어디에 씁니까?"

"물론 식량이죠. 우리 갓파는 배가 고프면 뭐든 먹어 치울 수 있으니까요."

"그건…… 부디 화내지 말고 들어 주세요. 그건 전장에 있는 갓파들에게는…… 우리나라에서는 추문입니다."

"이 나라에서도 분명 추문입니다. 하지만 내가 이렇

게 말하면 아무도 추문이라 하지 않죠. 철학자 맥도 말하지 않았습니까. '그대의 악은 그대 스스로 말하라. 악은 저절로 소멸할 것이다.' ……게다가 저는 이익 말고도 애국심에 불타오르고 있었으니까요."

때마침 그곳을 찾아온 것은 이 클럽의 종업원이었습니다. 종업원은 게르에게 고개 숙여 인사한 뒤 낭독이라도 하듯 이렇게 말했습니다.

"사장님 옆집에 불이 났습니다."

"화…… 화재!"

게르는 화들짝 놀라 벌떡 일어났습니다. 저도 당연히 따라 일어났습니다. 하지만 종업원은 침착하게 다음 말을 덧붙였습니다.

"하지만 이미 진화됐습니다."

종업원을 보내는 게르의 표정은 우는 건지 웃는 건지 알 수 없었습니다. 저는 그의 표정을 보며, 어느샌가 이 유리 회사 사장을 미워하고 있었다는 사실을 깨달았습니다. 하지만 게르는 이제 대자본가도 뭣도 아닌, 평범한 갓파가 되어 서 있었습니다. 나는 꽃병에서 겨울 장미를 뽑아 게르의 손에 쥐여 주었습니다.

"하지만 진화됐다고 해도 부인께서 무척 놀라셨을 겁

니다. 자, 이걸 가지고 얼른 가 보세요."

"고맙습니다."

게르는 제 손을 잡았습니다. 그러더니 갑자기 씩 웃으며 작게 속삭였습니다.

"옆집은 제가 세를 놓은 집이거든요. 화재 보험금은 건질 수 있겠네요."

나는 그때 게르의 미소를—경멸할 수도 없고, 증오할 수도 없는 게르의 미소를 아직도 생생하게 기억합니다.


10


"무슨 일이야? 오늘따라 왠지 기운이 없어 보이는데?"

그 화재가 발생한 다음 날이었습니다. 저는 담배를 피우면서 거실 의자에 앉아 있는 학생 랩에게 이렇게 말했습니다. 실제로 랩은 왼쪽 다리를 오른쪽 다리 위에 올리고 썩은 부리도 보이지 않을 정도로 멍하니 바닥만 바라보고 있었습니다.

"랩, 무슨 일 있어?"

"아닙니다. 뭐, 별거 아니에요."

랩은 그제야 고개를 들고 슬픈 듯 훌쩍거리며 말했습니다.

"저는 오늘 창밖을 바라보며 별 생각 없이 '어, 벌레잡이제비꽃이 피었네.'라고 중얼거렸어요. 그러자 갑자기 여동생 표정이 바뀌더니 '그래, 어차피 난 벌레잡이제비꽃이니까.'라고 성질을 부리는 게 아니겠어요. 더구나 어머니도 여동생을 워낙 편애하기 때문에 저한테 뭐라고 하는 거예요."

"왜 벌레잡이제비꽃이 핀 게 여동생을 불쾌하게 만든 거지?"

"글쎄요, 아마 수컷 갓파를 붙잡는다는 뜻으로 받아들였겠죠. 거기에 어머니와 사이가 좋지 않은 고모까지 싸움에 끼어드는 바람에 한바탕 소란이 벌어졌어요. 게다가 일 년 내내 술에 취해 있는 할아버지는 싸우는 걸 보자마자 아무나 걸리는 대로 때리기 시작했죠. 그것만으로도 수습이 안 되는 마당에 남동생이 그 틈을 타서 엄마 지갑을 훔치더니 재빨리 영화인지 뭔지를 보러 가 버렸고요. 저는…… 정말 저는 이제……."

랩은 두 손에 얼굴을 묻고 말없이 울음을 터뜨렸습니다. 저는 당연히 그를 안쓰럽게 여겼습니다. 동시에 가족 제도에 대한 시인 톡의 경멸을 다시금 떠올린 것도 물론입니다. 저는 랩의 어깨를 다독이며 열심히 위로했습니다.

"그런 일은 어느 집에서나 흔히 있어. 용기 내."

"하지만…… 부리라도 썩지 않았다면……."

"그건 포기하는 수밖에 없지. 자, 톡의 집에나 가자."

"톡 씨는 저를 경멸하고 있어요. 저는 톡 씨처럼 대담하게 가족을 버릴 수 없으니까요."

"그럼 크라백 씨 집으로 가자."

나는 그 음악회 이후 크라백과도 친구가 됐기 때문에 좌우지간 이 대음악가의 집으로 랩을 데려갔습니다. 크라백은 톡에 비해 훨씬 호화롭게 살고 있었습니다. 그렇다고 자본가 게르처럼 산다는 뜻은 아닙니다. 다만 갖가지 골동품들을—타나그라 인형이며 페르시아 도자기를 방 한가득 전시해 놓은 가운데 터키풍의 긴 의자를 놓고, 자기 초상화 아래에서 늘 아이들과 놀고 있었습니다. 그런데 오늘은 어찌된 영문인지 팔짱을 낀 채 씁쓸한 표정으로 앉아 있었습니다. 그뿐 아니라 그의 발밑에는 버리는 종이들이 널브러져 있었습니다. 랩도 시인 톡과 함께 종종 크라백과 만났을 것입니다. 그러나 그런 모습에 겁을 먹었는지, 오늘은 정중하게 고개 숙여 인사를 하고는 말없이 방 한구석에 앉았습니다.

"크라백, 무슨 일 있어?"

나는 인사 대신 대음악가에게 그렇게 물었습니다.

"무슨 일 있냐고? 멍청한 비평가 놈들! 내 서정시는 톡의 서정시에 비할 바가 아니라고 하더라고."

"하지만 자네는 음악가고……."

"그것만이면 참을 수 있지. 나는 록에 비하면 음악가라는 이름에 걸맞지 않다고 말하는 거야."

'록'은 종종 크라백과 비교되곤 하는 음악가입니다. 하지만 아쉽게도 초갓파 클럽 회원이 아닌 관계로 저는 한 번도 이야기해 본 적이 없습니다. 부리가 반쯤 위로 젖혀진, 보통내기가 아닐 것 같은 얼굴만큼은 사진으로 종종 보았습니다.

"록도 분명 천재야. 하지만 록의 음악에는 자네 음악에 흘러넘치는 근대적 정열이 없지."

"너 정말 그렇게 생각해?"

"그렇고말고."

그러자 크라백은 자리에서 일어나더니 타나그라 인형을 움켜쥐고는 느닷없이 바닥에 내동댕이쳤습니다.

랩은 상당히 놀랐는지 소리를 지르며 도망치려 했습니다. 하지만 크라백은 랩과 저에게 '놀라지 말라'는 시늉을 하며 싸늘하게 말했습니다.

"그건 너 역시 속물들처럼 듣는 귀가 없어서겠지. 나는 록이 두려워……."

"네가? 공연히 겸손 떨지 마."

"내가 뭣하러 겸손을 떨지? 너네 앞에서 겸손을 떨 거면 진작 비평가들 앞에서 그랬을 거야. 나는…… 크라백은 천재야. 그 점에서는 록이 두렵지 않아."

"그럼 뭘 두려워하는 거야?"

"정체 모를 무언가를, ……말하자면 록을 지배하는 별이."

"나는 도무지 이해가 안 가."

"그럼 이렇게 말하면 알아들을까. 록은 나의 영향을 받지 않아. 하지만 나는 어느샌가 록의 영향을 받고 말지."

"그건 자네 감수성의……."

"글쎄, 들어 봐. 감수성의 문제가 아니야. 록은 언제나 만족스럽게 자기만 할 수 있는 일을 하고 있어. 하지만 나는 늘 불안해. 그건 록 입장에서는 어쩌면 한 걸음

차이일지도 몰라, 하지만 나에게는 십오 킬로미터의 차이지."

"하지만 선생님의 영웅곡은……."

크라백은 가느다란 눈을 더욱 가늘게 뜨고 짜증스레 랩을 쳐다보았습니다.

"닥쳐. 너 같은 놈이 뭘 안다고. 나는 록을 잘 알아. 록에게 엎드려 절하는 개 같은 놈들보다 록을 더 잘 안다고."

"알았으니 좀 조용히 해."

"만일 조용히 할 수 있다면…… 나는 늘 이렇게 생각해. 우리가 알지 못하는 무언가가 나를, 크라백을 조롱하기 위해 록을 내 앞에 세웠다고. 철학자 맥은 이런 내막을 모두 알고 있지. 허구한 날 그 색유리 랜턴을 켜 놓고 고릿적 책만 읽는 주제에."

"어떻게?"

"최근 맥이 쓴 《바보의 말》이라는 책을 한번 봐."

크라백은 내게 책 한 권을 건네, 아니, 던져 주었습니다. 그러고는 다시 팔짱을 끼고 퉁명스럽게 말했습니다.

"그럼 오늘은 이만 실례할게."

나는 잔뜩 풀이 죽은 랩과 함께 다시 길로 나왔습니

다. 행인이 많은 길 양쪽에는 여전히 너도밤나무 가로수 밑에 온갖 가게들이 늘어서 있었습니다. 우리는 그냥 조용히 걸었습니다. 그러던 중 긴 머리의 시인 톡과 마주쳤습니다. 톡은 우리 얼굴을 보자마자 배 주머니에서 손수건을 꺼내 이마를 몇 번이고 닦았습니다.

"야아, 이게 얼마 만이야. 오늘 오랜만에 크라백을 찾아가 보려고 하는데……."

저는 이 예술가들을 다투게 둬서는 안 되겠다는 생각에, 크라백의 심기가 얼마나 불편했는지 에둘러 말했습니다.

"그래. 그럼 그만둬야겠네. 어쨌든 크라백은 신경쇠약이니까. ……나도 지난 이삼 주 동안 잠을 못 자서 힘들어."

"그럼 우리랑 함께 산책이라도 하는 거 어때?"

"아니, 오늘은 사양할게. 앗!"

톡은 이렇게 외치며 제 팔을 단단히 붙잡았습니다. 게다가 어느샌가 온몸에서 식은땀을 흘리는 것이 아니겠습니까.

"왜 그래?"

"왜 그러세요?"

"아니, 저 자동차 창문 안에서 초록색 원숭이 한 마리가 고개를 내민 것처럼 보여서."

저는 조금 걱정돼서 아무튼 의사 척에게 진찰을 받아 보라고 권했습니다. 하지만 톡은 무슨 말을 해도 도무지 수긍할 기색조차 보이지 않았습니다. 그뿐 아니라 뭔가 의심스러운 표정으로 우리 얼굴을 번갈아 보며 이런 말까지 했습니다.

"나는 결코 무정부주의자가 아냐. 그 점만은 꼭 잊지 말아 줘. 그럼 안녕히. 척 같은 녀석은 아주 질색이야."

우리는 멍하니 서서 톡의 뒷모습을 바라봤습니다. 우리는―아니, '우리'가 아닙니다. 학생 랩은 어느새 길 한가운데서 다리를 벌리고 허리를 굽혀, 가랑이 사이로 쉼 없이 오가는 자동차와 길을 들여다보는 게 아니겠습니까. 저는 이 갓파도 미쳐 버린 줄 알고 놀라서 랩을 일으켜 세웠습니다.

"아니, 지금 이게 뭐 하는 짓이야?"

하지만 랩은 눈을 비비며 의외로 차분하게 대답했습니다.

"아뇨, 너무 우울해서 세상을 거꾸로 바라본 거예요. 하지만 역시 마찬가지네요."

## 11

이것은 철학자 맥이 쓴 《바보의 말》 중 한 장입니다.

　＊

바보는 항상 자기를 제외한 남들이 바보라고 믿는다.

　＊

우리가 자연을 사랑하는 건 자연이 우리를 미워하거나 질투하지 않기 때문이기도 하다.

　＊

가장 현명한 삶은 한 시대의 습관을 경멸하면서도, 동시에 그 습관을 조금도 어기지 않고 사는 것이다.

　＊

우리가 가장 자랑스러워해야 할 것은 우리가 가지고 있지 않은 것뿐이다.

　＊

어떠한 사람도 우상을 파괴하는 것에 이의를 제기하는 이는 없다. 동시에 어떠한 사람도 우상이 되는 것에 이의를 제기할 수 있는 이는 없다. 그러나 우상의 자리에 평온하게 앉을 수 있는 이는 신들의 축복을 한 몸에

받은 자, 즉 바보이거나 악인이거나 영웅이다.

(크라백은 이 장 위에 손톱자국을 남겼습니다.)

＊

우리의 삶에 필요한 사상은 삼천 년 전에 이미 바닥 났는지도 모른다. 우리는 그저 오래된 장작더미에 새로운 불씨를 지피는 것뿐이다.

＊

우리의 특색은 항상 우리 자신의 의식을 초월하는 것이다.

＊

행복은 고통을 수반하고, 평화는 권태를 수반한다면……?

＊

자기 자신을 변호하는 것은 타인을 변호하는 것보다 어렵다. 의심스럽거든 변호사를 보라.

＊

자만, 애욕, 의심─모든 죄는 삼천 년 동안 이 세 가지에서 비롯됐다. 동시에 모든 덕도 그러할 것이다.

＊

물질적 욕망을 줄이는 게 반드시 평화를 가져다주지

는 않는다. 우리는 평화를 얻기 위해 정신적 욕망도 줄여야 한다.

(크라백은 이 장에도 손톱자국을 남겼습니다.)

\*

우리는 인간보다 불행하다. 인간은 갓파만큼 진화하지 못했다.

(이 장을 읽고서 저도 모르게 웃어 버렸습니다.)

\*

이루는 일은 이룰 수 있는 일이고, 이룰 수 있는 일은 이루는 일이다. 결국 우리의 생활은 이런 순환 논법에서 벗어날 수 없다.—즉, 처음부터 끝까지 불합리하다.

\*

보들레르는 백치가 되고 나서 그의 인생관을 단 한마디로—여음(女陰)이라는 한 마디로 표현했다. 그러나 그런 말만이 꼭 그를 말해 주는 건 아니다. 오히려 그의 천재성에—그의 삶을 유지하기에 충분한 시적 천재성을 믿었기에 위(胃)라는 한마디를 잊어버린 것이다.

(이 장에도 역시 크라백의 손톱자국이 남아 있었습니다.)

\*

만약 이성만을 고집한다면 우리는 당연히 우리 자신

의 존재를 부정해야만 한다. 이성을 신으로 모신 볼테르가 행복하게 일생을 마쳤다는 건, 즉 인간이 갓파보다 더 진화하지 않았다는 것을 보여 준다.


12


비교적 쌀쌀한 오후였습니다. 저는 ≪바보의 말≫을 읽다가 지겨워져서 철학자 맥을 만나러 나섰습니다. 그러자 어느 쓸쓸한 길모퉁이에 모기처럼 여윈 갓파 한 마리가 멍하니 벽에 기대 서 있었습니다. 그리고 그는 틀림없이 언젠가 제 만년필을 훔쳐 갔던 그 갓파였습니다. 저는 잘 만났다 싶어서 때마침 그곳을 지나가던 건장한 경찰을 불러 세웠습니다.

"저 갓파를 좀 조사해 주세요. 꼭 한 달 전에 제 만년필을 훔쳐 갔습니다."

경찰은 오른손에 봉을 들고(이 나라의 경찰은 칼 대신 주목 봉을 들고 다닙니다.) "이봐, 거기." 하고 그 갓파에게 말을 걸었습니다. 저는 그 갓파가 달아날지도 모르겠다고 생각했습니다. 그런데 의외로 침착하게 경찰에게 다가왔습니다. 그뿐 아니라 팔짱을 끼고, 오만하게 저와 경찰의 얼굴을 힐끔힐끔 보는 게 아니겠습니까. 하지만 경찰은 화도 내지 않고 배 주머니에서 수첩을 꺼내더니 곧바로 심문을 시작했습니다.

"이름이 뭔가?"

"글룩."

"직업은?"

"요 이삼 일 전까지는 우편배달부였습니다."

"좋아. 이 사람 주장에 따르면 자네가 이 사람의 만년필을 훔쳐 갔다는데."

"맞습니다. 한 달 전에 훔쳤습니다."

"왜 훔쳤지?"

"아이의 장난감으로 쓰려고 훔쳤습니다."

"그 아이는?"

경찰은 처음으로 상대 갓파에게 날카로운 시선을 보냈습니다.

"일주일 전에 죽었습니다."

"사망진단서 가지고 있나?"

여윈 갓파는 배 주머니에서 종이 한 장을 꺼냈습니다. 경찰은 그 종이를 훑어보고는 갑자기 히죽거리며 상대의 어깨를 두드렸습니다.

"좋아. 수고 많았네."

저는 어안이 벙벙해서 경찰의 얼굴을 바라봤습니다. 게다가 그러는 중에 여윈 갓파는 뭐라고 중얼거리며 우리를 두고 가 버렸습니다. 저는 겨우 정신을 차리고 경찰에게 이렇게 물었습니다.

"왜 저 갓파를 붙잡지 않습니까?"

"저 갓파는 무죄입니다."

"하지만 제 만년필을 훔친 건……"

"아이 장난감으로 쓰기 위해서였겠죠. 하지만 그 아이는 죽었습니다. 만약 뭔가 꺼림칙하다면 형법 제 1,285조를 찾아보시죠."

경찰은 이렇게 말하고는 금세 어디론가 사라져 버렸습니다. 저는 어쩔 수 없이 '형법 제1,285조'를 되뇌며 맥의 집으로 서둘러 달려갔습니다. 철학자 맥은 손님을 좋아합니다. 실제로 이날도 희미한 실내에는 재판관 펩, 의사 척, 유리 회사 사장 게르가 모여 색유리 랜턴 아래에서 연기를 내뿜으며 담배를 피우고 있었습니다. 이 자리에 재판관 펩이 있는 건 무엇보다 제게 다행이었습니다. 저는 의자에 앉자마자 형법 제1,285조를 찾아보는 대신 바로 펩에게 물었습니다.

"펩, 실례지만 이 나라에서는 죄인을 처벌하지 않습니까?"

펩은 먼저 금박 필터의 담배 연기를 유유히 내뿜더니 시시하다는 듯 대답했습니다.

"당연히 처벌하죠. 사형까지 집행할 정도니까요."

"하지만 저는 한 달 전에……."

저는 자세한 사정을 이야기한 뒤, 형법 제1,285조에 관해 물었습니다.

"흠, 그 조항은 이런 내용입니다. '어떠한 범죄를 저질렀더라도 그 범죄를 저지르게 한 사정이 소멸한 후에는 해당 범죄자를 처벌할 수 없다.' 즉, 당신의 경우에 적용하면, 그 갓파는 예전에는 부모였지만 지금은 부모가 아니니, 범죄도 자연히 소멸하는 것이죠."

"그건 좀 불합리한 것 같네요."

"농담으로 하시는 말씀이죠? 부모였던 갓파와 부모인 갓파를 똑같이 취급하는 것이야말로 불합리하죠. 그러고 보니 일본 법률에서는 똑같이 취급하는군요. 아무래도 우리가 보기에는 우스꽝스럽습니다. 후후후후후 후후후후후."

펩은 담배를 피우면서 건성으로 웃음을 흘렸습니다.

이때 말문을 연 건 법률과는 거리가 먼 척이었습니다. 척은 코안경의 위치를 살짝 고치더니 저에게 이렇게 물었습니다.

"일본에도 사형이 있습니까?"

"당연히 있죠. 일본에서는 교수형을 합니다."

저는 냉소적인 태도를 보이는 펩에게 다소 반감을 느끼고 있었기 때문에 이 기회에 잔뜩 비아냥거렸습니다.

"이 나라의 사형은 일본보다 더 문명화돼 있겠죠?"

"물론 문명적이죠."

펩은 역시 차분하게 대답했습니다.

"이 나라에는 교수형 같은 건 없습니다. 드물게 전기를 사용하는 경우도 있습니다. 하지만 대부분의 경우는 전기도 사용하지 않습니다. 그냥 그 범죄의 이름을 들려줄 뿐입니다."

"그것만으로 갓파는 죽는 겁니까?"

"죽고말고요. 우리 갓파의 신경 작용은 당신들보다 미묘하니까요."

"사형만 그런 게 아닙니다. 살인에도 그 수법을 사용하기도 하죠."

사장 게르는 색유리 빛으로 인해 온통 보라색으로 물

든 얼굴에 서글서글한 미소를 지으며 말했습니다.

"저는 얼마 전에도 어떤 사회주의자에게 '네놈은 도둑이다.'라는 말을 듣고 심장마비를 일으킨 적이 있습니다."

"그런 일이 의외로 많다고 하더라고요. 제가 알던 어떤 변호사 역시 그 때문에 죽어 버렸습니다."

저는 이렇게 말한 갓파, 철학자 맥을 돌아봤습니다. 맥은 역시 여느 때처럼 냉소적인 미소를 지으며 누구의 얼굴도 보지 않은 채 말하고 있었습니다.

"그 갓파는 누군가에게 개구리라는 말을 듣고—물론 당신도 아시겠죠. 이 나라에서 개구리라는 말은 갓파가 아니라는 뜻이 담겼다는 것쯤은요. 나는 개구리인가? 개구리가 아닐까? 날마다 그런 생각을 하다가 결국 죽어 버린 겁니다."

"요컨대 자살이군요."

"애초에 그 갓파에게 개구리라고 말한 자는 죽일 작정으로 그런 말을 했지만요. 당신들 눈에는 그 역시 자살이라는……."

때마침 맥이 이렇게 말했을 때였습니다. 느닷없이 방의 벽 너머로, 분명 시인 톡의 집에서 날카로운 권총소리가 한 발, 공기를 튕기듯 울려 퍼졌습니다.

13

우리는 톡의 집으로 달려갔습니다. 톡은 오른손에 권총을 쥐고 머리 접시에서 피를 흘리며 고산 식물 화분 위에 쓰러져 있었습니다. 그 바로 옆에는 암컷 갓파 한 마리가 톡의 가슴에 얼굴을 파묻고 떠나가라 울고 있었습니다. 저는 암컷 갓파를 안아 일으키며(저는 미끌거리는 갓파의 피부에 손대는 걸 별로 좋아하지 않습니다만.) "어떻게 된 겁니까?" 하고 물었습니다.

"어떻게 된 건지 모르겠어요. 그냥 뭔가를 쓰고 있는 줄 알았는데 갑자기 권총으로 머리를 쐈어요. 아아, 저는 어쩌면 좋죠? 쿠르르르, 쿠르르르(Qur-r-r-r-r, qur-r-r-r-r, 이건 갓파의 울음소리입니다)."

"솔직히 톡은 제멋대로였으니까요."

유리 회사 사장 게르는 슬픈 표정으로 고개를 저으며 재판관 펩에게 이렇게 말했습니다. 그러나 펩은 아무 말 없이 금박 필터의 담배에 불을 붙이고 있었습니다. 그러자 그때까지 무릎을 꿇고 톡의 상처를 살피던 척이 자못 의사다운 태도로 우리 다섯 명에게 이렇게 선언했습니다. (실은 한 명과 네 마리입니다.)

"틀렸습니다. 톡은 원래 위병을 앓고 있어서 그것만으로도 우울해지기 쉬운 상태였습니다."

"뭔가 쓰고 있었다고 하던데요."

철학자 맥은 변명하듯 이렇게 혼잣말을 흘리며 책상 위의 종이를 집어 들었습니다. 우리는 목을 길게 빼고 (물론 저는 예외였습니다), 떡 벌어진 맥의 어깨 너머로 종이 한 장을 들여다보았습니다.

「자, 떠나자. 속세를 벗어난 골짜기로.
바위는 험준하고, 산에서 흐르는 물은 맑고
약초 꽃은 향기로운 골짜기로.」

맥은 우리를 돌아보더니 쓸쓸한 미소를 지으며 이렇게 말했습니다.

"이 시는 괴테의 <미뇽의 노래>를 표절했네요. 그러면 톡이 자살한 건 시인으로서 지쳤기 때문이겠어요."

그때 우연히 자동차를 타고 나타난 건 음악가 크라백이었습니다. 크라백은 이 광경을 보고 한동안 문가에 우두커니 서 있었습니다. 그러다 우리 앞으로 다가오더니, 맥에게 고함을 지르듯 말했습니다.

"그게 톡의 유언장입니까?"

"아뇨, 마지막에 쓰던 시입니다."

"시?"

역시나 맥은 조금도 동요하지 않고 머리카락이 곤두 선 크라백에게 톡의 원고를 건넸습니다. 크라백은 주변에는 눈길조차 주지 않고 열심히 그 시를 읽어 내려갔습니다. 게다가 맥의 말에는 제대로 대답조차 하지 않았습니다.

"당신은 톡의 죽음에 관해 어떻게 생각하세요?"

"자, 떠나자……. 나도 언제 죽을지 모릅니다……. 속세를 벗어난 골짜기로……."

"하지만 당신은 톡의 절친한 친구 중 하나였잖아요?"

"절친한 친구? 톡은 늘 고독했습니다. ……속세를 벗어난 골짜기로……. 다만 톡은 불행하게도……. 바위는 험준하고……."

"불행하게도?"

"산에서 흐르는 물은 맑고……. 당신들은 행복합니다……. 바위는 험준하고……."

나는 아직도 울음을 그치지 않는 암컷 갓파가 가엾어서 살며시 어깨를 감싸안아 방구석의 긴 의자로 데려가 앉혔습니다. 거기에는 두세 살쯤 되어 보이는 갓파 한 마리가 아무것도 모른 채 웃고 있었습니다. 저는 암컷 갓파 대신 아기 갓파를 어르고 달랬습니다. 그러다 어느샌가 제 눈에도 눈물이 솟아오르는 걸 느꼈습니다. 제가 갓파 나라에 사는 동안 눈물이라는 걸 흘린 건 그때가 처음이자 마지막이었습니다.

"정말이지 이런 제멋대로인 갓파의 가족들이 불쌍하네요."

"뒷일을 생각하지 않고 일을 저질렀으니까요."

재판관 펩은 여전한 태도로 새 담배에 불을 붙이며 자본가 게르에게 대답하고 있었습니다. 그때 음악가 크라백이 큰 소리를 내서 우리를 놀라게 했습니다. 크라백은 시 원고를 쥔 채 누구에게랄 것도 없이 소리쳤습니다.

"됐다! 멋진 장송곡을 만들 수 있겠어."

크라백은 가느다란 눈을 빛내며 맥의 손을 살짝 쥐더니 쏜살같이 문밖으로 튀어 나갔습니다. 물론 이때쯤에는 이웃에 사는 여러 갓파들이 톡의 집 현관 앞에 몰려들어 신기하다는 듯 집 안을 들여다보고 있었습니다. 하지만 크라백은 그 갓파들을 좌우로 밀치기가 무섭게 휙 자동차에 올라탔습니다. 자동차는 굉음을 내며 순식간에 어디론가 사라져 버렸습니다.

"이봐, 이봐, 그렇게 엿보지 말라고."

재판관 펩은 경찰을 대신해 수많은 갓파들을 밀쳐 낸 뒤 톡의 집 문을 닫아 버렸습니다. 그 때문인지 실내는 갑자기 조용해졌습니다. 우리는 조용한 분위기 속에서 고산 식물의 꽃향기와 섞인 톡의 피 냄새를 맡으며 일을 어떻게 수습할지에 대해 상의했습니다. 하지만 철학자 맥은 혼자 톡의 시체를 바라보며 멍하니 무언가 생각에 잠겨 있었습니다. 저는 맥의 어깨를 두드리며 "무슨 생각을 하세요?" 하고 물었습니다.

"갓파의 생활이라는 것에 대해서요."

"갓파의 생활이 어떻다는 거예요?"

"우리 갓파는 누가 뭐라 해도, 갓파의 생활을 영위하기 위해서는……."

맥은 다소 쑥스러운 듯 작은 소리로 이렇게 덧붙였습니다.

"여하튼 우리 갓파가 아닌 다른 무언가의 힘을 믿어야겠네요."

14

저에게 종교라는 걸 생각하게 한 건 이런 맥의 말이었습니다. 저는 물론 물질주의자이기 때문에 종교에 관해 진지하게 생각해 본 적이 한 번도 없었습니다. 하지만 이때는 톡의 죽음에서 어떤 감응을 받았기 때문에 대체 갓파의 종교는 뭘까에 관해 생각하게 됐습니다. 저는 곧바로 학생 랩에게 이 문제를 물어봤습니다.

"기독교, 불교, 모하메드교, 조로아스터교 같은 것도 있죠. 우선 가장 세력이 큰 건 누가 뭐래도 근대교입니다. 생활교라고도 하죠."['생활교'라는 번역이 딱 들어맞지 않을지도 모릅니다. 원어는 쿠에무차(Quemoocha)입니다, cha는 영어의 ism이라는 뜻에 해당합니다. quemoo의 원형 quemal을 번역하면 단순히 '살다'보다는 '밥을 먹거나, 술을 마시거나, 관계를 맺거나' 한다는 뜻입니다.]

"그럼 이 나라에도 교회나 절이 있는 거네?"

"무슨 말씀을 하시는 거예요. 근대교의 대사원은 이 나라 제일의 거대한 건축물입니다. 잠깐 구경하러 가 보시는 건 어떠세요?"

구름 낀 어느 따뜻한 오후, 랩은 의기양양하게 저와

함께 대사원으로 갔습니다. 아닌 게 아니라 그건 니콜라이 성당(도쿄 지요다구에 있는 정교회 대성당. 정식 명칭은 도쿄 부활 대성당이지만, 일본에 정교회를 전파한 러시아인 사제의 이름을 따서 니콜라이 성당이라고도 불린다.—옮긴이 주)의 열배는 됨직한 거대한 건축물이었습니다. 그뿐 아니라 갖가지 건축 양식을 하나로 모아 놓은 건축물이었습니다. 저는 이 대사원 앞에 서서 높은 탑과 둥근 지붕을 바라봤을 때 왠지 모를 섬뜩함마저 느꼈습니다. 실제로 그것들이 하늘을 향해 뻗은 무수한 촉수처럼 보였기 때문이었습니다. 우리는 현관 앞에 우두커니 서서(그 현관에 비하면 우리는 얼마나 작았을까요!) 건축이라기보다는 오히려 터무니없는 괴물에 가까운 이 희대의 대사원을 한참이나 올려다봤습니다.

대사원 내부도 역시 광활했습니다. 코린트 양식의 원기둥 사이로 참배객들 여러 명이 걷고 있었습니다. 그들은 우리처럼 무척이나 작아 보였습니다. 그러던 중 우리는 허리가 굽은 갓파 한 마리를 만났습니다. 랩은 이 갓파에게 살짝 고개를 숙이더니 정중하게 말을 건넸습니다.

"장로님, 건강해 보이셔서서 다행입니다."

상대 갓파도 목례를 한 뒤 역시나 정중하게 대답했습

니다.

"랩 씨가 아닌가요? 그간 별일 없······(이라고 말하다, 살짝 말꼬리를 흐린 건 랩의 부리가 썩었다는 사실을 그제야 알아차렸기 때문이었을 것입니다.) 아, 좌우지간 건강해 보이네요. 그런데 오늘은 어떻게······."

"오늘은 이분을 모시고 왔어요. 이분은 아마 아시다시피······."

그로부터 랩은 막힘없이 제 이야기를 늘어놓았습니다. 아무래도 그건 랩이 이 대사원을 거의 찾지 않는 것에 대한 변명이기도 한 것 같았습니다.

"그러니 부디 이분의 안내를 부탁드리고 싶습니다."

장로는 점잖게 미소 지으며 먼저 내게 인사를 건네고 조용히 정면의 제단을 가리켰습니다.

"안내라고 해도 딱히 도움이 될 것 같진 않네요. 우리 신도들이 예배를 드리는 곳은 정면 제단에 있는 '생명나무'입니다. '생명나무'에는 보시다시피 금색과 녹색의 열매가 달려 있습니다. 저 금색 열매를 '선과'라고 하고, 저 녹색 열매를 '악과'라고 합니다······."

저는 이런 설명에 일찌감치 따분해지기 시작했습니다. 왜냐하면 장로가 애써 해 준 말도 너무 낡은 비유처럼 들렸기 때문입니다. 물론 나는 열심히 듣는 척을 했습니다. 하지만 잊지 않고 가끔 대사원 내부에 슬쩍 눈길을 줬습니다.

코린트 양식의 기둥, 고딕 양식의 둥근 천장, 아라비아 분위기의 바둑판무늬 바닥, 시세션 양식을 흉내 낸 기도 책상, 이런 것들이 만들어 내는 조화는 묘하게 야만적인 아름다움을 지니고 있었습니다. 하지만 무엇보다 제 눈을 사로잡은 건 양쪽으로 늘어선 감실 안에 자리한 대리석 반신상이었습니다. 저는 그 조각상들이 왠지 낯익었습니다. 그도 이상할 건 없었습니다. 허리가 굽은 장로 갓파는 '생명나무'에 관한 설명을 마치자, 이번에는 저와 랩과 함께 오른쪽 감실 앞으로 다가가 그 안의 반신상에 관해 이런 설명을 덧붙였습니다.

"이건 우리 성도 중 한 명, 즉 모든 것에 반역한 성자 스트린드베리입니다. 이 성인은 극심한 고통을 겪은 끝에 스베덴보리(스웨덴 철학자, 심령술에 전념하여 독특한 신비주의 사상을 전대했다.―옮긴이 주)의 철학 덕에 구원받았다고 알려져 있습니다. 하지만 사실 구원받지 못했습니다. 이 성도는 그저 우리처럼 생활교를 믿었습니다.―아니, 믿을 수밖에 없었겠죠. 이 성도가 우리에게 남긴

≪전설≫이라는 책을 읽어 보세요. 이 성도도 자살 미수자였다는 건 성도 스스로가 고백하고 있습니다.”

저는 약간 우울해져서 다음 감실로 눈을 돌렸습니다. 다음 감실에 있는 반신상은 콧수염이 덥수룩한 독일인이었습니다.

“이건 차라투스트라의 시인 니체입니다. 그 성도는 스스로 만든 초인에게 구원을 구했습니다. 하지만 역시 구원받지 못하고 미쳐 버리고 말았습니다. 만약 그가 미쳐 버리지 않았다면, 성인의 반열에 들지 못했을지도 모릅니다……."

장로는 잠시 침묵하다 제3의 감실 앞으로 안내했습니다.

“세 번째는 톨스토이입니다. 이 성도는 누구보다 고행을 많이 했습니다. 원래 귀족이었기 때문에 호기심 많은 대중에게 고통을 드러내는 걸 꺼렸던 까닭입니다. 이 성도는 사실 믿을 수 없는 그리스도를 믿기 위해 노력했습니다. 아니, 믿고 있다고 공언한 적도 있었습니다. 하지만 마침내 만년에 이르러서는 비참한 거짓말쟁이였던 자신을 견디지 못하게 됐습니다. 이 성도도 종종 서재의 대들보에 공포를 느꼈다는 이야기는 유명합니다.

갓파

하지만 성인의 반열에 들 정도니까 물론 자살한 건 아닙니다."

네 번째 감실 안의 반신상은 우리 일본인 중 한 사람이었습니다. 저는 이 일본인의 얼굴을 봤을 때, 정말이지 그리움을 느꼈습니다.

"이건 구니키타 돗포입니다. 기차에 치여 죽은 인부의 마음을 잘 알고 있던 시인입니다(구니키타 돗포가 만년에 쓴 단편 <궁사>는 병든 하급 노동자의 비참한 삶을 그리고 있다.─옮긴이 주). 하지만 당신께는 더 이상의 설명이 필요 없을 것 같네요. 그럼 다섯 번째 감실 안을 보시죠."

"이건 바그너(독일의 작곡가 리하르트 바그너─옮긴이 주) 아닙니까?"

"맞습니다. 국왕의 친구였던 혁명가입니다. 성도 바그너는 만년에 식전 기도까지 올렸습니다. 그러나 물론 기독교보다는 생활교의 신도 중 하나였습니다. 바그너가 남긴 편지에 따르면, 속세의 괴로움이 이 성도를 몇 번이나 죽음의 문턱까지 몰고 갔는지 모릅니다."

우리는 그때 이미 여섯 번째 감실 앞에 서 있었습니다.

"이분은 성도 스트린드베리의 친구입니다. 자식을 많이 낳은 아내를 대신해 열서너 살의 타히티 여인을 아내로 삼은 상인 출신의 프랑스 화가입니다. 이 성도는 굵은 혈관 속에 뱃사람의 피가 흐르고 있었습니다. 하지만 입술을 보세요. 비소인지 뭔지의 흔적이 남아 있습니다. 일곱 번째 감실 안에 있는 건…… 이제 지치셨겠군요. 이쪽으로 오세요."

저는 말마따나 지쳐 있었기 때문에 랩과 함께 장로를 따라 향내가 나는 복도 옆에 있는 방으로 들어갔습니다. 그 작은 방 구석에는 검은색 베누스 상이 있었는데, 그 아래에 머루 한 송이가 바쳐져 있었습니다. 나는 아무런 장식이 없는 승방 같은 곳을 상상하고 있었기 때문에 조금 의외라는 생각이 들었습니다. 그러자 장로가 내 모습에서 이런 기분을 알아챘는지, 우리에게 의자를 권하기 전에 반쯤 미안한 듯 설명해 주었습니다.

"제발 우리 종교가 생활교라는 걸 잊지 마세요. 우리의 신, '생명나무'의 가르침은 '왕성하게 살라'는 것이니까요. ……랩 씨, 당신은 이분에게 우리 성경을 보여 드렸습니까?"

"아뇨…… 실은 저도 거의 읽은 적이 없습니다."

랩은 머리 접시를 긁적이며 솔직하게 대답했습니다. 하지만 장로는 여전히 조용히 미소를 지으며 말을 이어

갓파                                    185

갔습니다.

"그럼 모르시겠군요. 우리 신은 하루 만에 이 세상을 창조하셨습니다. ('생명나무'는 나무지만 이루지 못할 것이 없습니다.) 뿐만 아니라 암컷 갓파를 만드셨습니다. 그러자 암컷 갓파는 따분한 나머지 수컷 갓파를 찾았습니다. 우리 신은 이 탄식을 가엾이 여겨 암컷 갓파의 뇌수를 빼내 수컷 갓파를 창조하셨습니다. 그리고 우리 신은 이 두 갓파에게 '먹어라, 교미하라, 왕성하게 살아라.'라는 축복을 내려주셨습니다……."

저는 장로의 말을 듣던 중 시인 톡을 떠올렸습니다. 그는 불행히도 저처럼 무신론자입니다. 저는 갓파가 아니라 생활교를 모르는 것도 무리는 아닙니다. 하지만 갓파 나라에서 태어난 톡은 당연히 '생명나무'를 알고 있었을 터입니다. 저는 이 가르침에 따르지 않은 톡의 최후가 가엾다고 생각했기에, 장로의 말을 끊듯 톡에 관한 이야기를 꺼냈습니다.

"아, 그 불쌍한 시인 말이군요."

장로는 내 이야기를 듣고 깊은 한숨을 흘렸습니다.

"우리의 운명을 결정하는 건 오직 믿음과 환경과 우연뿐입니다. (물론 여러분은 그 외에 유전을 꼽을 수도 있겠죠.) 톡 씨는 불행히도 믿음을 갖지 못했습니다."

"톡은 당신을 부러워했을 겁니다. 아니, 저도 부럽습니다. 랩은 아직 어리고……."

"저도 부리만 멀쩡했더라면 낙관적이었을지도 모르겠습니다."

장로는 이 말을 듣고 다시 한번 한숨을 내쉬었습니다. 더구나 그 눈은 눈물을 머금은 채로 검은색 베누스를 가만히 바라보고 있었습니다.

"저도 사실……. 이건 제 비밀이니 제발 아무에게도 말하지 말아 주세요. 저도 사실 우리의 신을 믿을 수 없습니다. 하지만 어느샌가 저의 기도는……."

장로가 이렇게 말했을 때입니다. 갑자기 방문이 열리나 싶더니 커다란 암컷 갓파 한 마리가 장로에게 달려들었습니다. 우리는 당연히 이 암컷 갓파를 제지하려 했습니다. 하지만 암컷 갓파는 순식간에 장로를 바닥으로 내동댕이쳤습니다.

"이 영감탱이! 오늘도 또 내 지갑에서 술 마실 돈을 훔쳐 갔지!"

십 분쯤 지난 뒤, 우리는 도망치듯 장로 부부를 남겨 두고 대사원 현관에서 내려왔습니다.

"저래서는 장로님도 '생명나무'를 믿을 리 없겠네요."

한동안 말없이 걷다가, 랩은 저에게 이렇게 말했습니다. 하지만 나는 대답 대신 무심코 대사원을 돌아봤습니다. 대사원은 여전히 우중충한 하늘을 향해 높은 탑과 둥근 지붕을 무수한 촉수처럼 뻗고 있었습니다. 사막 하늘에 보이는 신기루의 섬뜩한 기운 같은 것을 풍기면서⋯⋯.

15

그로부터 대략 일주일쯤 지난 후, 저는 불현듯 의사 척에게 기묘한 이야기를 듣게 됐습니다. 톡의 집에 유령이 나온다는 겁니다. 그 즈음에는 이미 그 암컷 갓파는 어딘가로 떠났고, 우리 친구 시인의 집도 사진사의 스튜디오로 바뀌었습니다. 척의 이야기로는, 이 스튜디오에서 사진을 찍으면 어느새 손님들 뒤에 톡의 모습이 희미하게 비친다는 것이었습니다. 물론 물질주의자인 척은 사후 세계 같은 건 믿지 않았습니다. 실제로 그 이야기를 할 때도 악의에 찬 미소를 지으며 "역시 영혼이라는 것도 물질적 존재인가 보군요."라고 주석처럼 덧붙였습니다. 저도 유령을 믿지 않는 건 척과 크게 다르지 않았습니다. 하지만 시인 톡에게 친밀감을 갖고 있었기 때문에, 바로 서점으로 달려가 톡의 유령에 관한 기사와 유령 사진이 실린 신문과 잡지를 사 왔습니다. 그 사진을 보니, 과연 톡과 비슷한 갓파 한 마리가 남녀노소 갓파 뒤에 어렴풋이 모습을 드러내고 있었습니다. 그러나 저를 놀라게 한 건 톡의 유령 사진보다 톡의 유령에 관한 기사, 특히 톡의 유령에 관한 심령학협회의 보고서였습니다. 저는 그 보고서를 거의 그대로 번역해 두었으니, 아래에 개괄을 싣겠습니다. 단, 괄호 안에 있는 건 제가 덧붙인 주석입니다.

「시인 톡의 유령에 관한 보고(심령학협회 잡지 제8,274호)

우리 심령학협회는 얼마 전 자살한 시인 톡의 옛집이자 현재 ×× 사진사의 스튜디오가 있는 □□가(街) 제251호에서 임시 조사회를 개최했다. 참석한 회원은 아래와 같다. (이름은 생략한다.)

우리 열일곱 명의 회원은 심령학협회 회장 펙 씨와 함께 구월 십칠일 오전 열 시 삼십 분, 우리가 가장 신뢰

하는 영매인 홉 부인을 동반해 해당 스튜디오의 한 방에 모였다. 홉 부인은 스튜디오에 들어가자마자 이미 심령적인 기운을 느끼고 온몸에 경련을 일으키며 몇 차례에 걸쳐 구토했다. 부인의 말에 따르면, 이는 시인 톡이 강렬한 담배를 사랑한 결과, 그 심령적 기운 역시 니코틴을 함유하고 있기 때문이라고 한다.

우리 회원들은 홉 부인과 함께 원탁을 둘러싸고 말없이 앉아 있었다. 부인은 삼 분 이십오 초 후에 지극히 급격하게 몽유 상태에 빠졌고, 동시에 시인 톡의 심령에 빙의됐다. 우리 회원들은 나이 순서대로 부인에게 빙의된 톡의 심령과 다음과 같은 문답을 나눴다.

문: 너는 왜 유령으로 출몰하는 것이냐?

답: 사후의 명성을 알기 위해서다.

문: 너, 혹은 심령들은 사후에도 여전히 명성을 원하는 건가?

답: 적어도 나는 바라지 않을 수 없지. 하지만 내가 만난 일본의 한 시인은 사후의 명성을 경멸했네.

문: 넌 그 시인의 이름을 알고 있나?

답: 불행히도 잊어버렸네. 다만 그가 즐겨 짓던 십칠 자시의 한 구절을 기억하고 있을 뿐이지.

문: 그 시는 뭔가?

답: <오래된 연못 개구리 뛰어드는 물소리>네.

문: 너는 그 시를 좋은 작품이라고 생각하나?

답: 나쁜 작품이라고 생각하지 않네. 다만 '개구리'를 '갓파'라고 했다면, 한층 광채육리(여러 색이 아름답게 뒤섞여 빛나는 모양―옮긴이 주)했을 거야.

문: 그 이유가 뭔가?

답: 우리 갓파는 어떤 예술에나 갓파를 추구해야 한다는 걸 뼈저리게 느꼈기 때문이지.

회장 백 씨는 이때 우리 열일곱 명의 회원에게 이 자리는 심령학협회의 임시 조사회이지 합평회가 아니라고 주의를 줬다.

문: 심령들의 생활은 어떤가?

답: 너희의 생활과 다를 바 없네.

문: 그렇다면 넌 자살한 걸 후회하나?

답: 꼭 후회하는 건 아니네. 나는 심령 생활에 지치면 다시 권총을 들고 자활(自活)할 걸세.

문: 자활하는 건 쉬운가?

톡의 심령은 이 질문에 질문으로 대답했다. 이는 톡을 아는 이에게는 아주 자연스러운 응수일 것이다.

답: 자살하는 것은 쉬운가?

문: 심령의 생명은 영원한가?

답: 우리의 생명에 관해 여러 설이 분분하니 믿을 수 없네. 다행히 우리 사이에도 기독교, 불교, 모하메드교, 조로아스터교 등 여러 종교가 있다는 것을 잊지 말게.

문: 네가 믿는 건 뭔가?

답: 나는 늘 회의주의자네.

문: 하지만 넌 적어도 심령의 존재는 의심하지 않는 거 아닌가?

답: 너희처럼 확신하는 건 아냐.

문: 네 교우 관계는 어떤가?

답: 내 친구들은 동서고금에 걸쳐 삼백 명은 밑돌지 않을 거네. 저명한 이를 들자면 클라이스트(독일의 극작가, 대표작으로는 ≪깨어진 항아리≫가 있으며 자살했다.—옮긴이 주), 마인랜더(독일의 철학자, 시인, 염세주의자, 만년에 쇼펜하우어에게 큰 영향을 받았으며 자살했다.—옮긴이 주), 바이닝거(오스트리아의 철학자, 대표작은 ≪성과 성격≫이며 자살했다.—옮긴이 주)…….

문: 자네 친구는 자살한 사람밖에 없나?

답: 꼭 그렇지는 않아. 자살을 변호하는 몽테뉴 같은

사람도 내가 존경하는 친구 중 하나지. 다만 나는 자살하지 않은 염세주의자, 쇼펜하우어 같은 작자와는 교제하지 않아.

문: 쇼펜하우어는 건재한가?

답: 그는 지금 심령적 염세주의를 수립하고 자활이 가능한지에 대해 논하고 있어. 그러나 콜레라도 세균에 의한 병이라는 사실을 알고 크게 안도하는 것 같아.

우리 회원들은 잇따라 나폴레옹, 공자, 도스토옙스키, 다윈, 클레오파트라, 석가, 데모스테네스, 단테, 센리큐 등의 심령들 소식을 물었다. 그러나 톡은 불행하게도 상세히 대답하지 않고 오히려 자신에 관한 갖가지 가십을 물었다.

문: 내 사후 평가는 어떤가?

답: 어떤 평론가는 '군소 시인 중 하나'라고 평했어.

문: 그는 내가 시집을 선물하지 않은 것에 원한을 품고 있는 사람 중 한 명이야. 내 전집은 출판됐나?

답: 네 전집은 출판됐지만, 판매량이 신통치 않은 것 같다.

문: 내 전집은 삼백 년 후, 즉 저작권이 사라진 뒤에야 만인이 구입하게 될 거야. 나와 동거하던 여자 친구

는 어떻게 지내나?

답: 그녀는 서점을 경영하는 '락'의 부인이 되었네.

문: 그녀는 아직 불행히도 락이 의안이라는 걸 모르지. 내 자식은 어떻게 지내나?

답: 국립 고아원에 있다고 들었네.

톡은 잠시 침묵하다가 새 질문을 던졌다.

문: 내 집은 어떻게 됐나?

답: 어느 사진작가의 스튜디오가 됐지.

문: 내 책상은 어떻게 됐나?

답: 어떻게 됐는지 모른다.

문: 나는 책상 서랍에 내가 몰래 간직하던 편지 한 뭉치를…… 하지만 다행히도 그건 다망한 너희와 상관할 일은 아니겠지. 이제 우리 심령계에도 서서히 땅거미가 지려 하는군. 너희와 헤어질 시간이야. 안녕히. 제군들. 잘 지내게. 선량한 제군들이여.

홉 부인은 마지막 말과 함께 다시 급격히 의식을 되찾았다. 우리 열일곱 명의 회원은 이 문답이 진실임을 하늘의 신에게 맹세코 보증한다. (또한 우리가 신뢰하는 홉 부인에 대한 보상은 과거 부인이 배우로 활동하던 당시의 일당으로 지불했다.)」

## 16

저는 이런 기사를 읽은 후 점점 이 나라에 있는 게 우울해져서 어떻게든 우리 인간 나라로 돌아가고 싶었습니다. 하지만 아무리 찾아다녀도 내가 떨어진 구멍을 찾을 수 없었습니다. 그러던 중 저 백이라는 어부 갓파 이야기에 따르면, 이 나라 변두리에 어느 늙은 갓파 한 마리가 책을 읽거나 피리를 불며 조용히 살고 있다고 했습니다. 저는 이 갓파에게 물어보면 이 나라에서 벗어나는 길을 알 수 있을지도 모른다는 생각에 바로 변두리로 나갔습니다. 그러나 막상 가 보니, 너무나도 작은 집 안에 나이 든 갓파는커녕 머리 접시도 굳지 않은, 고작해야 열두세 살쯤 먹은 갓파 한 마리가, 유유히 피리를 불고 있었습니다. 나는 당연히 엉뚱한 집을 찾아갔나 싶었습니다. 하지만 혹시나 하는 마음에 이름을 물어보니 역시 백이 알려 준 그 나이 든 갓파가 맞았습니다.

"그런데 당신은 아이처럼 보입니다만……."

"당신은 아직 모르나? 난 무슨 팔자인지, 어머니의 배에서 나왔을 때 백발이 성성했어. 그러다 점점 젊어져서 지금은 이렇게 어린아이가 됐지. 그런데 나이를 계산

해 보면, 태어나기 전을 육십이라고 해도, 대략 백십다
섯, 백십여섯 살쯤 됐을 것 같네."

저는 실내를 둘러보았습니다. 기분 탓인지, 소박한
의자와 탁자 사이에 뭔가 청아한 행복이 감도는 것 같았
습니다.

"당신은 아무래도 다른 갓파보다 더 행복하게 사는
것 같네요."

"글쎄, 그럴지도 모르지. 나는 젊은 시절에는 노인이
었고, 노년에는 젊은이가 됐어. 그러니 노인처럼 욕심도
들지 않고, 젊은이처럼 색에 빠지는 일도 없지. 여하튼
나의 일생은 비록 행복하진 않았지만 평안했던 것만은
틀림없어."

"그렇군요, 분명 평안했을 것 같습니다."

"아니, 그것만으로 평안했던 건 아니지. 나는 몸도 튼
튼했고, 평생 먹고사는 데 지장이 없을 정도의 재산을
갖고 있었어. 하지만 가장 행복했던 건 역시 태어났을
때 노인이었던 거야."

저는 한동안 이 갓파와 자살한 톡의 이야기며, 매일
의사에게 진찰을 받는 게르의 이야기를 했습니다. 하지
만 왠지 나이 든 갓파는 제 이야기에는 별로 관심이 없

는 듯한 표정이었습니다.

"그럼 당신은 다른 갓파들처럼 딱히 삶에 집착하지 않는군요?"

나이 든 갓파는 제 얼굴을 바라보며 조용히 대답했습니다.

"나도 다른 갓파들처럼 이 나라에 태어날지 말지 아버지의 물음에 대답하고 나서 어머니의 태내를 떠났다네."

"하지만 저는 어느 날 갑자기 이 나라에 굴러 떨어졌습니다. 제발 저에게 이 나라에서 나갈 수 있는 길을 가르쳐 주세요."

"나갈 수 있는 길은 하나밖에 없어."

"그게 뭡니까?"

"그건 네가 이곳에 온 길이지."

저는 이 대답을 들었을 때 왠지 온몸에 소름이 돋았습니다.

"안타깝게도 그 길은 찾지 못했습니다."

나이 든 갓파는 윤이 나는 눈으로 제 얼굴을 응시했습니다. 그러고는 그제야 몸을 일으켜 방구석으로 가서 천장에서 내려온 밧줄을 잡아당겼습니다. 그러자 지금까지 알아차리지 못했던 천창 하나가 열렸습니다. 그 둥근 천창 밖에는 소나무며 노송나무의 가지 너머로 드넓은 하늘이 맑고 푸르게 펼쳐져 있었습니다. 아니, 화살촉을 닮은 야리가타케의 봉우리도 우뚝 솟아 있었습니다. 저는 마치 비행기를 본 아이처럼 기뻐서 펄쩍펄쩍 뛰었습니다.

"자, 저기로 나가면 돼."

나이 든 갓파가 아까의 줄을 가리키며 말했습니다. 제가 지금까지 줄이라고 생각했던 건 사실은 밧줄로 된 사다리였습니다.

"그럼 저쪽으로 나가겠습니다."

"단, 미리 말해 두겠는데 나가서 후회하지 마."

"괜찮습니다. 후회 같은 건 하지 않을 겁니다."

저는 이렇게 대답하기가 무섭게 줄사다리를 붙잡고 올라갔습니다. 나이 든 갓파의 머리 접시를 저 아래로 멀리 내려다보면서.


17


갓파 나라에서 돌아온 뒤 저는 한동안 우리 인간의

피부 냄새에 질렸습니다. 우리 인간에 비하면 갓파는 정말이지 청결한 존재입니다. 그뿐 아니라 우리 인간의 머리는 갓파만 보았던 제 눈에 너무나 섬뜩해 보였습니다. 이 점에 관해서는 어쩌면 당신은 이해하지 못할지도 모릅니다. 하지만 눈과 입은 그렇다 쳐도, 이 코라는 건 묘하게 무서운 기운을 불러일으킵니다. 저는 물론 가급적 아무도 만나지 않을 공산이었습니다. 하지만 우리 인간에도 어느샌가 점차 익숙해지기 시작한 모양인지, 반년쯤 지나자 어디든 갈 수 있게 됐습니다. 다만 그럼에도 대화를 나누다 보면 무심코 갓파 나라의 말이 튀어나와서 난처했습니다.

"너 내일 집에 있어?"

"쿠아(Qua)."

"뭐라고?"

"아니, 있을 거라고."

대략 이런 식이었습니다.

그런데 갓파 나라에서 돌아오고 일 년쯤 지났을 때, 저는 어떤 사업 실패로 인해……. (그가 이렇게 말했을 때 S박사는 "그 얘기는 하지 말게."라고 주의를 줬다. S박사의 말에 따르면, 그는 이 이야기를 할 때마다 간호사가 감당할 수 없을 정도로 난폭해진다고 한다.)

그럼 그 이야기는 관두죠. 아무튼 어떤 사업에 실패하고 나서 나는 다시 갓파 나라로 돌아가고 싶었습니다. 그렇습니다. '가고 싶다'가 아닙니다. '돌아가고 싶다'는 생각이 들었습니다. 당시 저에게 갓파 나라는 고향처럼 느껴졌습니다.

저는 슬그머니 집을 나와 주오선 기차를 타려 했습니다. 그런데 하필이면 경찰에게 붙잡혀 결국 병원에 입원하게 된 것입니다. 저는 이 병원에 입원해서도 계속 갓파 나라에 대해 생각했습니다. 의사 척은 어떻게 지내고 있을까? 철학자 맥도 여전히 일곱 빛깔 색유리 랜턴 아래에서 무언가 사색에 잠겨 있을지도 모릅니다. 내 가장 친한 친구였던 썩은 부리의 학생 랩은……. 오늘처럼 흐린 어느 오후였습니다. 이런 추억에 젖어 있던 저는 저도 모르게 소리칠 뻔했습니다. 그건 어느새 왔는지 백이라는 갓파 한 마리가 제 앞에 앉아 연방 고개를 숙였기 때문입니다. 저는 마음을 다잡고서는—울었는지 웃었는지 기억이 나지 않습니다만, 여하튼 오랜만에 갓파 나라 말을 쓰는 것에 감동했다는 것만큼은 분명합니다.

"이봐, 백, 어떻게 온 거야?"

"병문안 왔죠. 듣자 하니 무슨 병에 걸리셨다고 해서요."

"그런 건 어떻게 알았어?"

"라디오 뉴스를 듣고 알았어요."

백은 의기양양하게 웃고 있었습니다.

"그렇다고 해도 여기까지 용케 왔네."

"뭐, 별거 아닙니다. 도쿄의 강이나 물길은 갓파에게는 길이나 마찬가지니까요."

저는 갓파도 개구리처럼 양서류 동물이었다는 사실을 새삼스레 깨달았습니다.

"그런데 이 근처에는 강이 없는데."

"아니, 여기로는 수도관을 통해 올라온 겁니다. 그러고는 소화전을 살짝 열고……."

"소화전을 열었다고?"

"잊어버렸어요? 갓파 중에도 기술자가 있다는 걸요."

그로부터 이삼 일마다 다양한 갓파들이 저를 찾아왔습니다. S박사의 말에 따르면 제 병은 조발성 치매라고 합니다. 그러나 의사 척은(이는 당신한테도 무척 실례가 되는 말임이 분명합니다.) 조발성 치매 환자는 제가 아니라, S 박사를 비롯한 당신들이라고 했습니다. 의사 척도 올 정도니, 학생 랩이나 철학자 맥이 병문안을 온 것은 말할 것도 없습니다. 하지만 낮에는 그 어부 백 말고는 아무도 찾아오지 않습니다. 특히 두세 마리가 함께 찾아오는 건 밤, 그것도 달이 뜬 밤입니다. 저는 어젯밤에도 달빛 아래서 유리 회사 사장 게르, 철학자 맥과 이야기를 나눴습니다. 그뿐 아니라 음악가 크라백도 바이올린 연주를 한 곡 들려줬습니다. 저 책상 위에 흑백합 꽃다발 보이죠? 저것도 어젯밤 크라백이 선물로 가져다준 것입니다.

(나는 뒤를 돌아보았다. 하지만 물론 책상 위에는 꽃다발이고 뭐고 아무것도 없었다.)

그리고 이 책도 철학자 맥이 일부러 가져다줬습니다. 첫 구절을 좀 읽어 보세요. 아니, 당신은 갓파 나라 말을 알 리 없으니 제가 대신 읽겠습니다. 이건 최근 출판된 톡의 전집 중 한 권입니다.

(그는 낡은 전화번호부를 펼치더니 이런 시를 큰 소리로 읽기 시작했다.)


야자나무 꽃과 대나무 속에
석가모니는 이미 잠들어 있다.

길가에 시든 무화과와 함께

그리스도도 이미 죽었다고 한다.


그러나 우리는 쉬어야 한다.

비록 연극의 배경 앞에서라도.

(또 그 배경의 뒷면을 보면, 누덕누덕 기운 캔버스뿐이다!)


그러나 저는 이 시인처럼 염세적이지 않습니다. 갓파
들이 가끔 찾아 주는 한……. 아아, 이 일은 잊고 있었습
니다. 당신 제 친구였던 재판관 펩 기억하죠? 그 갓파는
직장을 잃고 정말 미쳐 버렸습니다. 지금은 갓파 나라
정신병원에 있다고 합니다. S박사만 허락해 주신다면
문병을 가고 싶습니다만…….

신기루







蜃気楼

1927년 3월 잡지 《부인공론(婦人公論)》에 처음 발표된 작품이며, 《소와 문학 전집 1》(1987년, 소가쿠칸)에 수록된 글을 원문으로 하여 번역했다.

1

어느 가을날 오후, 나는 도쿄에서 놀러 온 대학생 K 와 함께 신기루를 보러 나왔다. 구게누마 해안에서 신기루가 보인다는 건 이미 누구나 아는 사실이리라. 실제로 우리 집 하인은 거꾸로 비친 배의 모습을 보고 "지난번 신문에 실린 사진과 똑같아요."라며 감탄했다.

우리는 아즈마야 여관(1897~1939년 구게누마 해변에 있던 여관으로 많은 문인들이 즐겨 찾던 곳이다.—옮긴이 주) 모퉁이를 돌며, 기왕 온 김에 O에게도 말을 걸었다. 여전히 빨간 셔츠를 입은 O는 점심 준비라도 하는 중인지, 담장 너머로 보이는 우물가에서 부지런히 펌프질을 하고 있었다. 나는 물푸레나무 지팡이를 들고 O에게 슬쩍 신호를 보냈다.

"우리 신기루를 보러 나왔는데, 같이 가지 않을래?"

"신기루?"

O는 느닷없이 웃음을 터뜨렸다.

"요즘은 신기루가 아주 유행이네."

오 분쯤 지났을 때, 우리는 O와 함께 발이 푹푹 빠지는 모래밭 길을 걷고 있었다. 길 왼쪽은 모래벌판이었다. 그곳에 소달구지의 바큇자국이 거무스름하게 비스듬히 두 줄로 나 있었다. 나는 이 깊은 바큇자국에서 무언가 압박감 비슷한 걸 느꼈다. 강인한 천재가 남긴 흔적, 그런 느낌도 없잖아 있었다.

"아직 난 정상이 아닌가 봐. 저런 수레 바큇자국만 봐도 괜히 힘든 걸 보면."

O는 눈썹을 찌푸린 채 내 말에 아무 대꾸도 하지 않았다. 하지만 내 심정은 O에게 분명히 전해진 것 같았다.

그러던 중 우리는 소나무 사이─드문드문 자란 자그마한 소나무 사이를 지나, 히키지가와 강변을 따라 걸었다. 널찍한 모래사장 너머로 펼쳐진 잔잔한 바다는 짙은 쪽빛이었다. 하지만 에노시마는 집이며 나무 모두 왠지 모를 우울한 분위기에 흐릿했다.

"새로운 시대죠?"

K는 미소를 머금고 뜬금없는 말을 던졌다. 새로운 시대? 그런데 나는 순간적으로 K의 '새로운 시대'를 발견했다. 그건 모래를 막아 주는 조릿대 울타리를 등지고 바다를 바라보는 남녀의 모습이었다. 애초에 얇은 인버네스에 중절모를 쓴 남자는 새로운 시대라 부르기엔 어울리지 않았다. 그러나 여자의 단발머리는 물론이거니와 양산과 굽 낮은 구두까지 분명히 신시대적이었다.

"행복해 보이네."

"자네한테나 부러운 사람들이겠지."

O는 K를 놀리듯 말했다.

신기루가 보이는 곳은 두 남녀와 백 미터쯤 떨어져 있었다. 우리는 모두 배를 대고 엎드려서 강 너머로 아지랑이가 피어오른 모래사장을 바라봤다. 모래사장 위에는 리본처럼 기다란 푸른빛 한 줄기가 일렁이고 있었다. 보아하니 바다 빛깔이 아지랑이에 비치고 있는 듯했다. 하지만 그 밖에 모래사장에 있는 배 그림자는 전혀 보이지 않았다.

"저걸 신기루라고 합니까?"

K는 턱에 잔뜩 모래를 묻힌 채 실망스러운 듯 말했다. 그때 어디선가 까마귀 한 마리가 이천삼백 미터 떨어진 모래사장 위, 쪽빛으로 일렁이는 빛 위를 스치고 지나가, 그 너머로 날아갔다. 그와 동시에 까마귀의 그림자가 아지랑이 띠 위로 뒤집어져 비쳤다.

"이래 봬도 오늘은 잘 보이는 편이야."

우리는 O의 말을 들으며 모래 위에서 일어났다. 어느샌가 우리 앞에는 우리가 남겨 두고 온 '새로운 시대' 두 사람이 이쪽을 향해 걸어오고 있었다.

나는 조금 놀라서 뒤를 돌아봤다. 하지만 그들은 여전히 백 미터쯤 떨어진 조릿대 울타리를 등지고 이야기를 나누고 있었다. 우리는, 특히 O는 맥이 빠졌다는 듯 웃음을 터뜨렸다.

"이게 오히려 신기루 같은데?"

우리 앞에 있는 '새로운 시대'는 물론 그들과 다른 사람이었다. 하지만 여자의 단발머리나 중절모를 쓴 남자의 모습은 그들과 거의 다를 바 없었다.

"순간 오싹했다니까."

"나도 어느 틈에 여기까지 왔나 싶었어."

우리는 그런 이야기를 나누며 이번에는 히키지가와 강변이 아니라 야트막한 모래 언덕을 넘어갔다. 모래 언덕은 모래를 막는 조릿대 울타리 아래쪽에 역시 자그마한 소나무를 누렇게 물들이고 있었다. O는 그곳을 지나갈 때 '영차' 하듯 허리를 굽히고 모래 위에서 뭔가를 주웠다. 그건 검은 타르를 발라 놓은 듯한 테두리 안에 외국 문자를 써 놓은 나무 팻말이었다.

"그게 뭐야? Sr. H. Tsuji…… Unua…… Aprilo…… Jaro…… 1906……."

"뭐지? dua…… Majesta…… 인가요? 1926년이라고 적혀 있네요."

"이건, 수장된 시신에 달려 있는 거 아닌가?"

O는 이렇게 추측했다.

"시신을 수장할 때 범포(돛에 쓰는 천─옮긴이 주) 같은 걸로만 둘둘 말잖아?"

"그래서 이 명찰을 단 거지. 봐, 여기 못이 박혀 있어. 원래 십자가 모양이었던 거야."

우리는 이미 그 즈음 별장인 듯한 조릿대 울타리와 소나무 숲 사이를 걸어가고 있었다. 나무 팻말은 아무래도 O의 추측에 가까운 것 같았다. 나는 또다시 햇살 속에서 느낄 리 없는 섬뜩함을 느꼈다.

"재수 없는 걸 주워 버렸네."

"괜찮아, 난 마스코트로 삼으려고. ……그런데 1906년부터 1926년이라고 적힌 걸 보면 스무 살쯤에 죽은 거구나. 스무 살쯤에……."

"남자일까? 여자일까?"

"글쎄요. ……하지만 어쨌든 이 사람은 혼혈이었을지도 몰라."

나는 K에게 대답하면서 배 안에서 죽어 간 혼혈 청년을 상상했다. 내 상상으로는 그에게 일본인 어머니가 있을 터였다.

"신기루라."

O는 곧장 똑바로 정면을 바라보며 갑작스레 이렇게 혼잣말을 했다. 어쩌면 별 뜻 없이 내뱉은 말일지도 모른다. 하지만 뭔가 마음을 살며시 건드리는 말이었다.

"홍차나 마시고 갈까."

우리는 어느샌가 집이 많은 큰길 모퉁이에 서 있었다. 집이 많다라? 하지만 모래가 마른 길에는 지나는 사람이 거의 보이지 않았다.

"K, 너는 어쩔 거야?"

"나는 뭐 아무래도……."

그때 새하얀 개 한 마리가 저편에서 멍하니 꼬리를 늘어뜨리고 다가왔다.


2


K가 도쿄로 돌아가고 나서, 나는 또다시 O, 아내와 함께 히키지가와 강의 다리를 건넜다. 이번에는 저녁 일곱 시경, 저녁 식사를 막 마치고 나서였다.

그날 밤에는 별도 보이지 않았다. 우리 일행은 별다른 대화도 나누지 않고 인적 드문 모래사장을 걸었다. 모래사장에는 히키지가와 강어귀에 등불 하나가 움직이고 있었다. 그건 먼 바다로 고기잡이를 나간 배가 이정표로 삼는 등불인 듯했다.

파도 소리가 쉼 없이 들려왔다. 하지만 바다에 가까워질수록 점점 비릿한 바다 내음도 짙어졌다. 그건 바다 그 자체보다는 우리 발밑으로 밀려오는 해초와 나무토막의 냄새인 것 같았다. 나는 어째서인지 이 냄새를 코 말고 피부로도 느낄 수 있었다.

우리는 한참 동안 파도가 밀려오는 곳에 서서 어렴풋이 보이는 물마루를 바라봤다. 바다는 어디를 보아도 새카맸다. 나는 이래저래 십 년 전 가즈사의 어느 해안에 머물던 때를 떠올렸다. 동시에 그곳에 함께 머물던 어떤 친구도 떠올렸다. 그는 자기 공부 말고도 <참마죽>이라는 내 단편 소설의 교정쇄를 읽어 주기도 했다.

그러던 사이에 O는 어느샌가 쪼그리고 앉아 성냥 한 개비에 불을 붙이고 있었다.

"뭐 하는 거야?"

"아무것도 아닌데, ·······이렇게 살짝 불을 붙이는 것만으로도 여러 가지가 보이잖아?"

O는 어깨 너머로 우리를 올려다보더니, 아내에게 말을 걸기도 했다. 과연, 성냥불은 흩어져 있는 청각채나 우뭇가사리 사이에 섞인 각양각색의 조개껍데기를 비추고 있었다. O는 그 불이 꺼지자 다시 새 성냥에 불을 붙이더니 물가를 걸었다.

"아이, 섬뜩했네. 익사체의 발인 줄 알았어."

그건 반쯤 모래에 파묻힌 신발 한 짝이었다. 거기에는 또 해초 속에 커다란 해면동물들도 널브러져 있었다. 하지만 그 불도 꺼지고 나니 주변은 전보다 더 컴컴해졌다.

"낮만큼 수확이 없었어."

"수확? 아, 그 명찰 말이지. 그런 건 흔히 있는 게 아니지."

우리는 쉼 없이 들려오는 파도 소리를 뒤로하고 발길을 돌려 드넓은 모래사장을 가로질렀다. 모래사장을 나와서도 가끔씩 해초가 발에 밟혔다.

"이 근처에도 뭐가 많을 것 같은데."

"다시 성냥을 켤까?"

"그래. ········아, 방울 소리가 들리네."

나는 귀를 기울였다. 요즘 착각하는 일이 잦았기 때문에 혹시나 해서였다. 하지만 정말 어디선가 방울 소리가 들려왔다. 나는 다시 한번 O에게도 소리가 들리는지 물어보려 했다. 그러자 두세 걸음 뒤에서 따라오던 아내가 웃음 섞인 목소리로 우리에게 말했다.

"내 나막신에 달린 방울이 울리는 거예요."

그러나 뒤돌아볼 것도 없이 아내는 짚신을 신고 있는 게 틀림없었다.

"오늘 밤은 어린아이로 돌아가 나막신을 신고 걷고 있어요."

"부인 소매 속에서 들리는 걸 보면. 아, Y의 장난감이군요. 방울이 달린 셀룰로이드 장난감이요."

O도 이렇게 말하며 웃음을 터뜨렸다. 그러는 동안 아내는 우리를 따라잡았고, 우리 셋은 일렬로 걸어갔다. 우리는 아내의 농담을 계기로 이전보다 더 활기차게 이야기를 나눴다.

나는 O에게 어젯밤 꾼 꿈 이야기를 했다. 어떤 문화 주택 앞에서 트럭 운전사와 이야기하는 꿈이었다. 나는 그 꿈속에서도 분명히 이 운전사를 만난 적이 있다고 생각했다. 하지만 어디서 만났는지는 꿈에서 깬 뒤에도 알 수 없었다.

"그게 문득 생각해 보니 삼사 년 전에 딱 한 번 취재하러 왔던 여성 기자였는데."

"그럼 여자 운전사였어요?"

"아니, 물론 남자지. 그냥 얼굴만 그 사람이었어. 역시 한 번 본 건 머릿속 어딘가에 남아 있는 건가."

"그렇겠지. 얼굴도 인상이 강렬한 사람은………."

"하지만 나는 그 사람 얼굴에 아무 관심도 없었는데 말이야. 그래서 오히려 꺼림칙해. 왠지 의식의 영역 밖에도 여러 가지가 있는 것 같아서………."

"요컨대 성냥에 불을 붙여서 보면 여러 가지가 보이

게 되는 것과 같은 원리지.”

나는 이런 이야기를 하면서 우연히 우리 얼굴만 또렷하게 보인다는 걸 알아챘다. 별빛조차 보이지 않는 건 전과 똑같았다. 나는 다시 섬뜩해져서 몇 번이고 하늘을 올려다봤다. 그러자 아내도 눈치 챘는지, 난 아무 말도 안 했는데 내 의문에 답을 했다.

“모래 때문이군요. 그렇죠?”

아내는 소매를 맞대고 드넓은 모래사장을 돌아봤다.

“그런 것 같아.”

“모래라는 녀석은 장난꾸러기군. 신기루도 이 녀석이 만들어 내는 거니까. 부인은 아직 신기루를 못 봤나요?”

“아니요, 얼마 전에 한 번, 푸른색의 뭔가를 봤는데……….”

“그게 답니다. 오늘 우리가 본 것도.”

우리는 히키지가와 강의 다리를 건너 아즈마야 여관의 제방 밖을 걸어갔다. 소나무는 모두 어느샌가 불어오는 바람에 윙윙 소리를 내며 나뭇가지를 떨고 있었다. 그때 자그마한 남자 하나가 빠른 걸음으로 이쪽으로 오는 게 보였다. 문득 이번 여름에 보았던 어떤 착각이 떠올랐다. 그것은 역시 이런 밤에 포플러 나뭇가지에 걸린 종이가 헬멧처럼 보였던 기억이었다. 하지만 그 남자는 착각이 아니었다. 뿐만 아니라 서로 가까워질수록 와이셔츠 가슴팍이 보였다.

"저 넥타이핀은 뭐지?"

나는 작은 소리로 말하고 나서 즉시 넥타이핀이라고 생각했던 게 담뱃불임을 알아챘다. 그러자 아내는 소맷자락을 물고 제일 먼저 소리 죽여 웃기 시작했다. 하지만 그 남자는 눈길 한번 주지 않고 서둘러 우리 일행을 지나쳐 갔다.

"그럼 안녕히 주무세요."

"안녕히 주무세요."

가벼운 인사와 함께 O와 헤어진 우리는 솔바람 소리를 들으며 걸어갔다. 그 솔바람 소리 속에는 벌레 우는 소리도 희미하게 섞여 있었다.

"할아버지 금혼식은 언제죠?"

'할아버지'란 내 아버지를 말하는 것이었다.

"언제일까? ⋯⋯⋯도쿄에서 보낸 버터는 왔지?"

"버터는 아직요. 소시지만 왔어요."

그러는 사이 우리는 문 앞에—반쯤 열린 문 앞에 와 있었다.

# 톱니바퀴

歯車

1927년 10월 잡지 ≪문예춘추(文藝春秋)≫에 처음 발표된 작품이며, ≪현대 일본 문학 대계 43 아쿠타가와 류노스케 집≫(1968년, 지쿠마쇼보)에 수록된 글을 원문으로 하여 번역했다.

## 1. 레인코트

나는 어느 지인의 결혼식 피로연에 참석하기 위해 가방 하나를 들고, 도카이도선의 어느 역을 향해, 그 안쪽의 피서지에서 차를 타고 달렸다. 차가 달리는 길 양옆은 대체로 소나무만 무성했다. 상행 열차를 탈 수 있을지 상당히 걱정스러웠다. 차에는 마침 나 말고도 어느 이발소 주인도 함께였다. 대추처럼 통통하게 살이 찐 그는 짧은 턱수염을 기르고 있었다. 나는 시간을 신경 쓰며 이따금 그와 이야기를 나눴다.

"참 이상한 일도 있죠. ×× 씨 집에는 낮에도 귀신이 나온다네요."

"대낮에도요?"

나는 겨울 석양이 비추는 건너편 솔숲을 바라보며 적당히 맞장구를 치고 있었다.

"날씨가 좋은 날에는 안 나온대요. 가장 많이 나오는 건 비 오는 날이고요."

"비 오는 날에 젖으러 나오는 거 아닐까요?"

"농담도. 하지만 레인코트를 입은 유령이라고도 해요."

자동차는 경적을 울리며 모 정거장 옆에 차를 세웠다. 나는 이발소 주인과 헤어져 정거장 안으로 들어갔다. 예상대로 상행 열차는 이삼 분 전에 출발한 참이었다. 대합실 벤치에는 레인코트를 입은 남자가 홀로 멍하니 밖을 바라보고 있었다. 나는 방금 들은 유령 이야기를 떠올렸다. 하지만 잠깐 쓴웃음을 짓고는 열차를 기다리기 위해 정거장 앞 카페에 들어가기로 했다.

그곳은 카페라는 이름을 붙여도 될지 고민하게 만드는 카페였다. 나는 구석 테이블에 앉아 코코아 한 잔을 주문했다. 테이블에 깔린 오일클로스는 흰색 바탕에 가느다란 푸른 선을 성긴 격자무늬로 그은 것이었다. 하지만 이미 구석구석에 지저분한 바탕이 그대로 드러나 있었다. 나는 아교 냄새가 나는 코코아를 마시며 인적 없는 카페 안을 둘러봤다. 먼지투성이의 카페 벽에는 '오야코돈부리', '커틀릿'이라고 적힌 종이가 여러 장 붙어 있었다.

'토종 달걀, 오믈렛.'

나는 이런 종이에서 도카이도선에 가까운 시골 분위기를 느꼈다. 보리밭이나 양배추밭 사이로 전기 기관차가 지나가는 시골이었다.

다음 상행 열차를 탔을 때는 이미 일몰이 가까웠다. 나는 늘 이등석을 탄다. 하지만 무슨 이유에서인지 그때는 삼등석을 타기로 했다.

기차 안에는 승객들이 가득 들어차 있었다. 내 앞뒤에는 오이소인지로 소풍을 간 듯한 소학교 여학생들이 있었다. 나는 담배에 불을 붙이며 이 여학생 무리를 바라보고 있었다. 그들은 모두 쾌활했으며, 쉬지 않고 떠들었다.

"사진사 아저씨, 러브신이 뭐예요?"

역시 소풍을 따라온 듯한, 내 앞에 있던 '사진사'는 쩔쩔매며 얼버무렸다. 하지만 열너덧 살의 여학생 중 한 명은 여전히 여러 질문을 던지고 있었다. 나는 문득 그 학생이 축농증을 앓고 있다는 사실을 알아채고, 뭔가 미소 짓지 않을 수 없었다. 그리고 또 내 옆에 있던 열두세 살짜리 여학생 중 한 명은 젊은 여교사의 무릎에 앉아 한 손으로는 그녀의 목을 껴안고 다른 손으로는 뺨을 쓰다듬고 있었다. 게다가 누군가와 이야기하는 틈틈이 가끔씩 여교사에게 이렇게 말을 걸었다.

"선생님은 귀여워요. 눈이 참 귀여워요."

그들을 보며 나는 여학생이라기보다는 성숙한 여자라는 느낌을 받았다. 사과를 껍질째 씹거나, 캐러멜 포장을 벗기고 있는 모습을 제외하면 말이다. 그러나 나이가 좀 더 먹은 것 같은 여학생 중 한 명은 내 옆을 지나갈 때 누군가의 발을 밟았는지 "죄송합니다."라고 말했다. 다른 아이들보다 조숙한 태도였지만, 그래서 나는 오히려 그 아이를 여학생답다고 생각했다. 나는 담배를 입에 물고 이런 모순을 느낀 나 자신을 냉소하지 않을 수 없었다.

어느새 전등을 켠 기차는 겨우 교외의 한 역에 도착했다. 나는 찬바람이 부는 플랫폼으로 내려가 다리를 한 번 건너 국철을 기다리기로 했다. 그러다 모 회사에 근

무하는 T와 우연히 마주쳤다. 우리는 기차를 기다리는 동안 불경기에 대한 이야기 등을 나눴다. T는 물론 나보다 이런 문제에 대해 더 정통했다. 하지만 건장한 그의 손가락에는 불경기와는 전혀 상관없는 터키석 반지가 끼워져 있었다.

"거창한 걸 끼고 있네."

"이거? 하얼빈에 사업하러 간 친구가 사라고 해서 산 반지야. 그 친구도 형편이 좋지 않아. 이제 협동조합과 거래할 수 없게 됐으니까."

우리가 탄 전차는 다행히도 기차만큼 붐비지 않았다. 우리는 나란히 앉아 이런저런 이야기를 나눴다. T는 올봄까지 파리에서 일하다 도쿄로 돌아온 지 얼마 되지 않았기에, 주로 파리 이야기가 화제에 올랐다. 카요 부인의 이야기(1914년 프랑스 급진당 당수 조제프 카요의 부인 앙리에트 카요가 보수 신문 <르 피가로>의 편집장을 총으로 살해했으나 무죄 판결을 받은 사건—옮긴이 주), 게 요리 이야기, 해외여행 중인 어느 왕의 이야기…….

"프랑스는 의외로 별 문제없어. 원래 프랑스 녀석들은 세금 내는 걸 싫어하는 국민이라 내각은 항상 무너지지만……."

"프랑도 폭락하니까."

"신문만 보면 그렇지. 하지만 현지 신문들은 일본이라는 나라를 매일같이 대지진에 대홍수가 일어나는 곳으로 보도한다고."

그러자 레인코트를 입은 한 남자가 맞은편에 와서 앉았다. 나는 조금 섬뜩해졌고, 뭔가 전에 들은 유령 이야기를 T에게도 들려주고 싶은 마음이 들었다. 하지만 T는 그전에 지팡이 손잡이를 왼쪽으로 홱 돌리더니 정면을 본 채 작은 목소리로 내게 말했다.

"저기 여자 한 명 보이지? 울로 된 회색 숄을 두른……."

"저 서양식으로 머리 묶은 여자?"

"그래, 보따리를 안고 있는 여자. 이번 여름에 가루이자와에서 봤어. 양장으로 세련되게 차려입고……."

그러나 그녀는 누가 봐도 도드라지게 초라한 모습이었다. 나는 T와 이야기를 나누면서 그녀를 조용히 바라보고 있었다. 미간 사이에서 어딘지 모르게 미치광이의 기운이 느껴지는 얼굴이었다. 게다가 보따리에서 표범을 닮은 스펀지가 튀어나와 있었다.

"가루이자와에 있을 때 젊은 미국인과 춤을 추기도

했지. 모던…… 뭐 그런 거 말이야."

레인코트를 입은 남자는 내가 T와 헤어질 즈음에는 어느새 사라져 있었다. 나는 국철의 한 역에서 역시 가방을 들고 어느 호텔로 걸어갔다. 길 양쪽에 자리한 건 대부분 큰 건물이었다. 나는 길을 걷다가 문득 솔숲을 떠올렸다. 뿐만 아니라 시야에서 이상한 것을 발견했다. 이상한 것? 그건 쉬지 않고 돌아가는 반투명한 톱니바퀴였다. 나는 예전에도 이런 경험을 여러 차례 한 적이 있었다. 톱니바퀴는 차츰 늘어나 내 시야를 반쯤 가렸는데, 그것도 오래 가지는 않았고, 잠시 후에 사라졌지만, 그 대신 이번에는 두통으로 머리가 지끈거리기 시작했다. 매번 똑같은 흐름이었다. 이 착각(?)을 털어놓자 안과 의사는 내게 번번이 금연하라고 주의를 줬다. 하지만 담배를 가까이하기 전인 스무 살 이전에도 이런 톱니바퀴를 본 적이 있었다. 나는 혹시나 하는 생각에 왼쪽 눈의 시력을 시험해 보기 위해 한 손으로 오른쪽 눈을 가려 보았다. 왼쪽 눈은 과연 아무 이상도 없었다. 그러나 오른쪽 눈의 눈꺼풀 뒤쪽에서는 톱니바퀴 여러 개가 돌아가고 있었다. 나는 오른쪽 건물이 차츰 사라지는 걸 보면서 바쁘게 오가는 사람들을 바라보며 걸었다.

호텔 현관에 들어섰을 때는 이미 그 톱니바퀴도 사라지고 없었다. 하지만 두통은 여전히 남아 있었다. 나는 외투와 모자를 맡기면서 방을 하나 달라고 했다. 그리고 어떤 잡지사에 전화를 걸어 돈 문제를 상담했다.

　　결혼 피로연 만찬은 이미 시작됐다. 나는 테이블 구석에 앉아 나이프와 포크를 움직였다. 정면의 신랑 신부를 비롯해 디근 자형의 하얀 테이블에 앉은 오십여 명의 사람들은 모두 명랑했다. 하지만 내 마음은 밝은 전등 불빛 아래 점점 우울해질 뿐이었다. 나는 이 마음에서 벗어나기 위해 옆자리의 손님에게 말을 걸었다. 그는 마치 사자처럼 하얀 수염을 기른 노인이었는데, 나도 이름을 아는 어느 고명한 한학자였다. 그래서 우리는 자연스레 고전 이야기에 몰두했다.

　　"기린은 유니콘이라고 할 수 있죠. 그리고 봉황도 피닉스라는 새의……."

　　이 고명한 한학자는 이런 내 이야기에 흥미를 느끼는 듯했다. 기계적으로 떠들던 나는 점점 병적인 파괴욕을 느끼며 요순을 가공의 인물로 만든 건 ≪춘추≫의 저자보다 훨씬 후대의 한나라 시대 사람이라는 이야기를 하기 시작했다. 그러자 이 한학자는 노골적으로 불쾌한 표정을 지으며 내 얼굴에 눈길조차 주지 않고, 호랑이가 으르렁거리듯 내 말을 끊었다.

"만일 요순이 존재하지 않았다면, 공자님이 거짓말을 했다는 건데. 성인이 거짓말을 할 리가 있나."

나는 당연히 입을 다물었다. 그리고 다시 나이프와 포크를 들고 접시 위의 고기를 썰려 했다. 그러자 작은 구더기 한 마리가 고기 가장자리에서 꿈틀거리는 모습이 보였다. 그 구더기는 내 머릿속에 'worm'이라는 영어 단어를 상기시켰다. 그것은 또한 기린이나 봉황처럼 어떤 전설적인 동물을 의미하는 단어임에 틀림없었다. 나는 나이프와 포크를 내려놓고 어느샌가 내 잔에 샴페인이 부어지는 광경을 바라보고 있었다.

드디어 만찬이 끝난 뒤, 나는 앞서 잡아 놓은 방으로 들어가기 위해 인적 없는 복도를 지났다. 복도는 내게 호텔이라기보다는 감옥 같은 느낌을 줬다. 하지만 다행히도 두통은 어느새 좋아지고 있었다.

맡겨 놓은 가방은 물론 모자와 외투까지 방에 다 있었다. 벽에 걸린 외투가 꼭 내가 서 있는 모습 같아서 서둘러 구석에 있는 옷장 안에 넣어 버렸다. 그리고 거울 앞으로 가서 가만히 거울에 내 얼굴을 비췄다. 거울에 비친 얼굴은 피부 아래 골격까지 드러내고 있었다. 그때 갑자기 내 기억 속에서 구더기가 선명하게 떠올랐다.

나는 문을 열고 복도로 나가 정처 없이 걸었다. 로비로 이어진 구석에서 초록색 갓을 씌운 흰칠한 스탠드 전등 하나가 유리창에 선명하게 비치고 있었다. 그건 왠지 모르게 내 마음에 평화로운 느낌을 줬다. 나는 그 앞 의자에 앉아 이런저런 생각을 하고 있었다. 하지만 거기에 오 분도 앉아 있을 수 없었다. 레인코트가 이번에도 내 옆에 있던 긴 의자 등받이에 힘없이 늘어져 걸려 있었다.

'게다가 지금은 한겨울인데…….'

나는 그런 생각을 하며 다시 한번 복도를 되돌아갔다. 복도 구석의 종업원 휴게실에는 종업원이 한 명도 없었다. 하지만 그들의 이야기 소리가 살짝 내 귓가를 스치고 지나갔다. 그 말은 어떤 말에 대답한 'all right'라는 영어였다. '올 라이트'? 나는 어느샌가 이 대화의 의미를 정확히 파악하고 싶어서 조바심이 났다. 올 라이트? 올 라이트? 도대체 무엇이 올 라이트라는 거지?

내 방은 물론 조용했다. 하지만 문을 열고 들어가는 것에 나는 기묘한 섬뜩함을 느꼈다. 나는 잠시 망설이다가 과감히 방 안으로 들어갔다. 그리고 거울을 보지 않으려 애쓰며 책상 앞 의자에 앉았다. 도마뱀과 비슷한 파란 모로코가죽으로 된 안락의자였다. 나는 가방에서 원고지를 꺼내 어떤 단편을 이어서 쓰려 했다. 그러나 잉크를 묻힌 펜은 언제까지고 움직이지 않았다. 겨우 움직이는가 했더니, 같은 말만 계속 쓰고 있었다. All right…… All right…… All right…… All right, sir…… All right…….

그때 갑자기 울리기 시작한 건 침대 옆에 있는 전화였다. 나는 놀라서 일어나 수화기를 귀에 대고 대답했다.

"누구시죠?"

"저예요. 저요……."

상대는 누나의 딸이었다.

"왜? 무슨 일 있어?"

"네, 좀 큰일이 생겼어요. 그러니까…… 큰일이 생겼거든요. 지금 숙모한테도 전화했어요."

"큰일이라고?"

"네, 그러니까 곧바로 와 주세요. 지금 바로요."

전화는 거기서 뚝 끊겼다. 나는 원래대로 수화기를 내려놓고 반사적으로 호출 벨을 눌렀지만, 떨리는 손을 분명히 의식하고 있었다. 종업원은 좀처럼 오지 않았다.

나는 짜증보다는 괴로움을 느끼며 몇 번이고 벨을 누르고 또 눌렀다. 드디어 운명이 나에게 가르쳐 준 '올 라이트'라는 말을 이해하면서.

내 매형은 그날 오후, 도쿄에서 그리 멀지 않은 어느 시골에서 기차에 치여 죽었다. 게다가 계절과 상관없는 레인코트를 걸치고 있었다. 나는 지금도 그 호텔 방에서 전에 쓰던 단편을 이어서 쓰고 있다. 한밤중에 복도를 지나는 사람은 없었다. 하지만 가끔 문밖에서 날갯짓 소리가 들리기도 했다. 어딘가에서 새라도 키우고 있는지 모른다.

### 2. 복수

나는 이 호텔 방에서 오전 여덟 시경에 눈을 떴다. 침대에서 내려가려고 하는데 신기하게도 슬리퍼가 한 짝밖에 없었다. 그건 지난 일이 년 동안 항상 내게 공포와 불안을 안겨 주는 현상이었다. 뿐만 아니라 샌들을 한쪽만 신은 그리스 신화 속 왕자를 떠올리게 하는 현상이었다. 나는 벨을 눌러 종업원을 불러서는 슬리퍼 한 짝을 찾아달라고 부탁했다. 종업원은 의아한 표정으로 좁은 방 안을 뒤졌다.

"여기 있네요. 욕실 안에서 찾았습니다."

"왜 그런 데 있는 거지?"

"글쎄요, 쥐가 물어갔을까요."

나는 종업원을 물린 뒤에 우유를 넣지 않은 커피를 마시며 쓰던 소설을 마무리하기 위해 앉았다. 응회암을 사각으로 짠 창문 너머로 눈 쌓인 정원이 보였다. 나는 잠시 펜을 멈출 때마다 멍하니 그 눈을 바라보곤 했다. 눈은 꽃망울이 맺힌 서향나무 아래 도시의 매연에 더럽혀져 있었다. 그건 왠지 모르게 내 마음을 아프게 하는 풍경이었다. 나는 담배를 피우면서 어느샌가 펜을 쥔 손을 멈추고 이런저런 생각을 했다. 아내에 대해, 아이들에 대해, 특히 매형에 대해…….

매형은 자살하기 전에 방화 혐의를 받고 있었다. 사실 그것도 어쩔 수 없는 일이었다. 매형은 집에 불이 나기 전에 집값의 두 배에 달하는 화재보험에 가입했다. 게다가 위증죄를 저질러 집행유예 중인 몸이었다. 그러나 나를 불안하게 한 것은 그의 자살보다 내가 도쿄로 돌아갈 때마다 반드시 불타오르는 모습을 보았다는 것이었다. 기차 안에서 산불을 본 적도 있었고, 어떤 날은 자동차 안에서(그때는 아내와 아이도 함께였다.) 도키와바시 부근의 화재를 보기도 했다. 때문에 매형의 집에 불이 나기 전에도 절로 화재가 날 거라고 예감했다.

"올해는 집에 불이 날지도 몰라."

"불길한 소리 마요. 불이 나면 큰일이에요. 보험도 제대로 들지 않았는데……."

우리는 그런 이야기를 나누기도 했다. 그러나 우리집에는 불이 나지 않았고, 나는 애써 망상을 밀어내고 다시 펜을 움직이려 했다. 하지만 펜은 도무지 한 줄도 써 내지 못했다. 나는 결국 책상 앞을 떠나 침대에 누워 톨스토이의 《폴리쿠시카》를 읽기 시작했다. 이 소설의 주인공은 허영심과 병적 성향, 명예심이 뒤섞인 복잡한 성격의 소유자였다. 게다가 그 일생의 희비극에 약간의 수정을 가하면 바로 내 일생의 캐리커처였다. 특히 그의 희비극 속에서 운명의 냉소를 느끼고 나는 점점 섬뜩해졌다. 나는 한 시간도 채 지나지 않아 침대에서 벌떡 일어나 커튼을 쳐 놓은 방구석으로 힘껏 책을 던져 버렸다.

"죽어 버려!"

그러자 커다란 쥐 한 마리가 커튼 밑에서 욕실로 비스듬히 달려갔다. 나는 한달음에 욕실로 달려가 문을 열고 샅샅이 뒤졌다. 하지만 하얀 욕조의 그늘에도 쥐의 흔적은 보이지 않았다. 나는 갑자기 섬뜩해져 급히 슬리 퍼에서 신발로 갈아 신고 인적 없는 복도로 나갔다.

복도는 오늘도 변함없이 감옥처럼 우울했다. 나는 고 개를 떨어뜨린 채 계단을 오르내리다가 어느샌가 주방 에 들어와 있었다. 주방은 의외로 밝았다. 하지만 한쪽 에는 불 위에 가마솥 여러 개가 늘어져 있었다. 나는 그 곳을 지나며 하얀 모자를 쓴 요리사들이 싸늘하게 나를 바라보는 걸 느꼈다. 동시에 또다시 내가 떨어진 지옥을 느꼈다. "신이여, 나를 벌하소서. 노하지 마소서. 아마도 나는 멸망하리니." 그 순간 내 입에서는 이런 기도가 절 로 나오고 있었다.

나는 호텔 밖으로 나와 푸른 하늘이 비치는 눈 녹은 길을 부지런히 걸어 누나의 집으로 갔다. 길을 따라 펼 쳐진 공원 안 나무들의 가지와 잎은 검게 물들어 있었 다. 뿐만 아니라 나무 한 그루, 한 그루가 우리 인간처럼 앞과 뒤가 명확하게 구분되는 모양새였다. 그 또한 나에 게 불쾌감보다 공포에 가까운 감정을 가져왔다. 나는 단 테의 지옥에 있는, 나무가 된 영혼을 떠올리며 건물만 늘어선 선로 너머를 걷기로 했다. 하지만 그 길 역시 백 미터도 무사히 걸어갈 수 없었다.

"지나가시는 길에 실례지만……."

금색 단추가 달린 제복을 입은 스물두세 살의 청년이 말했다. 나는 말없이 이 청년을 바라보다가 그의 코 왼쪽 옆에 있는 검은 점을 발견했다. 그는 모자를 벗고 쭈뼛쭈뼛 내게 말을 걸었다.

"A 씨 되시죠?"

"네, 맞습니다."

"왠지 그런 것 같아서요……."

"무슨 볼일이라도?"

"아뇨, 그냥 인사드리고 싶어서요. 저도 선생님의 애독자……."

나는 이미 그때 모자를 살짝 벗어 인사한 뒤 그를 등지고 다시 걸음을 옮기고 있었다. 선생님, A 선생님. 그 말은 요즘 내게 가장 불쾌한 말이었다. 나는 온갖 죄를 저지르고 있다고 믿었다. 그런데 그들은 기회만 있으면 나를 선생님이라고 불러 댔다. 나는 거기서 나를 조롱하는 무언가를 느끼지 않을 수 없었다. 무언가? 그러나 나의 물질주의는 신비주의를 거절하지 않을 수 없었다. 나는 불과 두세 달 전에도 어떤 소규모의 동인지에 이런 글을 발표했다. '나는 예술적 양심을 비롯해 어떠한 양심도 갖고 있지 않다. 내가 가진 건 오직 신경뿐이다.'

누나는 세 아이와 함께 집터 안쪽의 임시 거처로 피신해 있었다. 갈색 종이를 바른 임시 거처 안은 바깥보다 더 추운 것 같았다. 우리는 화로에 손을 올리고 이런저런 이야기를 나눴다. 건장한 체격의 매형은 남들보다 배는 마른 나를 본능적으로 경멸했다. 뿐만 아니라 내 작품이 부도덕하다고 공언했다. 나는 그런 말을 하는 매형을 늘 싸늘하게 바라봤을 뿐, 한 번도 마음을 터놓고 이야기한 적이 없었다. 그러나 누나와 이야기를 나누면서 그도 나처럼 지옥에 빠져 있었다는 것을 알게 됐다. 실제로 매형은 침대차 안에서 유령을 봤다고 했다. 하지만 나는 담배에 불을 붙이고 애써 돈 이야기만 계속했다.

"어차피 이렇게 됐으니 뭐든 다 팔아 버리려고."

"그야 그렇지. 타자기 같은 건 제법 돈이 될 거야."

"그래, 그리고 그림 같은 것도 있고."

"파는 김에 N(매형)의 초상화도 팔려고? 하지만 그건……."

나는 액자도 없이 벽에 걸린 콩테화 한 점을 보고, 함부로 농담을 할 때가 아니라는 걸 실감했다. 기차에 치여 죽은 탓에 그의 얼굴은 고깃덩어리로 변해 버려서, 간신히 수염만 조금 남아 있었다고 했다. 이 이야기는 물론 이야기 자체도 섬뜩했지만, 그의 초상화는 어느 곳이나 완벽하게 그려져 있었는데 어째서인지 콧수염만 흐릿했다. 나는 빛 때문이려니 생각하며 이 그림을 여러 위치에서 바라봤다.

"뭐하니?"

"아무것도 아냐. 그냥 저 초상화가 입 주변만……."

누나는 살짝 뒤돌아보며 아무것도 알아채지 못했다는 듯 대답했다.

"수염만 유난히 흐릿해 보인다고?"

내 눈의 착각이 아니었다. 하지만 착각이 아니라면……. 나는 괜히 점심을 차리는 수고를 더하고 싶지 않아서 서둘러 누나의 집에서 나왔다.

"뭐, 상관없겠지."

"내일 또 이야기하자. 오늘은 아오야마에 볼일이 있어서."

"아, 거기? 아직 몸이 안 좋니?"

"여전히 약만 먹고 있어. 수면제만으로도 버거워. 베로날, 뉴로날, 트리오날, 누말……."

삼십여 분쯤 지나, 나는 어느 건물로 들어가 엘리베이터를 타고 삼 층으로 올라갔다. 그리고 한 레스토랑의 유리문을 밀고 들어가려 했다. 하지만 유리문은 움직이지 않았다. 문에는 '휴무'라고 적힌 옻칠한 팻말이 걸려 있었다. 나는 슬슬 불쾌감을 느끼며 유리문 너머 테이블 위에 사과와 바나나가 놓여 있는 걸 보면서 다시 한번 건물을 나와 길로 나가려 했다. 그때 회사원으로 보이는 남자 두 명이 뭐라고 쾌활하게 떠들며 내 어깨를 스치고 건물로 들어갔다. 그들 중 한 명은 그 자리에서 "짜증나서 말이야."라고 말하기도 했다.

나는 길에 우두커니 서서 택시가 오기를 기다렸다. 택시는 쉽게 오지 않았다. 뿐만 아니라 가끔 온다 싶으면 꼭 노란 택시였다(이 노란 택시는 어째서인지 늘 교통사고로 나를 귀찮게 했다). 그러던 중 나는 행운의 초록 택시를 발견하고, 아오야마 묘지 근처에 있는 정신병원으로 향했다.

"짜증나, 탄탈라이징(tantalizing), 탄탈루스(Tantalus), 인페르노(Inferno)……."

탄탈루스는 기실 유리문 너머로 과일을 바라보던 나 자신이었다. 나는 두 번이나 내 눈에 떠오른 단테의 지옥을 저주하면서 가만히 운전기사의 뒷모습을 바라보고 있었다. 그러다가 또다시 모든 게 거짓이라는 느낌이 들기 시작했다. 정치, 사업, 예술, 과학…… 그 무엇이든 이런 내게는 무서운 인생을 감추고 있는 잡색의 에나멜에 불과했다. 나는 점점 갑갑함을 느끼며 택시 창문을 활짝 열기도 했다. 하지만 뭔가 심장을 죄는 느낌은 사라지지 않았다.

초록 택시는 드디어 신궁 앞까지 달려갔다. 거기에는 어떤 정신병원으로 이어지는 구부러진 골목길 하나가 있을 터였다. 그러나 그 길도 오늘만큼은 어째서인지 찾을 수 없었다. 나는 전차 선로를 따라 택시를 몇 번이나 오가게 한 끝에 결국 포기하고 내렸다.

나는 겨우 그 골목길을 찾아 진창이 많은 길을 돌아갔다. 그러다가 어느샌가 길을 잘못 들어서 아오야마 화장장 앞을 지나게 됐다. 이래저래 십 년 전 나쓰메 선생님의 고별식 이후로 문 앞을 지난 일조차 없는 건물이었다. 십 년 전에도 나는 행복하지 않았다. 하지만 적어도 평화로웠다. 나는 자갈이 깔린 문 안을 바라보며 '소세키 산방'의 파초를 떠올리고는 뭔가 내 인생도 일단락되었다는 느낌을 지울 수 없었다. 그뿐 아니라 십 년 만에 이 묘지 앞으로 나를 데리고 온 무언가를 느끼지 않을 수 없었다.

정신병원의 문을 나온 뒤, 나는 다시 택시를 타고 묵던 호텔로 돌아가기로 했다. 그런데 호텔 현관에 내리니 레인코트를 입은 남자 한 명이 종업원과 뭔가 실랑이를 벌이고 있었다. 종업원과? 아니, 그건 종업원이 아니라 초록색 옷을 입은 자동차 담당자였다. 나는 이 호텔에 들어가는 게 왠지 불길할 것 같다는 기분에 서둘러 원래 있던 길로 되돌아왔다.

내가 긴자 거리로 나왔을 때는 어느덧 해가 저물고 있었다. 나는 양쪽으로 늘어선 가게와 어지러운 인파에 더욱 우울해지지 않을 수 없었다. 특히 오가는 사람들이, 죄 같은 건 모른다는 양 경쾌하게 걸어가는 게 불쾌했다. 나는 희미한 바깥의 석양빛과 전등 불빛이 뒤섞인 거리를 어디까지나 북쪽으로 걸어갔다. 그러던 중 내 눈을 사로잡은 건 잡지를 쌓아 놓은 서점이었다. 나는 서점으로 들어가 몇 단의 서가를 멍하니 올려다봤다. 그러다 ≪그리스 신화≫라는 책을 들고 훑어봤다. 노란 표지의 ≪그리스 신화≫는 어린이를 위해 쓰인 것 같았다. 하지만 우연히 눈에 들어온 한 줄에 나는 순식간에 사로잡혔다.

"가장 위대한 신 제우스도 복수의 신을 당해 낼 수는 없다……."

나는 이 서점을 뒤로하고 인파 속을 걸어갔다. 어느샌가 굽기 시작한 내 등 뒤에서 끊임없이 나를 노리는 복수의 신을 느끼며…….

3. 밤

나는 마루젠 서점 이 층 서가에서 스트린드베리의 ≪전설≫을 발견하고 두세 페이지씩 읽어 내려갔다. 내 경험과 크게 다르지 않은 내용이었다. 뿐만 아니라 노란 표지였다. 나는 ≪전설≫을 책꽂이에 다시 꽂아 놓고, 이번에는 거의 손에 잡히는 대로 두꺼운 책을 한 권 꺼냈다. 그러나 이 책에 실린 한 삽화에도 우리 인간과 다를 바 없는, 눈코가 달린 톱니바퀴들만 늘어서 있었다(어느 독일인이 수집한 정신병자의 화집이었다). 나는 어느샌가 우울 속에서 반항적 정신이 생겨나는 걸 느끼고, 자포자기한 도박 중독자처럼 이런저런 책들을 펼쳐 보았다. 하지만 어째서인지 어느 책이든 반드시 문장이나 삽화 속에 약간의 바늘이 숨겨져 있었다. 어느 책이든? 나는 몇 번이나 반복해서 읽었던 ≪마담 보바리≫를 집어 들었을 때조차도 결국 나 자신도 중산 계급인 무슈 보바리('무슈'는 프랑스에서 남성을 높여 부르는 말이다.—옮긴이 주)에 지나지 않는다는 걸 느꼈다……

일몰이 가까워진 마루젠 서점 이 층에는 나 말고 다른 손님은 없는 것 같았다. 나는 전등 불빛 속에서 책장 사이를 헤매고 다녔다. 그러다 '종교'라는 팻말이 걸린 책장 앞에 걸음을 멈추고 초록색 표지의 책 한 권을 훑어봤다. 이 책은 목차의 어느 장인가에 '두려운 네 가지 적, 의심, 공포, 교만, 관능적 욕망'이라는 단어가 적혀 있었다. 나는 이런 말을 보자마자 한층 더 반항적 정신이 솟아오르는 걸 느꼈다. 그렇게 적이라 불리는 것들은 적어도 내게는 감수성과 이성의 다른 이름처럼 느껴졌다. 하지만 전통적 정신도 역시 근대적 정신처럼 나를 불행하게 할 것을 나는 도저히 참을 수 없었다. 나는 이 책을 손에 들고 불현듯 언젠가 필명으로 쓴 '수릉여자'라는 말이 떠올랐다. 그건 한단의 걸음걸이를 다 배우기 전에 수릉의 걸음걸이를 잊어버려 뱀처럼 기어서 귀향했다는 ≪한비자≫에 나오는 청년이었다. 오늘날 나는 누구의 눈에도 '수릉여자'로 비칠 것임이 틀림없었다.

하지만 아직 지옥에 떨어지지 않은 내가 이 필명을 사용했다는 건……. 나는 큰 책장을 등지고 망상을 떨쳐 버리기 위해 애쓰며 바로 맞은편에 있는 포스터 전시실로 들어갔다. 그런데 그곳에도 한 장의 포스터 속에 성 조지 같은 기사가 홀로 날개 달린 용을 찔러 죽이는 모습이 그려져 있었다. 게다가 그 기사의 투구 밑으로는 나의 적 중 한 명과 비슷한 찡그린 얼굴이 반쯤 드러나 있었다. 나는 또 ≪한비자≫에 나오는 도룡기지(용을 잡아 도살하는 재주. 용은 상상의 동물이므로 쓸데없는 재주라는 뜻—옮긴이 주) 이야기를 떠올리며 전시실을 둘러보지 않고 널찍한 계단을 따라 내려갔다.

나는 이미 어두워진 니혼바시 거리를 걸으며 도룡이라는 말을 계속 생각했다. 그건 내가 소장한 벼루의 이름이 틀림없었다. 이 벼루를 나에게 선물한 사람은 어떤 젊은 사업가였다. 그는 각종 사업에 실패한 끝에 마침내 작년 연말에 파산하고 말았다. 나는 높은 하늘을 올려다보며 무수한 별빛 속에서 이 지구가 얼마나 작은지, 그리고 나 자신은 얼마나 작은지 생각해 보려고 했다. 그러나 낮에는 맑았던 하늘도 어느샌가 완전히 흐려져 있었다. 나는 갑자기 모든 게 나에게 적의를 갖고 있음을 느끼고 전차 선로 맞은편에 있는 어떤 카페로 피난하기로 했다.

그것은 틀림없이 '피난'이었다. 나는 이 카페의 장밋빛 벽에서 평화에 가까운 무언가를 느끼고, 가장 안쪽의 테이블 앞에 겨우 편히 앉았다. 그곳에는 다행히 나 말고도 손님이 두세 명 더 있었다. 나는 코코아 한 잔을 마시고 평소처럼 담배를 피웠다. 담배 연기는 장밋빛 벽에 희미하게 푸른 연기를 피워 올리고 사라졌다. 이 부드러운 색의 조화 역시 내게는 유쾌했다. 그러나 나는 잠시 뒤에 왼쪽 벽에 걸린 나폴레옹의 초상화를 발견하고는 다시금 불안을 느끼기 시작했다. 나폴레옹은 아직 학생이었을 때, 그의 지리 공책 마지막 장에 '세인트헬레나, 작은 섬'이라고 적었다. 그건 어쩌면 우리가 말하는 우연이었을지도 모른다. 하지만 나폴레옹 자신에게조차 공포를 불러일으킨 것이 분명했다.

나는 나폴레옹을 바라보며 내 작품에 대해 생각했다. 그러자 먼저 떠오른 건 <주유의 말>에 나오는 격언이었다(특히 '인생은 지옥보다 더 지옥 같다.'라는 말이었다). 그리고 <지옥변>의 주인공 요시히데라는 화가의 운명이 떠올랐다. 그리고…… 나는 담배를 피우면서 이런 기억에서 벗어나기 위해 카페 안을 둘러보았다. 내가 이곳으로 피난한 지 채 오 분도 되지 않았다. 하지만 이 카페는 그 짧은 시간 동안 완전히 달라진 모습이었다. 특히 나를 불쾌하게 한 건 가짜 마호가니 의자와 테이블이 조금도 주변의 장밋빛 벽과 조화를 이루지 못하는 것이었다. 나는 다시 한번 남의 눈에 보이지 않는 괴로움에 빠질 것이 두려워, 은화 한 닢을 내던지고, 서둘러 카페를 빠져나가려 했다.

"저기요, 이십 전입니다만……."

내가 내던진 건 동화였다.

나는 굴욕감을 느끼며 홀로 길을 걷다가 문득 아득한 솔숲 속에 자리한 우리 집을 떠올렸다. 어느 교외에 있는 양부모님의 집이 아니라, 나를 중심으로 한 가족을 위해 빌린 집이었다. 나는 지금으로부터 대략 십여 년 전에도 이런 집에서 살았었다. 그러나 어떤 사정으로 인해 경솔하게 부모님과 함께 살기로 했다. 동시에 또다시 노예로, 폭군으로, 힘없는 이기주의자로 변하기 시작했다.

호텔로 돌아오자 벌써 열 시였다. 먼 길을 걸어온 나는 방으로 돌아갈 힘을 잃고 두꺼운 통나무 장작이 타오르는 난로 앞 의자에 앉았다. 그리고 내가 계획하던 장편을 생각하기 시작했다. 그건 스이코 덴노 왕부터 메이지 덴노 왕에 이르는 각 시대의 백성을 주인공 삼아, 대략 삼십여 편의 단편을 시대순으로 써 내려간 장편이었다. 나는 불티가 날리는 것을 보며 문득 궁성 앞에 있는 어느 동상(가마쿠라 막부 말기와 남북조 시대의 무장인 구스노키 마사시게의 동상. 가마쿠라 막부 타도를 외치고 덴노 편에서 싸웠기 때문에 충의를 상징하는 인물로 여겨진다.—옮긴이 주)이 떠올랐다. 이 동상은 갑주를 입고 충의 그 자체를 나타내듯 말 위에 우뚝 올라타 있었다. 그러나 그의 적은,

"거짓말!"

나는 또다시 아득한 과거에서 눈앞의 현대로 미끄러져 떨어졌다. 다행히 그 자리에 있던 건 어느 선배 조각가였다. 그는 여전히 벨벳 소재의 옷을 입고 짧은 턱수염을 기르고 있었다. 나는 의자에서 일어나 그가 내민 손을 잡았다(그건 내 습관이 아니다. 파리와 베를린에서 반평생을 보낸 그의 습관을 따른 것이다). 그의 손은 신기하게도 파충류의 피부처럼 축축했다.

"여기서 묵는 거야?"

"네……."

"일하러 왔어?"

"네, 일도 하고 있습니다."

그는 가만히 내 얼굴을 쳐다봤다. 나는 그의 눈 속에서 탐정과 비슷한 표정을 느꼈다.

"제 방으로 가서 이야기하실래요?"

나는 도전적으로 말을 걸었다(용기도 없는 주제에 갑자기 도전적인 태도를 취하는 건 나의 나쁜 버릇 중 하나였다). 그러자 그는 미소를 지으며 "자네 방은 어딘가?"라고 되물었다.

우리는 친한 친구처럼 어깨를 나란히 하고, 조용히 이야기하는 외국인들 사이를 지나 내 방으로 들어갔다. 그는 내 방에 와서 거울을 등지고 앉았다. 그리고는 이런저런 이야기를 했다. 이런저런? 하지만 대부분 여자에 관한 이야기였다. 나는 죄를 지어서 지옥에 떨어진 사람인 게 틀림없었다. 하지만 그만큼 악덕에 대한 이야기는 나를 더 우울하게 만들었다. 나는 일시적으로 청교도가 돼 그런 여자들을 조롱하기 시작했다.

"S코의 입술을 보세요. 그건 여러 사람과 입맞춤을 해서……."

나는 문득 입을 다물고 거울에 비친 그의 뒷모습을 바라봤다. 그는 바로 귀밑에 노란 고약을 붙이고 있었다.

"여러 사람과 입맞춤을 해서?"

"그런 사람처럼 보이는데요."

그는 미소를 지으며 고개를 끄덕였다. 나는 그가 내심 내 비밀을 알기 위해 끊임없이 나에게 주의를 기울이고 있음을 느꼈다. 하지만 역시 우리의 이야기는 여자에서 벗어나지 않았다. 나는 그가 미워서라기보다는 나 자신의 나약한 마음이 창피해서 우울해져 버렸다.

마침내 그가 돌아간 후, 나는 침대에 누워 ≪암야행로≫를 읽기 시작했다. 주인공의 정신적 투쟁 하나하나가 통절했다. 나는 이 주인공에 비해 내가 얼마나 멍청한지 느끼며 어느샌가 눈물을 흘리고 있었다. 동시에 그 눈물은 내 마음에 평화를 가져오기도 했다. 하지만 그도 오래가지 않았다. 내 오른쪽 눈은 다시 한번 반투명한 톱니바퀴를 느끼기 시작했다. 톱니바퀴는 역시나 돌면서 점점 늘어났다. 나는 두통이 시작될까 봐 베갯맡에 책을 두고 베로날 0.8그램을 삼키며 어쨌든 푹 자기로 했다.

그러나 나는 꿈속에서 어떤 수영장을 바라보고 있었다. 그곳에는 또 아이들 여럿이 헤엄을 치거나 잠수를 하고 있었다. 나는 이 수영장을 뒤로하고 건너편의 솔숲으로 걸어갔다. 그러자 누군가 뒤에서 "여보!" 하고 부르는 소리가 들렸다. 뒤돌아본 나는 수영장 앞에 서 있는 아내를 발견했다. 동시에 또 격렬한 후회가 들었다.

"여보, 수건은요?"

"수건은 필요 없어. 아이들 잘 봐."

나는 다시 걸음을 옮겼다. 하지만 내가 걷는 길은 어느새 승강장으로 변해 있었다. 시골 역으로 보이는, 긴 산울타리가 있는 승강장이었다. 그곳에는 또한 H라는 대학생과 나이 지긋한 부인도 서 있었다. 그들은 내 얼굴을 보자마자 내 앞으로 다가와 각자 내게 말을 걸었다.

"큰 불이었죠."

"나도 겨우 도망쳤어요."

나는 이 나이 지긋한 여성이 어쩐지 낯이 익었다. 뿐만 아니라 그녀와의 대화에서 왠지 모를 유쾌한 흥분을 느꼈다. 그때 기차가 연기를 내뿜으며 조용히 승강장에 멈춰 섰다. 나는 홀로 기차에 올라타 양쪽에 흰 천을 늘어뜨린 침대 사이를 걸어갔다. 그러자 어느 침대 위에 미라에 가까운 나체의 여자 하나가 이쪽을 보고 누워 있었다. 그건 나의 복수의 신, 어느 미친 여자임이 분명했다.

나는 잠에서 깨자마자 나도 모르게 침대에서 뛰어내렸다. 내 방은 여전히 전등 불빛으로 환했다. 하지만 어디선가 날갯짓 소리와 쥐 움직이는 소리가 들렸다. 나는 문을 열고 복도로 나와 서둘러 난로 앞으로 갔다. 그리고 의자에 앉아 힘없이 타는 불길을 바라봤다. 그때 하얀 옷을 입은 종업원 하나가 장작을 더 넣으러 다가왔다.

"지금 몇 시지?"

"세 시 반쯤 됐습니다."

그러나 맞은편 로비 구석에는 미국인인 듯한 여자가 혼자 앉아 무슨 책을 읽고 있었다. 그녀가 입고 있는 건 멀리서 봐도 초록색 드레스가 틀림없었다. 나는 왠지 구원 받은 기분을 느끼며 가만히 날이 밝아 오기를 기다리기로 했다. 오랜 병고에 시달린 끝에 조용히 죽음을 기다리는 노인처럼…….


4. 아직?

나는 호텔 방에서 겨우 쓰던 단편을 완성해, 모 잡지에 보내기로 했다. 물론 내 원고료는 일주일 숙박비에도 미치지 못하는 금액이었다. 하지만 나는 일을 마무리한 것에 만족하고, 뭔가 정신적 강장제를 구하기 위해 긴자의 어느 서점으로 나가기로 했다.

겨울 햇살이 내리쬐는 아스팔트 위에는 구겨진 폐지

가 여럿 굴러다니고 있었다. 그것들은 빛의 각도 때문인지 하나같이 장미꽃처럼 보였다. 나는 어떤 호감을 느끼며 서점에 들어갔다. 그곳 역시 평소보다 더 정갈했다. 다만 안경을 쓴 소녀 한 명이 점원과 뭔가 이야기하는 모습이 신경 쓰이지 않는 것도 아니었다. 하지만 나는 길에 떨어진 폐지 장미꽃을 떠올리며 ≪아나톨 프랑스 대화집≫과 ≪메리메의 서간집≫을 사기로 했다.

나는 책 두 권을 들고 어느 카페에 들어갔다. 그리고 가장 안쪽의 테이블에 앉아 커피가 나오기를 기다렸다. 내 맞은편에는 부모자식으로 보이는 남녀 두 명이 앉아 있었다. 아들은 나보다 어렸지만 나와 꼭 닮았다. 뿐만 아니라 그들은 마치 연인처럼 얼굴을 가까이 대고 이야기를 나누고 있었다. 나는 그들을 보면서 적어도 아들은 성적으로도 어머니에게 위안을 주고 있다는 사실을 의식하고 있다는 걸 깨달았다. 그건 나도 알고 있는 친화력의 한 예임이 틀림없었다. 동시에 현세를 지옥으로 만드는 어떤 의지의 한 예임이 틀림없었다. 그러나 나는 또다시 고통에 빠지는 게 두려웠고, 마침 커피가 와서 다행스럽게도 ≪메리메의 서간집≫을 읽기 시작했는데, 이 서간집 속에서도 그의 소설 속에서처럼 날카로운 아포

리즘이 번뜩였다. 그런 아포리즘은 내 기분을 어느샌가 쇠처럼 단단하게 만들어 주었다(이렇게 영향을 잘 받는 것도 내 약점 중 하나였다). 나는 커피 한 잔을 다 마신 뒤에 '뭐든 오라지.' 하는 심정으로 재빨리 이 카페를 뒤로했다.

나는 길을 걸으며 여기저기 진열창을 들여다봤다. 어느 액자 가게의 진열창에는 베토벤의 초상화가 걸려 있었다. 머리카락이 곤두선, 천재 그 자체로 보이는 초상화였다. 나는 이 베토벤을 우스꽝스럽게 느끼지 않을 수 없었다.

그러던 중 우연히 마주친 건 고등학교 시절부터의 오랜 친구였다. 응용화학 전공의 이 대학 교수는 반으로 접은 커다란 가방을 안고, 한쪽 눈만 새빨갛게 핏발이 섰다.

"눈은 왜 그래?"

"이거? 그냥 결막염이야."

나는 문득 열너덧 살 이후로 항상 친화력을 느낄 때마다 그의 눈처럼 내 눈에도 결막염이 생긴다는 사실을 떠올렸다. 하지만 아무 말도 하지 않았다. 그는 내 어깨를 툭툭 치며 우리 친구들 이야기를 꺼냈다. 그리고는 이야기를 이어 가면서 나를 어느 카페로 데려갔다.

"오랜만이네. 주순수(중국 명·청대의 유학자. 명조의 회복을 꾀하다 일본으로 망명했으며, 그의 주자학과 존왕 사상은 일본에 많은 영향을 끼쳤다.—옮긴이 주)비 건립식에서 보고는 처음이지."

그는 담배에 불을 붙인 뒤 대리석 테이블 너머로 내게 이렇게 말했다.

"그래. 그 주순……"

나는 왠지 주순수라는 단어를 정확하게 발음할 수 없었다. 일본어였던 만큼 나를 다소 불안하게 만들었다. 하지만 그는 개의치 않고 여러 이야기를 했다. K라는 소설가 이야기, 그가 산 불도그 이야기, 루이사이트라는 독가스 이야기…….

"너, 글을 전혀 쓰지 않는 것 같네. <점귀부>는 읽었지만……. 그거 자서전이야?"

"그래, 내 자서전이야."

"그 작품은 좀 병적이었어. 요즘 몸은 어때?"

"여전히 약만 먹고 있지."

"나도 요즘 불면증이거든."

"나도? 왜 '나도'라고 하는 거야?"

"아니, 너도 불면증이라고 했잖아? 불면증은 위험해."

그는 왼쪽만 충혈된 눈에 미소 비슷한 걸 띠고 있었다. 나는 대답하기 전에 '불면증'의 '증'을 정확히 발음하지 못할 것을 느꼈다.

"광인의 아들에게는 당연한 일이지."

나는 십 분도 지나지 않아 다시 홀로 길을 걸어갔다. 아스팔트 위에 떨어진 폐지가 이따금 우리 인간의 얼굴처럼 보이기도 했다. 그때 맞은편에서 단발머리를 한 여자 한 명이 지나갔다. 멀리서 보면 아름다운 여자였다. 하지만 막상 눈앞에서 보니 잔주름이 많은 데다 박색이었다. 뿐만 아니라 임산부인 것 같았다. 나는 무심코 고개를 돌리고 넓은 골목길을 돌아갔다. 그러나 잠시 걷던 중에 치루의 통증을 느꼈다. 그것은 좌욕을 하는 것 말고는 낫게 할 수 없는 고통이었다.

"좌욕, 베토벤도 역시 좌욕을 했지."

좌욕에 쓰는 유황의 냄새가 갑자기 내 코를 덮쳐 왔다. 그러나 물론 오가는 길 어디에도 유황은 보이지 않았다. 나는 다시 한번 폐지 장미꽃을 떠올리며 힘겹게 걸어갔다.

한 시간쯤 지난 뒤, 나는 내 방에 틀어박혀 창가 책상 앞에 앉아 새로운 소설을 쓰고 있었다. 나조차 신기할 정도로 펜이 원고지 위를 달렸다. 하지만 그 역시 두세 시간이 지나자 마치 내 눈에 보이지 않는 누군가에게 제지를 당한 듯 멈춰 버렸다. 나는 어쩔 수 없이 책상 앞을 떠나 이리저리 방 안을 돌아다녔다. 나의 과대망상증은 이럴 때 가장 두드러졌다. 나는 야만적인 환희 속에서 내게는 부모도 없고 처자식도 없다, 오직 내 펜에서 흘러나온 생명만 있다는 심정이었다.

그러나 나는 사십오 분 뒤 전화를 받아야만 했다. 전화는 몇 번 대답해도 그저 애매모호한 말만 반복해서 전달할 뿐이었다. 하지만 아무튼 '몰'이라고 들린 건 틀림없었다. 나는 결국 전화를 끊고 다시 방 안을 서성였다. 하지만 몰이라는 말만 이상하게도 신경이 쓰여 견딜 수 없었다.

"모올…… mole……."

몰은 두더지라는 뜻의 영어였다. 이 연상도 나에게는 유쾌하지 않았다. 하지만 나는 이삼 초 뒤에 'mole'을 'la mort'로 고쳐 썼다. '라 모르'—죽음이라는 뜻의 프랑스어인 라 모르는 나를 즉시 불안하게 했다. 죽음이 매형에게 닥친 것처럼 내게도 닥칠 것 같았다. 그렇지만 나는 불안 속에서도 뭔가 우습다고 느꼈다. 뿐만 아니라 어느샌가 미소 짓고 있었다. 이 감정은 무엇 때문에 생기는 걸까? 그건 나 스스로도 알 수 없었다. 나는 오랜만에 거울 앞에 서서 내 그림자와 제대로 마주했다. 내 그림자도 물론 웃고 있었다. 나는 이 그림자를 바라보는 동안 제2의 나를 떠올렸다. 제2의 나, 독일인들이 말하는 도플갱어를 다행히도 나는 본 적이 없었다. 그러나 미국에서 영화배우가 된 K의 부인은 제국극장 복도에서 제2의 나를 발견했다(나는 갑자기 부인에게 "지난번에는 인사도 못 드려서."라는 말을 듣고 당황했던 기억이 난다). 그리고 지금은 고인이 된, 한쪽 다리가 없는 번역가도 긴자의 어느 담배 가게에서 제2의 나를 봤다. 죽음은 어쩌면 나보다 제2의 나에게 닥쳐올지도 모른다. 만약 나에게 닥치더라도……. 나는 거울을 등지고 창문 앞 책상으로 돌아갔다.

응회암을 사각으로 맞춘 창문은 고사한 잔디와 연못을 들여다보고 있었다. 나는 이 정원을 바라보며 먼 솔숲에 태워 둔 몇 권의 노트와 완성하지 못한 희곡을 떠올렸다. 그리고 펜을 들고 다시 한번 새로운 소설을 쓰기 시작했다.

## 5. 붉은빛(赤光)

햇빛이 나를 괴롭히기 시작했다. 나는 실제로 두더쥐처럼 창문에 커튼을 치고 낮에도 전등을 켠 채, 쓰던 소설을 계속 써 내려갔다. 그러다가 작업에 지치면 이폴리트 텐의 ≪영국 문학사≫를 펼쳐 놓고 시인들의 생애를 훑어봤다. 그들은 모두 불행했다. 엘리자베스 시대의 거장들조차도—심지어 한 시대를 풍미했던 학자 벤 존슨조차도 그의 엄지발가락 위에서 로마 군과 카르타고 군의 전쟁이 시작되는 걸 봤을 정도로 신경쇠약에 빠져 있었다. 나는 그들의 이런 불행에서 잔혹한 악의로 가득찬 환희를 느끼지 않을 수 없었다.

동쪽 바람이 몰아치던 어느 날 밤(내게는 좋은 징조였다), 나는 지하실을 빠져나와 길로 나가서 어떤 노인을 찾아갔다. 그는 어느 성경 회사 다락방에서 홀로 잔심부름을 하며 기도와 독서에 정진하고 있었다. 우리는 화로에 손을 녹이며 벽에 걸린 십자가 아래에서 이런저런 이야기를 나눴다. 우리 어머니는 왜 미쳐 버렸을까? 아버지의 사업은 왜 실패했을까? 나는 왜 또 벌을 받는가? 그러한 비밀을 알고 있는 그는 묘하게 엄숙한 미소를 띠며 언제까지나 내 상대를 해 주었다. 뿐만 아니라 이따금 짧은 한마디로 인생의 캐리커처를 그려 내기도 했다. 나는 이 다락방의 은자를 존경하지 않을 수 없었다. 하지만 그와 이야기하는 동안 그 역시 친화력에 의해 움직이고 있다는 것을 발견했다.

"그 정원사의 딸은 얼굴도 곱고, 마음씨도 곱고, 나에게 친절하게 대해 줘."

"몇 살이죠?"

"올해 열여덟."

그는 그걸 아버지의 사랑이라고 생각했을지 모른다. 하지만 나는 그의 눈빛에서 정열을 느끼지 않을 수 없었다. 뿐만 아니라 그가 권한 사과는 어느샌가 누렇게 변색된 껍질 위에 유니콘의 모습을 드러내고 있었다(나는 나뭇결이나 커피 잔의 금에서 종종 신화적 동물을 발견하곤 했다). 유니콘은 기린이 틀림없다. 나는 적의를 가진 어느 비평가가 나를 '910년대의 기린아'라고 불렀던 것을 떠올리며, 이 십자가가 걸린 다락방도 안전지대가 아니라는 걸 느꼈다.

"요즘은 어때?"

"여전히 예민하고 짜증스럽죠."

"그건 약으로도 못 고치는데. 신자가 되어 볼 생각은

없어?"

"나 같은 사람도 될 수만 있다면……."

"어려울 것 없어. 오직 주를 믿고, 그 아들 예수 그리스도를 믿고, 그리스도의 행한 기적을 믿기만 하면 되지……."

"악마는 믿을 수 있지만요……."

"그럼 왜 신을 믿지 않는 거야? 그림자를 믿을 수 있으면 빛도 당연히 믿을 수 있지 않아?"

"하지만 빛이 없는 어둠도 있죠."

"빛이 없는 어둠?"

나는 입을 다물 뿐이었다. 그 역시 나처럼 어둠 속을 걷고 있었다. 다만 그는 어둠이 있는 이상 빛도 있다고 믿었다. 우리의 논리가 다른 건 오로지 이것 하나뿐이었다. 그러나 그건 적어도 내게 넘을 수 없는 장벽이 틀림없었다.

"그러나 빛은 반드시 존재해. 기적이 존재한다는 게 그 증거지. 기적 같은 건 지금도 종종 일어나고 있어."

"그건 악마가 행하는 기적……."

"왜 또 악마라고 하나?"

나는 지난 십이 년 동안 내가 겪은 일을 그에게 이야

기하고 싶은 유혹을 느꼈다. 하지만 그를 통해 이야기가 아내와 자식들에게 들어가면, 나 역시 어머니처럼 정신 병원에 갈지도 모른다는 두려움을 느꼈다.

"저건 뭡니까?"

이 건장한 노인은 낡은 책장을 돌아보며 목양신 같은 표정을 지었다.

"도스토옙스키 전집이야. ≪죄와 벌≫ 읽어 봤어?"

나는 물론 십 년 전에도 도스토옙스키 전집 네다섯 권을 즐겨 읽었다. 그런데 우연히(?) 그가 말한 ≪죄와 벌≫이라는 말에 감동해 이 책을 빌려 호텔로 돌아가기로 했다. 전등 불빛이 반짝이는, 오가는 사람이 많은 길은 역시 내게 불쾌했다. 특히 아는 사람이라도 만나면 도저히 견디지 못할 게 틀림없었다. 나는 부러 어두운 길을 택해, 도둑처럼 걸어갔다.

그러나 잠시 후, 나는 어느샌가 복통을 느끼기 시작했다. 이 통증을 멈추게 할 수 있는 건 위스키 한 잔뿐이었다. 나는 어떤 바를 발견하고 문을 밀고 들어가려 했다. 그러나 비좁은 바 안은 담배 연기가 자욱한 가운데 예술가처럼 보이는 청년들이 여럿 무리 지어 술을 마시고 있었다. 뿐만 아니라 그들 한가운데에는 귀를 덮는 머리 모양을 한 여자 하나가 열심히 만돌린을 연주하고 있었다. 나는 순간 당혹스러워 안으로 들어가지 않고 돌아섰다. 그러다 문득 내 그림자가 좌우로 흔들리는 걸 발견했다. 게다가 나를 비추고 있는 건 섬뜩한 붉은빛이었다. 나는 그 자리에 멈춰 섰다. 하지만 내 그림자는 방금 전처럼 쉼 없이 좌우로 움직이고 있었다. 나는 쭈뼛거리며 뒤를 돌아보았고, 간신히 바의 처마에 매달린 색유리 랜턴을 발견했다. 랜턴은 거센 바람을 받아 허공에서 천천히 흔들리고 있었다.

내가 다음으로 들어간 곳은 지하에 있는 어느 레스토랑이었다. 나는 그곳의 바 앞에 서서 위스키 한 잔을 주문했다.

"위스키요? '블랙 앤 화이트'만 있습니다만……."

나는 소다수에 위스키를 넣고 말없이 홀짝거렸다. 내 옆에는 신문기자로 보이는 서른 전후의 남자 둘이서 뭐라고 숙덕거리고 있었다. 프랑스어였다. 나는 그들을 등진 채 온몸으로 그들의 시선을 느꼈다. 실제로 전파처럼 내 몸에 반응했다. 그들은 확실히 내 이름을 알고 있고, 내 이야기를 하는 것 같았다.

"Bien…… trs mauvais…… pourquoi(정말이지…… 너무

나쁘군…… 왜)?"

"Pourquoi? ……le diable est mort(왜라니? ……악마는 죽었어)!"

"Oui, oui…… d'enfer(그래, 그래…… 지옥의……)."

나는 은화 한 닢을 던지고(그건 내가 가진 마지막 은화였다.) 지하실 밖으로 도망쳤다. 밤바람이 불어오는 길은 위통이 좀 가라앉은 내 신경을 튼튼하게 해 주었다. 나는 라스콜리니코프(≪죄와 벌≫의 주인공 ─ 옮긴이 주)를 떠올리며 모든 걸 참회하고 싶은 욕망을 느꼈다. 하지만 그건 나 외에도, 아니 내 가족 외에도 비극을 초래할 것이 틀림없었다. 뿐만 아니라 이 욕망조차도 진실인지 의심스러웠다. 만약 내 신경만이라도 평범한 사람처럼 강인해지면……. 그러나 그러기 위해서는 어딘가로 가야만 했다. 마드리드, 리오, 사마르칸트…….

그러던 중 어느 가게 처마에 매달린 하얀색의 작은 간판이 갑작스레 나를 불안하게 만들었다. 간판에는 자동차 타이어에 날개가 달린 상표가 그려져 있었다. 나는 이 상표를 보고 인공 날개에 의지한 고대 그리스인을 떠올렸다. 그는 공중으로 날아오른 끝에 태양빛에 날개가 타서 결국 바다에 빠져 죽고 말았다. 마드리드, 리오, 사

**톱니바퀴**                                      263

마르칸트……. 나는 이런 나의 꿈을 비웃지 않을 수 없었다. 동시에 복수의 신에게 쫓기는 오레스테스가 기어코 머릿속에 떠올랐다.

나는 운하를 따라 어두운 길을 걸었다. 그러던 중 어느 교외에 있는 양부모님의 집을 떠올렸다. 양부모님은 당연히 내가 돌아오기를 기다리며 그곳에 살고 있을 것이다. 분명 내 아이들 역시도. 그러나 나는 그곳으로 돌아가면 자연스레 나를 속박해 버릴 어떤 힘을 두려워하지 않을 수 없었다. 운하의 물결치는 수면 위에 너벅선한 척이 정박해 있었다. 그 너벅선 밑바닥에서는 희미한 빛이 새어 나왔다. 그곳에도 몇몇 남녀로 이루어진 가족들이 생활하고 있는 게 틀림없었다. 역시 사랑하기 위해 서로 미워하면서. 하지만 나는 다시 한번 전투적인 정신을 불러일으켜 위스키의 취기를 느끼며 호텔로 돌아가기로 했다.

나는 다시 책상 앞에 앉아 ≪메리메의 서간집≫을 읽어 내려갔다. 그건 또 언제부턴가 내게 생활력을 가져다주고 있었다. 그러나 나는 말년의 메리메가 신교도가 됐던 사실을 알고는 갑자기 가면 뒤에 있는 메리메의 얼굴을 느꼈다. 그 역시 우리처럼 어둠 속을 걷고 있는 한 사람이었다. 어둠 속을? ≪암야행로≫는 이런 내게 무서운 책으로 변하기 시작했다. 나는 우울함을 잊기 위해 ≪아나톨 프랑스 대화집≫을 읽기 시작했다. 하지만 이 근대의 목양신도 역시 십자가를 짊어지고 있었다.

한 시간쯤 지나자 종업원이 내게 우편물 한 뭉치를 건네주러 나왔다. 그중 하나는 라이프치히의 출판사에서 내게 <근대 일본의 여성>이라는 소논문을 청탁하는 내용이었다. 왜 그들은 특별히 내게 이런 소논문을 쓰라고 하는 걸까? 뿐만 아니라 이 영문 편지에는 '우리는 꼭 일본화처럼 흑과 백 외에 색채가 없는 여자의 초상화라도 만족한다.'라는 추신이 육필로 적혀 있었다. 나는 이 한 줄에서 '블랙 앤 화이트'라는 위스키의 이름을 떠올리고 편지를 갈가리 찢어 버렸다. 그리고 이번에는 닥치는 대로 편지를 뜯어서 노란 편지지를 훑어봤다. 이 편지를 쓴 사람은 내가 모르는 청년이었다. 하지만 두세 줄도 읽기 전에 '당신의 <지옥변>은······'이라는 말이 나를 짜증나게 했다. 세 번째로 뜯은 편지는 조카가 보낸 것이었다. 나는 간신히 한숨을 돌리고 집안 문제에 대한 내용을 읽어 내려갔다. 그러나 그마저도 마지막에 이르러서는 나에게 타격을 입혔다.

"시집 ≪붉은빛≫(1913년 간행된 사이토 모키치의 시집─옮긴이 주)의 재판본을 보내드리니⋯⋯."

붉은빛! 나는 누군가의 냉소를 느끼며 방 밖으로 피난하기로 했다. 복도에는 아무도 없었다. 나는 한 손으로 벽을 짚고 겨우 로비로 걸어갔다. 그리고 의자에 앉아 일단 담배에 불을 붙이려 했다. 그 담배는 어째서인지 '에어십'이었다(나는 이 호텔에 자리 잡은 뒤로 항상 '스타'만 피우기로 했다). 인공 날개가 다시 한번 내 눈앞에 떠올랐다. 나는 맞은편에 있는 종업원을 불러서 스타를 두 갑 달라고 했다. 하지만 종업원의 말에 따르면 공교롭게도 스타만 품절이라고 했다.

"에어십은 있습니다만⋯⋯."

나는 고개를 저으며 넓은 로비를 둘러봤다. 내 맞은편에는 외국인 네다섯 명이 테이블을 에워싸고 앉아 이야기를 나누고 있었다. 그들 중 빨간 원피스를 입은 여자 하나가 작은 목소리로 그들과 이야기를 나누면서 가끔씩 나를 쳐다보는 것 같았다.

"Mrs. Townshead⋯⋯."

내 눈에 보이지 않는 무언가가 나에게 이렇게 속삭였다. 미세스 타운즈헤드라는 이름은 물론 나는 몰랐다.

설령 맞은편에 있는 여자의 이름이라 해도……. 나는 다시 의자에서 일어나 발광을 두려워하며 방으로 돌아가기로 했다.

　방으로 돌아온 나는 곧바로 어느 정신병원에 전화를 걸 작정이었다. 하지만 그곳에 들어가는 건 내게 죽음과 다를 바 없었다. 나는 한참을 망설인 끝에 이 공포를 잊기 위해 ≪죄와 벌≫을 읽기 시작했다. 그런데 우연히 펼친 페이지가 ≪카라마조프가의 형제들≫의 한 구절이었다. 나는 책을 잘못 집었나 싶어서 책 표지를 봤다. ≪죄와 벌≫. 책은 ≪죄와 벌≫이 틀림없었다. 나는 제본소에서 잘못 제본된 책에, 게다가 잘못 제본된 페이지를 펼친 것에서 운명의 손가락의 움직임을 느끼고, 하는 수 없이 그 페이지를 읽어 나갔다. 하지만 채 한 페이지도 읽지 못하고 온몸이 떨리는 걸 느꼈다. 그 페이지는 악마에게 시달리는 이반을 묘사한 구절이었다. 이반을, 스트린드베리를, 모파상을, 또는 이 방에 있는 나 자신을.

　이런 나를 구해 줄 수 있는 건 오로지 잠뿐이었다. 하지만 수면제는 어느샌가 한 포도 남김없이 사라졌다. 나는 잠들지 못하는 괴로움을 도저히 견딜 수 없었다. 그러나 절망적인 용기를 내 커피 한 잔을 가져다달라고 한 뒤에 죽기 살기로 펜을 잡아 보기로 했다. 두 장, 다섯 장, 일곱 장, 열 장……. 원고는 순식간에 완성됐다. 나는 이 소설의 세계를 초자연적인 동물로 채웠다. 게다가 그 동물 중 한 마리에게 내 초상화를 그렸다. 그러나 피로가 서서히 내 머릿속을 흐려 놓기 시작했다. 나는 마침내 책상 앞에서 일어나 침대에 드러누웠다. 그로부터 사오십 분 동안은 잠들었던 것 같다. 하지만 누군가 내 귀에 이런 말을 속삭이는 걸 느끼고, 즉시 잠에서 깨 일어났다.

"Le diable est mort(악마는 죽었다)."

응회암 창밖은 어느새 차갑게 밝아 오고 있었다. 나는 문 앞에 서서 아무도 없는 방 안을 둘러봤다. 그러자 바깥 공기에 얼룩덜룩하게 흐려진 맞은편 유리창에 작은 풍경이 보였다. 그건 누르스름한 솔숲 건너편에 바다가 있는 풍경이 틀림없었다. 나는 쭈뼛쭈뼛 창문 앞으로 다가가, 이 풍경을 만들어 낸 것이 기실 정원의 마른 잔디와 연못이었다는 사실을 깨달았다. 하지만 내 착각은 어느새 내 집에 대한 향수 비슷한 감정을 불러일으키고 있었다.

나는 아홉 시가 되자마자 어느 잡지사에 전화를 걸어

어떻게든 돈을 융통해 내 집으로 돌아가기로 결심했다. 책상 위에 놓아둔 가방에 책과 원고를 집어넣으면서.

6. 비행기

나는 도카이도선의 어느 역에서 그 안쪽의 한 피서지를 향해 택시를 타고 달렸다. 운전기사는 어째서인지 이 추위에 낡은 레인코트를 걸치고 있었다. 나는 이 우연의 일치에 섬뜩함을 느끼고 그를 보지 않으려고 애써 창밖으로 시선을 던졌다. 그러자 자그마한 솔숲 너머로 아마 옛 가도를 한 줄로 지나는 듯한 장례식 행렬을 발견했다. 하얀 장례용 제등과 불전에 바치는 와룡촛대는 그 안에 없는 것 같았다. 금과 은의 연꽃 조화가 조용히 상여 앞뒤에서 흔들릴 뿐이었다.

겨우 집으로 돌아온 뒤, 나는 식구들과 수면제의 힘으로 이삼 일 동안 꽤 평화롭게 지냈다. 우리 집 이 층은 솔숲 위로 어렴풋이 바다가 보였다. 나는 이 층 책상 앞에 앉아 비둘기 소리를 들으며 오전에만 일하기로 했다. 비둘기나 까마귀뿐 아니라 참새 같은 새들도 툇마루로 날아들었다. 그 또한 나를 기분 좋게 만들었다. '까치가 집에 날아든다.' 나는 펜을 들고, 그때마다 이 말을 떠올렸다.

흐리지만 포근한 어느 날 오후, 나는 한 잡화점에 잉크를 사러 갔다. 그런데 그 가게에는 세피아 색 잉크밖에 없었다. 세피아 색 잉크는 그 어떤 잉크보다 나를 불쾌하게 만들었다. 나는 하는 수 없이 그 가게를 나와 인적이 드문 길을 어슬렁어슬렁 홀로 걸어갔다. 그때 맞은편에서 근시로 보이는 마흔 전후의 외국인 한 명이 으스대며 지나갔다. 그는 이곳에 사는 피해망상증에 걸린 스웨덴 사람이었다. 게다가 그의 이름은 스트린드베리였다. 나는 그와 스쳐 지나갈 때 뭔가 육체적인 반응이 일어나는 걸 느꼈다.

이 길은 불과 이삼백 미터였다. 그런데 그 이삼백 미터를 지나는 동안 정확히 반쪽만 검은 개가 네 번이나 내 옆을 지나갔다. 나는 옆 골목을 돌면서 블랙 앤 화이트 위스키를 떠올렸다. 뿐만 아니라 방금 지나간 스트린드베리의 넥타이도 흑과 백이었던 것을 떠올렸다. 도저히 우연이라는 생각이 들지 않았다. 만약 우연이 아니라……. 나는 머리만 걸어가는 듯한 느낌이 들어서 잠시 걸음을 멈췄다. 길가에 철책 안에 희미하게 무지개 빛깔을 띤 유리 화분 하나가 버려져 있었다. 이 화분 주변 바닥에 또 날개 같은 무늬가 떠올라 있었다. 그때 소나무 가지에 앉았던 참새 몇 마리가 날아들었다. 그런데 내가 이 화분 가까이 다가가자 모든 참새들이 서로 약속이라도 한 듯 일제히 공중으로 날아올라 달아났다.

나는 처가로 가서 뜰 앞의 등나무 의자에 앉았다. 뜰 구석의 철망 안에는 하얀 레그혼 닭 여러 마리가 조용히 걸어가고 있었다. 그리고 내 발치에는 검은 개 한 마리가 누워 있었다. 나는 아무도 모를 의문을 해소하고 싶어 조바심이 났지만, 애써 냉정한 척하며 장모님, 처남과 함께 세상 돌아가는 이야기를 했다.

"여기 오면 조용하네요."

"아직 도쿄보다는 조용하지."

"이곳도 시끄러운 일이 있어요?"

"여기도 사람 사는 세상이니까."

장모님은 이렇게 말하며 웃었다. 기실 이 피서지 역시 '세상'인 것은 틀림없었다. 나는 불과 일 년 남짓한 시간 동안 이곳에서도 얼마나 많은 죄악과 비극이 생겨났는지 잘 알고 있었다. 환자를 서서히 독살하려던 의사, 양자 부부의 집에 불을 지른 할머니, 여동생의 재산을 빼앗으려던 변호사 등, 그런 사람들의 집을 보는 건 나에게 늘 인생 속 지옥을 보는 것과 다르지 않았다.

"이 동네에 미친 사람 한 명 있죠."

"H 말이지? 미친 게 아니야. 백치가 된 거지."

"조발성 치매라는 거 말이죠. 저는 그 녀석을 볼 때마다 섬뜩해서 견딜 수가 없어요. 얼마 전에도 무슨 생각인지 마두관세음보살님 앞에서 절을 하고 있더라니까요."

"뭘 섬뜩하기까지, ……더 강해지지 않으면 안 되겠네."

"그래도 매형은 나보다는 훨씬 강한데요."

수염이 덥수룩한 처남도 침대 위에 다시 일어나 평소처럼 조심스럽게 우리 대화에 끼어들었다.

"강한 모습 속에 약한 부분도 있거든."

"어머나, 그건 곤란한데."

나는 이렇게 말하는 장모님을 보고 쓴웃음을 짓지 않을 수 없었다. 그러자 처남도 미소를 지으며 울타리 너머 먼 솔숲을 바라보면서 무언가 넋을 잃고 말을 이었다 (병을 앓고 난 이 젊은 처남은 이따금 내 눈에 육체를 벗어난 정신 그 자체처럼 보였다).

"속세와 상관없이 초연한 것 같으면서도 인간적 욕망

도 상당히 강렬하고······."

"선인인 줄 알았더니 악인이기도 하고."

"아니, 선악이라기보다는 무언가 더 반대되는 것이······."

"그럼 어른 속에 아이 같은 부분도 있는 거지?"

"그렇지도 않아요. 확실히 말은 못하겠는데······ 전기의 양극과 비슷하지 않을까. 어쨌든 반대되는 것을 함께 가지고 있어요."

그때 우리를 놀라게 한 건 세찬 비행기 소리였다. 나는 무심코 하늘을 올려다보고 소나무 가지에 닿을 듯 날아오르는 비행기를 발견했다. 날개가 노란색으로 칠해져 있었다. 흔치 않은 단엽 비행기(날개가 하나인 비행기—옮긴이 주)였다. 닭과 개는 그 소리에 놀라 사방으로 도망쳤다. 특히 개는 짖어 대며 꼬리를 말고 툇마루 밑으로 기어들어 갔다.

"저 비행기는 떨어지지 않을까?"

"괜찮아요. 매형은 비행기 병이라는 병 알아요?"

나는 담배에 불을 붙이면서 "아니."라고 말하는 대신 고개를 저었다.

"저런 비행기를 타는 사람은 높은 하늘의 공기만 마

시다 보니 점점 땅 위의 공기를 견디지 못하게 된다고 하더라고요."

처가를 나온 나는 가지 하나 움직이지 않는 솔숲을 걸으며 점점 우울해졌다. 왜 저 비행기는 다른 곳으로 가지 않고 내 머리 위를 지나갔을까? 왜 그 호텔은 또 에 어십 담배만 팔고 있었을까? 나는 이런저런 의문에 괴 로워하며 인적 없는 길을 택해 걸어갔다.

야트막한 모래 언덕 너머의 바다는 온통 회색빛으로 흐려져 있었다. 그리고 그 모래 언덕에는 그네가 없는 가로대가 하나 서 있었다. 나는 이 가로대를 바라보며 곧바로 교수대를 떠올렸다. 실제로 가로대 위에는 까마귀 두세 마리가 앉아 있었는데, 까마귀들은 모두 나를 보고도 날아오를 기색조차 보이지 않았다. 게다가 한가운데에 앉아 있던 까마귀는 큰 부리를 하늘로 치켜들며 분명히 네 번 울었다.

나는 잔디가 말라죽은 모래 제방을 따라 별장들이 즐비한 골목으로 접어들었다. 이 골목 오른쪽에는 역시나 큰 소나무 사이로 이 층짜리 서양식 목조 가옥 한 채가 자리하고 있을 터였다(내 친구는 이 집을 '봄이 있는 집'이라고 불렀다). 하지만 이 집 앞을 지나다 보니, 그곳에는 콘

크리트 기초 위에 욕조 하나만 덩그러니 놓여 있을 뿐이었다. 화재…… 바로 그런 생각이 들어서 나는 그쪽을 보지 않으려고 애쓰며 걸어갔다. 그러자 한 남자가 자전거를 타고 곧장 달려왔다. 그는 짙은 갈색의 헌팅캡을 쓰고 묘하게 시선을 고정한 채 핸들 위로 몸을 숙이고 있었다. 나는 불현듯 그의 얼굴에서 매형의 얼굴을 느끼고, 그가 눈앞으로 다가오기 전에 옆에 있는 골목으로 들어갔다. 그러나 이 작은 길 한가운데에도 썩은 두더지 시체가 배를 드러낸 채 나부라져 있었다.

무언가가 나를 노린다는 사실은 한 걸음 내디딜 때마다 나를 불안하게 만들었다. 거기에 반투명한 톱니바퀴도 하나씩 내 시야를 차단하기 시작했다. 나는 드디어 마지막이 다가왔음을 두려워하며 고개를 꼿꼿하게 들고 걸어갔다. 톱니바퀴의 수가 늘어남에 따라 점점 더 빠르게 돌아가기 시작했다. 동시에 오른쪽에 자리한, 조용히 가지를 교차한 솔숲의 모습이 마치 세밀한 컷글라스를 통해 보는 것처럼 보이기 시작했다. 나는 심장 박동이 빨라지는 걸 느끼며 몇 번이고 길가에 멈춰 서려했다. 하지만 누군가에게 떠밀리듯 멈춰 서는 것조차 쉽지 않았다.

삼십 분쯤 지난 뒤, 나는 우리 집 이 층에 드러누워 가만히 눈을 감은 채 극심한 두통을 견디고 있었다. 그러자 내 눈꺼풀 뒤로 은빛 깃털을 비늘처럼 접은 날개 하나가 보이기 시작했다. 그건 실제로 망막 위에 또렷하게 비치고 있었다. 나는 눈을 뜨고 천장을 올려다보며, 천장에 그런 게 없다는 걸 확인하고 나서 다시 눈을 감았다. 하지만 역시나 은빛 날개는 어둠 속에 선명하게 비치고 있었다. 나는 문득 일전에 탄 자동차의 라디에이터 캡에도 날개가 달려 있던 것을 떠올렸다.

그때 누군가 계단을 허둥지둥 올라오는 기척이 나더니 금세 다시 요란스레 뛰어 내려갔다. 나는 그 누군가가 아내라는 것을 알아채고 놀라서 몸을 일으켰다. 그리고 마침 계단 앞에 있는 어스름한 거실로 얼굴을 내밀었다. 그러자 아내는 엎드린 채 헐떡이는 숨을 참고 있는 건지 쉬지 않고 어깨를 들썩거렸다.

"무슨 일이야?"

"아뇨, 아무 일도 아니에요……."

아내는 겨우 얼굴을 들고 억지로 미소를 지으며 말을 이었다.

"별일은 아닌데, 왠지 당신이 죽어 버릴 것 같은 느낌이 들어서요……."

그건 내 일평생 가장 무서운 경험이었다. 내게는 이제 다음 이야기를 써 내려갈 힘이 없다. 이런 기분 속에서 살아가는 건 이루 말할 수 없는 고통이다. 누구 내가 잠든 사이에 가만히 목을 졸라 죽여 줄 사람 없나?

# 어느 바보의 일생

或阿呆の一生

1927년 10월 잡지 《개조(改造)》에 처음 발표된 작품이며, 《현대 일본 문학 대계 43 아쿠타가와 류노스케 집》(1968년, 지쿠마쇼보)에 수록된 글을 원문으로 하여 번역했다.

구메 마사오 군에게

나는 이 원고의 발표 여부는 물론, 발표 시기나 지면도 자네에게 일임하겠네.

자네는 이 원고에 등장하는 대부분의 인물을 알고 있겠지. 하지만 나는 발표하더라도 인덱스를 붙이지 않고 발표하고 싶어.

나는 지금 가장 불행한 행복 속에서 살고 있어. 그러나 이상하게도 후회는 되지 않아. 다만 나처럼 나쁜 남편, 나쁜 자식, 나쁜 부모를 가진 사람들이 참으로 안쓰럽게 느껴질 뿐이야. 그렇기에 나는 이 원고에서 적어도 의식적으로는 자기변호를 하지 않으려 했어.

끝으로 이 원고를 자네에게 맡기는 건 아마도 누구보다도 나를 잘 안다고 생각하기 때문이야. (도시인이라는 나의 껍질을 벗겨 내기만 한다면) 부디 이 원고 속 나의 어리석음을 비웃어 주기를 바라네.

1927년 6월 20일

아쿠타가와 류노스케

## 1. 시대

어느 서점 이 층이었다. 스무 살의 그는 서가에 걸린 서양식 사다리를 타고 올라가 새로운 책을 찾고 있었다. 모파상, 보들레르, 스트린드베리, 입센, 버나드 쇼, 톨스토이……

그러던 중 해가 저물기 시작했다. 하지만 그는 열심히 책등에 적힌 글자를 읽어 나갔다. 그곳에 늘어서 있는 건 책이라기보다는 세기말 그 자체였다. 니체, 폴 베를렌, 공쿠르 형제, 도스토옙스키, 하웁트만, 플로베르……

그는 어스름과 싸우며 그들의 이름을 헤아려 나갔다.

하지만 책은 저절로 우울한 그림자 속으로 가라앉기 시작했다. 그는 마침내 끈기가 다해 서양식 사다리에서 내려오려 했다. 그러자 그의 머리 위에서 갓 없는 전등 하나가 갑자기 불쑥 켜졌다. 그는 사다리에 서서 책 사이를 오가는 직원들과 손님들을 내려다봤다. 그들은 이상하게도 작아 보였다. 뿐만 아니라 너무나 초라해 보였다.

"인생은 보들레르의 시 한 줄만도 못하다."

그는 한동안 사다리 위에서 그런 그들을 내려다봤다.


2. 어머니

광인들은 모두 똑같이 쥐색 기모노를 입고 있었다. 그런 까닭에 넓은 방은 한층 더 우울해 보이는 것 같았다. 그들 중 한 명은 오르간 앞에 앉아 열심히 찬송가를 연주하고 있었다. 동시에 그들 중 한 명은 방 한가운데 서서 춤을 춘다기보다는 깡충깡충 뛰어다니고 있었다.

그는 혈색 좋은 의사와 함께 그 광경을 바라봤다. 그의 어머니도 십 년 전에는 그들과 조금도 다를 바 없었다. 조금도. 그는 실제로 그들의 냄새에서 어머니의 내음을 느꼈다.

"그럼 갈까?"

의사는 먼저 앞장서 복도를 지나 어느 방으로 갔다. 그 방구석에는 알코올로 가득 찬 커다란 유리 항아리 안에 뇌수가 여러 개 담겨 있었다. 그는 어떤 뇌수 위에서 희미하게 하얀 것을 발견했다. 마치 달걀흰자를 살짝 떨어뜨린 것 같았다. 그는 의사와 서서 이야기를 나누며 다시 한번 어머니를 떠올렸다.

"이 뇌수의 주인은 ××전등회사의 기술자였어. 그는 항상 자신을 검게 빛나는 거대한 발전기라고 생각했지."

그는 의사의 시선을 피하기 위해 유리창 밖을 바라보고 있었다. 그곳에는 빈 병 조각을 세워 놓은 벽돌 담 말고는 아무것도 없었다. 하지만 군데군데 자란 얇은 이끼 때문에 벽에는 어렴풋이 흰빛이 돌고 있었다.


3. 집

그는 어느 교외의 이 층 방에 기거하고 있었다. 지반이 물러서 묘하게 기울어진 이 층이었다.

그의 이모는 이 이 층에서 종종 그와 싸웠다. 그의 양부모가 중재를 하는 일도 없지 않았다. 하지만 그는 누구보다 이모에게 사랑을 느꼈다. 평생 독신이었던 그의 이모는 그가 스무 살 때 이미 예순에 가까웠다.

그는 어느 교외의 이 층에서 몇 번이고 서로 사랑하는 이들은 서로를 괴롭히는 건가 생각하기도 했다. 그러는 동안에도 뭔가 으스스한 이 층의 기울어짐을 느끼면서.

4. 도쿄

스미다가와 강은 우중충했다. 그는 달리는 소형 증기선의 창문으로 무코지마의 벚꽃을 바라보고 있었다. 만개한 벚꽃은 그의 눈에는 한 줄로 늘어진 누더기처럼 우울해 보였다. 하지만 그는 그 벚꽃에서—에도 시대 이래 무코지마의 벚꽃에서 어느샌가 자기 자신을 발견했다.

5. 나

그는 선배와 함께 어느 카페의 테이블에 앉아 연방 담배를 피우고 있었다. 그는 거의 말을 하지 않았다. 하지만 선배의 말에 열심히 귀를 기울이고 있었다.

"오늘 한나절은 자동차를 탔어."

"무슨 볼일이 있었어요?"

그의 선배는 지팡이를 짚은 채 지극히 무심하게 대꾸했다.

"아니, 그냥 타고 싶었어."

그 말은 그가 모르는 세계로, 신들에 가까운 '나'의 세계로 그를 해방시켰다. 그는 무언가 아픔을 느꼈다. 하지만 동시에 환희도 느꼈다.

그 카페는 아주 작은 곳이었다. 그러나 목양신의 액자 아래에는 붉은 화분에 심은 고무나무 한 그루가 두툼한 잎을 늘어뜨리고 있었다.

### 6. 병

그는 쉼 없이 불어오는 바닷바람 속에서 커다란 영어 사전을 펼쳐 놓고 손끝으로 단어를 찾고 있었다.

Talaria 날개 달린 신발, 혹은 샌들.

Tale 이야기.

Talipot 동인도에 분포하는 야자나무. 줄기는 십오 미터에서 삼십 미터까지 자라며, 잎은 우산, 부채, 모자 등을 만드는 데 이용된다. 칠십 년에 한 번 꽃을 피운다…….

그의 상상력은 이 야자 꽃을 선명하게 그려 냈다. 그러자 그는 목구멍에서 지금까지 몰랐던 가려움증을 느꼈고, 무심코 사전 위로 가래를 떨어뜨렸다. 가래를? 그러나 그건 가래가 아니었다. 그는 짧은 목숨을 생각하며 다시 한번 이 야자 꽃을 상상했다. 그 먼 바다 건너편에 높다랗게 솟아 있는 야자 꽃을.


7. 그림

그는 갑작스레—실로 갑작스러웠다. 그는 어느 서점 앞에 서서 고흐의 화집을 보다가 갑작스레 그림이라는 걸 이해했다. 물론 그 고흐의 화집은 사진판이었지만, 그는 사진판 속에도 선명하게 떠오르는 자연을 느꼈다.

그림에 대한 이 열정은 그의 시야를 새롭게 만들었다. 그는 어느샌가 나뭇가지의 구부러진 모습이나 여인의 뺨이 부풀어 오르는 모습에 끊임없이 주의를 기울이기 시작했다.

어느 비 내리는 가을날 저녁, 그는 어느 교외의 육교 아래를 지났다.

육교 건너편 제방 아래 마차 한 대가 멈춰서 있었다. 그는 그곳을 지나다가 누군가 전에 이 길을 지나온 사람이 있다는 사실을 느꼈다. 누굴까? 그건 이제 와서 자문할 필요도 없었다. 스물세 살 그의 마음속에는 귀를 자른 네덜란드인 한 명이 긴 파이프를 물고 이 우울한 풍경화를 날카로운 눈빛으로 가만히 응시하고 있었다.

## 8. 불꽃

그는 비에 흠뻑 젖은 채 아스팔트 위를 걸어갔다. 빗줄기가 꽤 거셌다. 그는 물방울이 한가득 튀는 가운데 고무 방수 원단으로 된 외투의 냄새를 맡았다.

그때 눈앞의 전선 하나가 보랏빛 불꽃을 튀기고 있었다. 그는 묘하게 감동했다. 그의 외투 주머니에는 동인지에 발표할 원고가 숨겨져 있었다. 그는 빗속을 걸으며 다시 한번 뒤쪽의 전선을 올려다봤다.

전선은 여전히 날카로운 불꽃을 튀기고 있었다. 그는 인생을 돌아봐도 딱히 원하는 게 없었다. 하지만 이 보랏빛 불꽃만은, 어마어마한 공중의 불꽃만은 목숨과 맞바꿔서라도 얻고 싶었다.


## 9. 시체

시체들은 모두 엄지손가락에 철사로 묶은 명찰을 달고 있었다. 그리고 그 명찰에는 이름이며 나이를 적어 놓았다. 그의 친구는 허리를 굽히고 노련하게 메스를 움직여 어느 시체의 얼굴 가죽을 벗기기 시작했다. 피부 아래에 펼쳐진 건 아름다운 노란빛의 지방이었다.

그는 그 시체를 바라보고 있었다. 그것은 그가 어떤

단편을—왕조 시대를 배경으로 삼은 어떤 단편을 완성하기 위해 필요한 것이 틀림없었다. 하지만 썩은 살구 냄새와 비슷한 시체 냄새는 불쾌했다. 그의 친구는 미간을 찌푸리며 조용히 메스를 움직였다.

"요즘은 시체도 부족해서."

그의 친구는 이렇게 말했다. 그러자 그는 어느새 대답할 말을 준비하고 있었다. "나는 시체가 부족하면 아무 악의 없이도 살인을 저지르는데 말이지." 그러나 물론 그 대답은 마음속에만 간직해 두었다.

### 10. 선생님

그는 커다란 떡갈나무 아래에서 선생님의 책을 읽고 있었다. 가을볕이 쏟아지는 가운데 떡갈나무는 이파리 한 장도 움직이지 않았다. 어딘가 먼 공중에 유리 접시를 올려놓은 저울 하나가 정확하게 균형을 유지하고 있다. 그는 선생님의 책을 읽으면서 그런 광경을 느끼고 있었다.

### 11. 새벽

밤은 점점 밝아 왔다. 그는 어느샌가 어느 거리 모퉁

이에서 넓은 시장을 바라보고 있었다. 시장에 모여든 사람들과 차들이 하나같이 장밋빛으로 물들기 시작했다.

그는 담배 한 대에 불을 붙이고 조용히 시장으로 들어갔다. 그러자 여윈 검은 개 한 마리가 갑자기 그를 향해 짖어 댔다. 그러나 그는 놀라지 않았다. 뿐만 아니라 그 개마저 사랑했다.

시장 한가운데에는 플라타너스 한 그루가 사방으로 가지를 뻗고 있었다. 그는 그 밑동에 서서 가지 너머로 높은 하늘을 올려다보았다. 하늘에는 그의 바로 위에 마침 별 하나가 빛나고 있었다.

그건 그가 스물다섯이 되던 해, 선생님을 만난 지 석 달이 되는 날이었다.


12. 군항

잠수정 내부는 어둑했다. 그는 전후좌우를 뒤덮은 기계 속에서 허리를 굽혀 작은 망원경을 들여다보고 있었다. 그 망원경에 비친 건 밝은 군항의 풍경이었다. "저기에 '곤고(일본 해군이 첫 드레드노트급 순양전함으로 발주한 곤고급 전함의 1번 함—옮긴이 주)'도 보이죠?"

어떤 해군 장교가 이렇게 말을 걸기도 했다. 그는 사

각 렌즈 위로 작은 군함을 바라보며 문득 파슬리를 떠올렸다. 일인분에 삼십 전짜리 비프스테이크 위에서도 은은한 향을 풍기는 파슬리를.


### 13. 선생님의 죽음

그는 비 그친 뒤 바람이 부는 가운데 어느 새로운 정거장 플랫폼을 걷고 있었다. 하늘은 아직 어스름했다. 플랫폼 맞은편에는 철도 인부 서른네 명이 일제히 곡괭이질을 하며 큰 소리로 무슨 노래를 부르고 있었다.

비 그친 뒤 부는 바람은 인부의 노래와 그의 감정을 찢어 버렸다. 그는 담배에 불도 붙이지 않고 환희에 가까운 괴로움을 느끼고 있었다. '선생님 위독'이라는 전보를 외투 주머니에 쑤셔 넣은 채로……

그때 맞은편 솔숲 그늘에서 오전 여섯 시의 상행 열차가 옅은 연기를 휘날리며 구불구불 이쪽을 향해 다가오기 시작했다.


### 14. 결혼

그는 결혼한 다음 날 아내에게 "오자마자 낭비를 해서는 곤란해."라고 잔소리를 했다. 그러나 그건 그의 잔

소리라기보다는 그의 이모가 하라고 한 잔소리에 가까웠다. 그의 아내는 그는 물론 그의 이모에게도 사죄했다. 그를 위해 사 온 노란 수선화 화분을 앞에 둔 채……

### 15. 그들

그들은 평화롭게 살았다. 커다란 파초 이파리가 펼쳐진 그늘에서. 그들의 집은 도쿄에서 기차로 족히 한 시간은 걸리는 어느 바닷가 마을에 있었기에.

### 16. 베개

그는 장미 잎 향이 나는 회의주의를 베개 삼아 아나톨 프랑스의 책을 읽고 있었다. 그러나 어느샌가 그 베개 속에도 반신반마의 신이 있다는 것을 깨닫지 못했다.

### 17. 나비

해초 냄새가 가득한 바람 속에 나비 한 마리가 팔랑거리고 있었다. 그는 찰나의 순간, 메마른 입술에 나비의 날개가 닿는 것을 느꼈다. 그러나 그의 입술 위에 언젠가 묻히고 간 날개 가루만은 몇 년이 지나도 여전히 반짝거리고 있었다.

## 18. 달

그는 어느 호텔 계단 중간에서 우연히 그녀와 마주쳤다. 그녀의 얼굴은 이런 한낮에도 달빛 속에 있는 것 같았다. 그는 떠나는 그녀를 바라보며(그들은 일면식도 없는 사이였다.) 지금까지 몰랐던 쓸쓸함을 느꼈다.


## 19. 인공 날개

그는 아나톨 프랑스에서 십팔 세기 철학자들로 옮아 갔다. 그러나 루소에게는 다가가지 못했다. 그것은 어쩌면 자신의 일면이, 열정에 휩쓸리기 쉬운 일면을 가진 루소와 비슷했기 때문일지도 모른다. 그는 자신의 다른 일면, 냉철한 이지(理智)가 풍부한 일면을 닮은 ≪캉디드≫(볼테르의 풍자 소설—옮긴이 주)의 철학자에게 더 가까이 다가갔다.

스물아홉 살의 그에게 인생은 이제 조금도 밝지 않았다. 하지만 볼테르는 그런 그에게 인공 날개를 달아 주었다.

그는 이 인공 날개를 펴고 쉽게 하늘로 날아올랐다. 동시에 이지의 빛을 받은 인생의 기쁨과 슬픔은 그의 눈 아래로 가라앉았다. 그는 초라한 도시들 위로 반어(反

語)와 미소를 흘리며, 자신을 막는 건 아무것도 없는 하늘을 지나 곧장 태양을 향해 올라갔다. 바로 그 인공 날개가 태양 빛에 타 버려 결국 바다에 떨어져 죽은 옛 그리스인을 잊은 것처럼…….

## 20. 족쇄

그들 부부는 그의 양부모와 한 집에서 살게 됐다. 그건 그가 어느 신문사에 입사하게 된 까닭이었다. 그는 노란 종이에 쓴 한 장의 계약서에 의지하고 있었다. 하지만 나중에 보니 그 계약서는, 신문사는 아무런 의무를 지지 않고 그에게만 의무를 지우는 것이었다.

## 21. 미친 여자

흐린 날, 두 대의 인력거가 인적 없는 시골길을 달리고 있었다. 그 길이 바다를 향하고 있다는 건 바닷바람이 불어오는 것만 봐도 분명했다. 뒤쪽 인력거에 타고 있던 그는 조금도 이 밀회에 관심이 가지 않는 걸 의아해하며, 자신을 이곳으로 이끈 게 무엇인지 생각해 보았다. 그건 결코 연애가 아니었다. 만약 연애가 아니라면 —그는 이 답을 피하기 위해 '여하튼 우리는 대등하다.'

라고 생각하지 않을 수 없었다.

앞의 인력거에 타고 있는 건 어느 미친 여자였다. 뿐
만 아니라 그녀의 여동생은 질투심 때문에 자살했다.

"더는 어쩔 도리가 없다."

그는 이미 이 미친 여자에게—동물적 본능만 강한
그녀에게 어떤 증오를 느끼고 있었다.

두 대의 인력거는 그사이 바다 내음이 나는 묘지 바
깥을 지났다. 굴 껍데기가 붙은 나무 울타리 안에는 거
무스름하게 변한 석탑 여러 개가 자리하고 있었다. 그는
그 석탑들 너머로 희미하게 빛나는 바다를 바라보며 갑
자기 그녀의 남편을—그녀의 마음을 사로잡지 못한 그
녀의 남편을 경멸하기 시작했다.


22. 어느 화가

그건 어느 잡지의 삽화였다. 하지만 수탉 한 마리를
그린 수묵화는 뚜렷한 개성을 보여 주었다. 그는 어떤
친구에게 이 화가에 대해 묻기도 했다.

일주일쯤 지난 뒤 이 화가가 그를 찾아왔다. 그건 그
의 일생에서도 특별한 사건이었다. 그는 이 화가에게서
모르는 시를 발견했다. 뿐만 아니라 그 자신도 몰랐던

그의 영혼을 발견했다.

어느 쌀쌀한 가을날 저물녘, 그는 한 그루의 옥수수에서 문득 이 화가를 떠올렸다. 훤칠한 옥수수는 거친 잎으로 무장한 채, 흙더미 위로 신경처럼 가느다란 뿌리를 드러내고 있었다. 그건 물론 상처 받기 쉬운 그의 자화상과도 다르지 않았다. 그러나 이 발견은 그를 우울하게 만들 뿐이었다.

"이미 늦었어. 하지만 만일의 경우에는……."


23. 그녀

어느 광장 앞, 해가 저물어 가고 있었다. 그는 다소 열이 있는 몸으로 이 광장을 걸어갔다. 큰 빌딩 몇 채의 창문마다 켜진 전등 불빛이 투명한 은빛 하늘에 반짝이고 있었다.

그는 길가에 걸음을 멈추고 그녀가 오기를 기다리기로 했다. 오 분쯤 지났을까, 그녀는 왠지 모르게 까칠해진 모습으로 그에게 다가왔다. 하지만 그의 얼굴을 보자 그녀는 "지쳤어."라고 말하며 미소 지었다. 그들은 어깨를 나란히 하고 어스름한 광장을 걸어갔다. 그건 그들에게는 처음 있는 일이었다. 그는 그녀와 함께 있기 위해

서라면 모든 걸 버려도 좋은 심정이었다.

자동차에 탄 뒤, 그녀는 그의 얼굴을 물끄러미 바라보며 "당신은 후회 안 해요?"라고 물었다. 그는 단호하게 "후회하지 않아."라고 대답했다. 그녀는 그의 손을 잡고 "나는 후회하지 않지만."이라고 말했다. 그녀의 얼굴은 이런 때도 달빛 속에 있는 것 같았다.

## 24. 출산

그는 장지문 쪽에 우두커니 서서 하얀 수술복 차림의 산파가 홀로 갓난아기를 씻기는 걸 내려다보고 있었다. 갓난아기는 비누가 눈에 스며들 때마다 사랑스럽게 얼굴을 찌푸렸다. 뿐만 아니라 큰 소리로 계속 울어 댔다. 그는 뭔가 새끼 쥐와 비슷한 갓난아이의 내음을 맡으면서, 절절하게 이렇게 생각하지 않을 수 없었다. '이 녀석무엇을 위해 태어난 걸까? 이 괴로움으로 가득 찬 이 세상에 무엇을 위해 이 녀석도 나 같은 것을 아버지로 두는 운명을 짊어지게 된 것일까?'

더구나 이 아이는 그의 아내가 낳은 첫 아들이었다.

### 25. 스트린드베리

그는 방 문가에 서서 석류꽃이 핀 달빛 속에서 지저분한 중국인 몇 명이 마작을 하는 모습을 바라봤다. 그러고 나서 다시 방으로 돌아와 키 작은 램프 아래에서 ≪바보의 고백≫을 읽기 시작했다. 하지만 채 두 페이지도 읽지 못하고 어느샌가 쓴웃음을 흘리고 있었다. 스트린드베리도 역시 정인이었던 백작부인에게 보내는 편지에 그와 별반 다르지 않은 거짓말을 쓰고 있었다.


### 26. 고대

채색이 벗겨진 불상들과 천인, 말, 연꽃은 거의 그를 압도했다. 그는 그것들을 올려다보며 모든 것을 잊었다. 미친 여자의 손에서 벗어난 자신의 행운마저……


### 27. 스파르타식 훈련

그는 친구와 함께 어느 뒷골목을 걷고 있었다. 그때 덮개로 덮인 인력거 한 대가 바로 맞은편에서 다가왔다. 게다가 그 인력거에 탄 사람은 뜻밖에도 어젯밤의 그녀였다. 그녀의 얼굴은 이런 한낮에도 달빛 속에 있는 것 같았다. 그의 친구 앞이라 당연히 인사조차 나누지 않았다.

"미인이네요."

그의 친구는 이렇게 말했다. 그는 길 막다른 곳에 자리한 봄 산을 바라보며 약간의 망설임도 없이 대답했다.

"네, 상당한 미인이네요."


## 28. 살인

햇빛이 비추는 시골길에는 쇠똥 냄새가 풍겼다. 그는 땀을 닦으며 완만한 언덕길을 올라갔다. 길 양쪽으로 잘 익은 보리가 향긋한 냄새를 풍기고 있었다.

"죽여라, 죽여라……."

그는 어느샌가 입속에서 이런 말을 중얼거리고 있었다. 누구를? 그에게 그건 분명했다. 그는 그야말로 비굴해 보이는, 머리를 짧게 자른 남자를 떠올렸다.

그러자 누런 보리밭 너머로 로마 가톨릭 성당이 어느새 그 둥근 지붕을 드러내고 있었다.


## 29. 형태

그건 쇠로 만든 술병이었다. 그는 이 실눈이 새겨진 술병에서 어느샌가 '형태'의 아름다움을 배웠다.

## 30. 비

그는 큰 침대 위에서 그녀와 이런저런 이야기를 나누고 있었다. 침실 창밖에는 비가 내리고 있었다. 문주란 꽃은 이 비 속에서 언젠가 썩어 갈 것 같았다. 그녀의 얼굴은 변함없이 달빛 속에 있는 것 같았다. 하지만 그녀와 이야기하는 건 그에게 지루하지 않은 것도 아니었다. 그는 엎드려서 조용히 담배에 불을 붙이고 그녀와 함께 산 것도 칠 년째라는 사실을 떠올렸다.

"나는 이 여자를 사랑하고 있는 걸까?"

그는 스스로에게 물었다. 나온 답은 자신을 지켜봐 왔던 그 자신에게도 의외였다.

"나는 아직도 사랑한다."


## 31. 대지진

그건 어딘지 모르게 잘 익은 살구 냄새와 비슷했다. 그는 불탄 자리를 걸으며 희미하게 이 냄새를 느꼈고, 폭염에 썩은 시체 냄새도 의외로 나쁘지 않다고 생각하기도 했다. 그러나 시체들이 겹겹이 쌓인 연못 앞에 서고 보니 '산비(슬프거나 참혹해 콧마루가 시큰하다는 뜻—옮긴이 주)'라는 말이 결코 과장된 표현이 아님을 깨달았다. 특히 그를 움직이게 한 건 열두세 살짜리 어린아이의 시체였다. 그는 이 시체를 바라보며 무언가 부러움비슷한 걸 느꼈다. '신들에게 사랑받는 자는 요절한다.'라는 말도 떠올랐다. 그의 누나와 이복동생의 집은 모조리 불타 버렸다. 그러나 그의 매형은 위증죄를 저질러집행유예의 몸이었다.

"모두 죽어 버렸으면."

그는 불탄 자리에 우두커니 서서, 절실히 이런 생각을 하지 않을 수 없었다.


32. 싸움

그는 이복동생과 드잡이질을 하며 싸웠다. 그의 동생이 그 때문에 압박을 받기 쉬운 건 분명했다. 동시에 그역시 동생 때문에 자유를 잃은 것도 분명했다. 친척들은그의 동생에게 "형을 본받아라."라고 말해 왔다. 그러나그건 그 자신에게는 손발이 묶이는 것이나 마찬가지였다. 그들은 엎치락뒤치락하다 끝내 툇마루 아래로 굴러떨어졌다. 툇마루 밖 뜰에 있던 백일홍 한 그루가—그는 아직도 기억한다— 비를 기다리는 하늘 아래 붉은빛으로 꽃을 활짝 피우고 있었다.

## 33. 영웅

그는 언젠가 볼테르의 집 창문 너머로 높은 산을 올려다봤다. 빙하로 뒤덮인 산 위에는 독수리 그림자조차 보이지 않았다. 하지만 키가 작은 러시아인 한 명이, 집요하게 산길을 오르고 있었다.

볼테르의 집에 밤이 찾아온 뒤, 그는 밝은 램프 아래에서 이런 경향시(특정한 사상이나 주의를 선전하려는 목적이 강한 시—옮긴이 주)를 쓰기도 했다. 그 산길을 올라간 러시아인의 모습을 떠올리며…….

누구보다 십계명을 지킨 그대는
누구보다 십계명을 어긴 그대다.

누구보다 민중을 사랑한 그대는
누구보다 민중을 경멸한 그대다.

누구보다 이상에 불타올랐던 그대는
누구보다 현실을 잘 알았던 그대다.

그대는 우리의 동양이 낳은

화초 내음 나는 전기 기관차다.

## 34. 색채

서른 살의 그는 어느새 어느 공터를 사랑했다. 그곳
에는 이끼가 자란 땅 위에 벽돌이며 기와 조각이 여럿
흩어져 있을 뿐이었다. 하지만 그의 눈에 그것은 세잔의
풍경화와 다를 바 없었다.

그는 문득 칠팔 년 전의 정열을 떠올렸다. 동시에 그는
칠팔 년 전에는 색채를 알지 못했다는 사실을 깨달았다.

## 35. 어릿광대 인형

그는 언제 죽어도 후회 없을 만큼 치열하게 살았다고
생각했다. 그러나 그는 여전히 양부모나 이모의 눈치를
보는 생활을 계속했다. 그건 그의 생활에 명암 양면을
만들어 냈다. 그는 어느 양복점에 어릿광대 인형이 서
있는 것을 보고, 자기는 얼마나 어릿광대에 가까울까 생
각하기도 했다. 그러나 의식 밖의 그 자신은—말하자
면 제2의 그 자신은 이미 오래전부터 그런 심정을 어떤
단편 속에 담고 있었다.

## 36. 권태

그는 어떤 대학생과 함께 갈대밭을 걷고 있었다.

"자네들은 아직 삶에 대한 욕구가 왕성하지?"

"네, 그건 당신도……."

"나는 그렇지 않아. 창작욕은 있지만."

그건 그의 진심이었다. 그는 사실 어느샌가 삶에 관심을 잃어 가고 있었다.

"창작욕도 역시 삶에 대한 욕구인 것 같네요."

그는 아무 대답도 하지 않았다. 어느샌가 갈대밭의 붉은 이삭 위로 분화산이 또렷이 모습을 드러내기 시작했다. 그는 이 분화산에서 뭔가 선망 비슷한 것을 느꼈다. 하지만 그 자신도 어째서인지는 알 수 없었다…….


## 37. 고시비토(越し人)

[고시비토는 고대 호쿠리쿠 지방(후쿠이에서 니이가타 일대를 부르는 말) 사람이라는 뜻이다. 아쿠타가와의 마지막 연인이었던 시인 가타야마 히로코(필명 마쓰무라 미네코)를 가리키는 말이라는 게 정설로 여겨진다.—옮긴이 주]

그는 자신과 실력적으로도 겨룰 수 있는 여자를 만났다. 그러나 그는 <월인(越人)> 같은 서정시를 지어서 간신히 이 위기를 모면했다. 그건 마치 나무줄기에 얼어붙은, 눈부신 눈을 털어 버리는 것 같은 애절한 기분이었다.

바람에 춤추는 삿갓
무엇인들 길에 떨어지지 않으리
내 이름이 어찌 아쉽겠나
아쉬운 건 오직 그대 이름뿐

38. 복수

그것은 싹이 움트는 나무들 사이에 자리한 어느 호텔 발코니였다. 그는 그곳에서 그림을 그리고 있었다. 그 옆에서 놀고 있는 소년은 칠 년 전에 절연한 미친 여자의 외아들이었다.

미친 여자는 담배에 불을 붙이고 그들이 노는 모습을 바라보고 있었다. 그는 갑갑한 심정으로 기차와 비행기 그림을 계속 그렸다. 소년은 다행히도 그의 자식이 아니었다. 하지만 그를 '아저씨'라고 부르는 게 그에게는 무엇보다 괴로웠다.

소년이 어디론가 떠난 뒤, 미친 여자는 담배를 피우며 아첨하듯 그에게 말을 건넸다.

"그 아이 당신을 닮지 않았나요?"

"닮지 않았습니다. 우선……."

"하지만 태교라는 것도 있죠."

그는 조용히 눈을 돌렸다. 하지만 그의 마음속에는 그 녀를 목 졸라 죽이고 싶은 잔인한 욕망이 없지 않았다.


### 39. 거울

그는 어느 카페 한구석에서 친구와 이야기를 나누고 있었다. 그의 친구는 구운 사과를 먹으며 요즘 추위에 대한 이야기 등을 나눴다. 그는 그런 이야기 속에서 갑자기 모순을 느꼈다.

"너 아직 독신이지?"

"아니, 다음 달에 결혼해."

그는 생각지도 않게 입을 다물었다. 카페 벽에 걸린 거울은 무수히 많은 자신의 모습을 비추고 있었다. 서늘하게, 무언가 위협하듯이.


### 40. 문답

너는 왜 현대의 사회 제도를 공격하는 거야?

자본주의가 낳은 악을 보고 있기 때문이지.

악? 나는 네가 선악의 차이를 인정하지 않는다고 생각했어. 그럼 네 생활은?

— 그는 천사와 그런 문답을 주고받았다. 누구에게도 부끄러울 것 없는 실크해트(silk hat)를 쓴 천사와.


41. 병

그는 불면증에 시달리기 시작했다. 뿐만 아니라 체력도 쇠하기 시작했다. 여러 의사들은 그의 병에 대해 저마다 두세 가지 진단을 내렸다.— 위산 과다, 위염, 건성 늑막염, 신경 쇠약, 만성 결막염, 뇌의 피로…….

하지만 그는 자신의 병의 근원을 알고 있었다. 그것은 자신을 부끄러워하는 마음과 그들을 두려워하는 마음이었다. 그들을 — 그가 경멸하는 사회를!

눈구름이 하늘을 덮은 흐린 오후, 그는 어느 카페 한구석에서 불붙인 시가를 입에 물고 맞은편 축음기에서 흘러나오는 음악에 귀를 기울이고 있었다. 그의 마음에 묘하게 스며드는 음악이었다. 그는 그 음악이 끝나기를 기다렸다가 축음기 앞으로 다가가 레코드판에 붙은 곡명을 살펴보기로 했다.

'Magic Flute — Mozart'

그는 단번에 이해했다. 십계명을 어긴 모차르트는 역시나 괴로워한 게 틀림없었다. 하지만 역시나 그는……
고개를 떨어뜨린 채, 조용히 자신의 테이블로 돌아갔다.


## 42. 신들의 웃음소리

서른다섯 살의 그는 봄볕이 내리쬐는 솔숲을 걷고 있었다. 이삼 년 전 자신이 쓴 '신들은 불행히도 우리처럼 자살할 수 없다.'라는 말을 떠올리며…….


## 43. 밤

밤은 다시 한번 다가왔다. 거친 바다는 희미한 빛 속에서 쉼 없이 물보라를 일으키고 있었다. 그는 그런 하늘 아래에서 아내와 두 번째 결혼을 했다. 그것은 그들에게 기쁨이었다. 그러나 동시에 고통이기도 했다. 세 아이는 그들과 함께 먼 바다에서 번득이는 번개를 바라보고 있었다. 그의 아내는 한 아이를 안고 눈물을 참았다.

"저기 배 한 척 보이지?"

"보여요."

"돛대가 반으로 부러진 배가."

## 44. 죽음

그는 혼자 자는 것을 다행으로 여기며 격자창에 끈을 걸어 목매 죽으려 했다. 그러나 끈에 목을 넣고 보니 갑자기 죽음이 두려워졌다. 죽는 순간의 고통 때문에 두려워진 게 아니었다. 그는 두 번째로 회중시계를 들고 한 번 죽음을 재어 보기로 했다. 그러자 잠깐의 고통 뒤에 모든 것이 흐릿해지기 시작했다. 그곳을 일단 지나가기만 하면 죽음에 들어서는 건 틀림없었다. 그는 시곗바늘을 살피며 자신이 고통을 느낀 게 일 분 이십 초밖에 되지 않았다는 사실을 알았다. 격자창 밖은 캄캄했다. 그러나 그 어둠 속에서도 거친 닭 울음소리가 들려왔다.


## 45. 디반(Divan)

≪디반≫(괴테의 시집―옮긴이 주)은 다시 한번 그의 마음에 새로운 힘을 주려 했다. 그건 그가 모르고 있던 '동양적 괴테'였다. 그는 모든 선악의 피안에 유유히 서 있는 괴테를 보고 절망에 가까운 선망을 느꼈다. 시인 괴테는 그의 눈에 시인 그리스도보다 더 위대했다. 이 시인의 마음속에는 아크로폴리스나 골고다 말고도 아라비아의 장미까지 피어 있다. 만약 이 시인의 발자취를

좇을 수 있는 약간의 힘이 있다면……. 그는 ≪디반≫을
다 읽고 무시무시한 감동이 가라앉은 뒤에 절실히 생활
형 환관으로 태어난 자신을 경멸하지 않을 수 없었다.


## 46. 거짓말

매형의 자살은 그를 순식간에 무너뜨렸다. 그는 이제
누나의 가족도 돌봐야 했다. 그의 앞날은 적어도 그에게
는 일몰처럼 어두웠다. 그는 자신의 정신적 파산에 냉
소에 가까운 뭔가를 느끼며(그는 자신의 악덕과 약점을 하나
도 빠짐없이 알고 있었다.) 변함없이 다양한 책들을 읽었다.
하지만 루소의 ≪참회록≫조차 영웅적인 거짓으로 가득
차 있었다. 특히 ≪신생≫(시마자키 도손이 쓴 자전적 소설로
삼촌과 조카의 육체적 사랑을 다루고 있다.—옮긴이 주)에 이
르러서는 ≪신생≫의 주인공만큼 노쇠한 위선자를 만난
적이 없었다. 그러나 프랑수아 비용만은 그의 마음에 스
며들었다. 그는 몇 편의 시에서 '아름다운 수컷'을 발견
했다.

교수형을 기다리는 비용의 모습은 그의 꿈속에도 나
타나곤 했다. 그는 몇 번이고 비용처럼 인생의 나락으로
떨어지려 했다. 하지만 그의 환경과 육체적 에너지가 그

런 걸 용서할 리 없었다. 그는 점점 쇠약해져 갔다. 마치 옛날 스위프트가 본, 나뭇가지 끝에서부터 말라 가는 나무처럼…….

### 47. 불장난

그녀는 빛나는 얼굴을 하고 있었다. 그건 마치 아침 햇살이 살얼음에 비친 것 같았다. 그는 그녀에게 호감을 갖고 있었다. 하지만 연애 감정을 느끼지는 못했다. 뿐만 아니라 그녀의 몸에 손끝 하나 대지 않았다.

"죽고 싶어 하시는군요."

"네. 아니요, 죽고 싶다기보다는 삶에 지쳤어요."

그들은 이런 문답을 나눈 뒤 함께 죽기로 약속했다.

"플라토닉 수어사이드군요."

"더블 플라토닉 수어사이드."

그는 차분한 자신의 모습을 이상하게 생각하지 않을 수 없었다.

### 48. 죽음

그는 그녀와는 죽지 않았다. 다만 아직 그녀의 몸에 손가락 하나 대지 않았다는 것에 왠지 만족감을 느꼈다.

그녀는 아무 일도 없었다는 듯 가끔 그와 이야기를 나누기도 했다. 뿐만 아니라 갖고 있던 청산가리를 그에게 한 병 건네며 "이것만 있으면 서로 든든할 거예요."라고 말하기도 했다.

그건 실제로 그의 마음을 튼튼하게 만들어 주었다. 그는 홀로 등나무 의자에 앉아 모밀잣밤나무의 어린잎을 바라보며 종종 죽음이 그에게 가져올 평화를 생각하지 않을 수 없었다.


49. 박제된 백조

그는 마지막 힘을 다해 자서전을 써 보려고 했다. 하지만 그건 의외로 쉽지 않았다. 그의 자존심과 회의주의와 이해타산이 여전히 남아 있기 때문이었다. 그는 그런 자신을 경멸하지 않을 수 없었다. 그러나 또 한편으로는 '누구든 한 꺼풀 벗기면 다 똑같아.'라고도 생각하지 않을 수 없었다. ≪시와 진실≫이라는 책 이름은 그에게 모든 자서전의 이름처럼 생각되곤 했다. 뿐만 아니라 문예상의 작품에 반드시 누구나 감동하지는 않는다는 사실을 그는 확실히 알고 있었다. 그의 작품이 호소하는 것은 그와 비슷한 생애를 보낸 그와 비슷한 사람들 말고는 있을 리 없다. 그런 생각도 갖고 있었다. 그는 그것을 위해 간략하게나마 자신의 '시와 진실'을 써 보기로 했다.

그는 <어느 바보의 일생>을 완성한 뒤에 우연히 어느 골동품점에 박제된 백조가 있는 것을 발견했다. 백조는 고개를 들고 서 있었지만, 누렇게 변색된 깃털마저 벌레가 먹었다. 그는 제 일생을 떠올리며 눈물과 냉소가 솟아오르는 걸 느꼈다. 그의 앞에 있는 건 오로지 광기 아니면 자살뿐이었다. 그는 저문 거리를 홀로 걸어가며 서서히 자신을 멸망시킬 운명을 기다리기로 결심했다.

### 50. 포로

그의 친구 중 한 명이 발광했다. 그는 이 친구에게서 늘 어떤 친밀감을 느끼고 있었다. 그건 그가 이 친구의 고독을―경쾌한 가면 아래 자리한 고독을 남들보다 더 절절히 알고 있었기 때문이었다. 그는 이 친구가 발광한 뒤에 두세 번이나 찾아갔다.

"너와 나는 악귀에 씌었어. 세기말의 악귀라는 놈에게 말이야."

이 친구는 목소리를 낮추며 이런 말을 그에게 하기도 했는데, 그로부터 이삼 일 후 어느 온천 여관 가는 길에 장미꽃을 먹었다고 했다. 그는 이 친구가 입원하고 나서 언젠가 친구에게 선물한 테라코타 반신상을 떠올렸다. 그것은 친구가 사랑했던 <검찰관>(니콜라이 고골의 희곡 작품—옮긴이 주)을 쓴 작가의 반신상이었다. 그는 고골도 미쳐서 죽었음을 생각하며, 그들을 지배하는 어떤 힘을 느끼지 않을 수 없었다.

완전히 지쳐 버린 그는 문득 라디게가 한 임종의 말을 읽으며 다시 한번 신들의 웃음소리를 느꼈다. 그건 "신의 병졸들이 나를 잡으러 온다."(프랑스의 작가 레몽 라디게가 연인인 작가 장 콕토에게 남긴 유언. 정확히는 "나는 사흘 후면 신의 병사에게 총살을 당할 것이다."였다.—옮긴이 주)라는 말이었다. 그는 자신의 미신이나 감상주의와 싸우려 했다. 하지만 그 어떤 투쟁도 그에게는 육체적으로 불가능했다. '세기말의 악귀'는 실제로 그를 괴롭히고 있는 게 틀림없었다. 그는 신을 의지했던 중세인들이 부러웠다. 그러나 신을 믿는 것은—신의 사랑을 믿는 일은 그에게 도저히 불가능했다. 콕토조차 믿었던 신을!

51. 패배

그는 펜을 잡는 손도 떨리기 시작했다. 뿐만 아니라

침까지 흘러내렸다. 그의 머리는 0.8그램의 베로날을
복용하고 깨어난 후 말고는 한 번도 맑았던 적이 없다.
더구나 맑았던 건 고작 반시간이나 한 시간이었다. 그는
그저 어스름 속에서 그날그날을 살아내고 있었다. 이를
테면 날이 나간 얇은 칼을 지팡이 삼아서.

# 옮긴이의 말

訳者あとがき

이 단편집에 수록된 열두 편의 작품은, 아쿠타가와 류노스케의 작품 중에서도 '청춘'을 테마로 한 단편들을 모은 것이다. '청춘'을 테마로 하고 있긴 하지만, 삼십오 년이라는 짧은 생애 속에서도 뛰어난 재능을 선보인 작가 아쿠타가와 류노스케의 '청춘'을 느낄 수 있는 작품들이라는 게 보다 적절할 것 같다.

1892년에 태어나 1927년 7월 음독자살로 스스로 생을 마감한 아쿠타가와 류노스케는, 십여 년의 작가 생활 동안 수많은 명작을 발표했으며 명실공히 일본 근대 문학을 대표하는 작가로 꼽힌다. 전통 설화나 고전을 재해석한 <라쇼몽>·<코>, 기독교를 소재로 한 <난징의 그리스도> 같은 작품이 눈에 띄는 초기를 거쳐, <지옥변>처럼 예술지상주의를 다룬 작품들을 발표한 중기, <점귀부>, <톱니바퀴>, <어느 바보의 일생>처럼 작가 자신의 모습이 짙게 반영된 사소설적 작품들을 발표한 말기에 이르기까지, 아쿠타가와는 그야말로 다채로운 작품 세계를 선보인 뛰어난 재능의 작가였다. 하지만 개인사적으로 어릴 적 친어머니가 정신 이상을 일으킨 탓에 외가에 맡겨져 자라다 외삼촌의 양자가 된 일, 결혼을 생각한 첫사랑과 집안의 반대로 헤어지게 된 일, 존경하던 작가 나쓰메 소세키의 죽음, 시인 히데 시게코와의 불륜 등 결코 평탄한 인생은 아니었다.

유서로 남긴 <어느 옛 벗에게 보내는 편지>에서 그는 자신의 자살의 동기에 관해 다음과 같이 적었다.

「자네는 신문의 삼 면 기사에서 생활고나, 병고나, 또는 정신적 고통이나, 다양한 자살의 동기를 발견하겠지. 하지만 내 경험에 따르면, 그것들만이 동기의 전부라 할 수는 없네. 대부분은 동기에 이르는 과정을 제시하고 있을 뿐이지. 자살자는 대체로 레니에(프랑스의 시인 앙리 드

레니에—옮긴이 주)가 그린 것처럼 무엇 때문에 자살하는
지 모를 거야. 그건 우리의 행위만큼이나 복잡한 동기를
내포하고 있어. 하지만 적어도 내 경우에는 그저 막연한
불안이야. 무언가 나의 장래에 대한 그저 막연한 불안
때문이지.」

　이처럼 그를 죽음으로 몰아간 인간적 고뇌와 생에 대
한 불안이란 대체 무엇이었을까. 이 단편집에 실린 열두
편을 통해 그 불안의 윤곽과, 고뇌 속에서 피어난 문학
적 재능을 엿볼 수 있을 것이다.

　각 작품을 간략하게 소개하면, 1917년에 발표된 작품
<짝사랑>은 친구가 예전에 짝사랑하던 여자, 오토쿠를
한 술자리에서 만나게 된 '나'가 그녀가 짝사랑하는 남
자의 이야기를 듣고, 그 황당한 짝사랑에 대해 다른 친
구에게 이야기한다는 내용이다. 이름도 모르는 영화배
우를 짝사랑하는 여성의 모습은 백여 년이 지난 오늘날
에도 공감을 불러일으키는 부분이 있다. 결말이 다소 의
미심장한데, 영화배우를 짝사랑했다는 오토쿠의 이야
기가 거짓이고, 사실은 자기 무리 중 누군가를 짝사랑했
을지도 모른다고 말하는 '나'의 추측으로 이야기가 마무

리되지만, 게이힌 전철 안에서 '나'의 이야기를 듣는 또 다른 화자의 시점 역시 포함되어 있다는 점을 고려하면, 이 역시 진실인지 아닌지 애매해진다.

1918년에 발표된 <게사와 모리토>는 가마쿠라 막부의 초대 쇼군인 미나모토노 요리토모에게 중용되었다는 승려 몬가쿠의 출가에 얽힌 설화를 재해석한 작품이다. 이 설화는 근세에도 가부키, 조루리 등의 소재로 사용되어 왔는데, 1888년에 희곡 <몬가쿠쇼닌칸진초>가 상연되면서 새롭게 몬가쿠 붐이 일었다고 한다. 설화나 각종 창작물에서 게사는 남편을 대신해 죽는, 결국 '정절'을 지킨 여인으로 묘사되는데, 두 남녀의 독백이 교차되는 형식을 통해 성적 욕망과 애증을 그린 아쿠타가와의 <게사와 모리토>는 이러한 게사 상에 이의를 제기하는 작품으로 읽을 수도 있을 것이다.

<귤>은 1919년에 발표된 작품으로, 어느 겨울날, 요코스카선 이등석 객차 안에서 우울에 빠진 '나'가 본 따스한 광경을 그리고 있다. 다수의 국어 교과서에 실릴 정도로 유명한 작품이며, 짧지만 현재에 이르기까지 주목받고, 연구되고 있다.

<귤>과 같은 해 발표된 <늪지>는 한 전람회에 전시

된 그림에 얽힌 이야기다. 아쿠타가와가 두려워하면서도 천착했던 광기와 예술이라는 두 주제가 어우러진 짧지만 강렬한 작품이다.

1922년 발표된 <신들의 미소>는 실존 인물인 이탈리아인 선교사 오르간티노 신부를 주인공으로, 일본의 외래 문물 수용의 역사와, 그것을 '다시 만드는', 즉 변화시켜 받아들이는 일본 고유의 힘에 대해 논한 작품이다. 압도적인 서양 문명의 공세 속에서도 일본 고유의 정신은 결코 사라지지 않으며 모습을 바꾸어 살아남을 것이라는, 이제는 정형적으로 느껴지는 일본문화론에 관한 이야기처럼 읽히지만 마지막 부분에서 남만 병풍 속의 오르간티노 신부를 보고 있는 서술자를 등장시킴으로써, 새로운 해석의 여지를 남겨두고 있다.

<피아노>는 1925년 발표된 작품으로, 1923년 관동 대지진 직후의 황량한 풍경 속에 자리한 피아노에 얽힌 이야기로 으스스함과 신비로움이 공존하는 분위기가 인상적이다. 인간 문명을 파괴하는 재해 속에서도 살아남아 울리는 피아노는 예술의 생명력에 대한 비유로도 읽힐 수 있을 것이다.

1926년에 발표된 <점귀부>는 자서전적 성격이 강한

작품으로, 1부에서는 광인이었던 친어머니에 대한 기억과 사별, 2부에서는 어려서 죽은 누나에 대한 기억, 3부에서는 친아버지와의 관계를 다루고 있다. 실제 경험을 그대로 고백한 것처럼 보이고, 그렇게 읽혀 왔지만 연구에 따르면 친아버지와의 일화 등은 완전한 실화가 아닐 가능성도 있다고 한다. 이야기의 마지막은 나이토 조소의 시로 마무리되는데, 아쿠타가와는 그를 높이 평가해 <가레노쇼> 등 여러 작품에 등장시키기도 했다. 나이토 조소는 하이쿠의 성인이라 불리는 마쓰오 바쇼의 제자 중 특히 뛰어나다 일컬어지는 열 제자 중 하나로, 바쇼가 세상을 떠난 뒤 스승의 무덤을 지킨 일화가 전해져 내려오고 있다. '아지랑이여 무덤 밖에 살고 있을 뿐'이라는 구절은, 봄날 스승 바쇼의 무덤을 찾은 조소가 피어올랐다 덧없이 사라지는 아지랑이를 보고, 병든 자신 역시 언제 이 세상을 떠날지 모르는 존재임을 깨닫고 읊었다고 전해진다. 무덤 속에 있는 바쇼와 자신은 지금 각각 저승과 이승에 있지만, 자신 역시 무덤에서 한 발짝 바깥의 세상에 살고 있을 뿐, 곧 무덤에 들어갈 존재라는 깨달음이 담긴 시로, <점귀부>에서는 죽은 가족들 무덤 앞에 선 '나'의 심경이 투영된 시라고 할 수 있다.

<꿈>은 정신이 불안정한 화가와 모델의 이야기로, 1925년 발표됐다. 아쿠타가와의 후기 작품에서 볼 수 있는 불안과 강박관념이 짙게 드러나 있다. 서서히 차오르는 불안과 무너져 내리는 일상, 결국 꿈과 현실의 경계선이 애매해지기까지의 과정을 섬세하게 그려낸 수작이다.

중편인 <갓파>는 1927년 작품으로, 어느 정신병원에 입원한 환자가 갓파 나라를 경험한 이야기를 들려주는 형식이다. 인간 세계와 비슷하면서도 다른 갓파 나라의 문화와 사상 등에 대한 서술은 이야기 자체만 놓고 봐도 흥미진진하다. 한편 곳곳에서 당시 사회에 대한 풍자와 날카로운 비판 정신도 엿볼 수 있다. 갓파 나라에서 인간 세계로 돌아온 '나'가 결국 정신병원에 갇히는 결말에서는 다른 세계를 경험한, 즉 경계를 넘은 자는 이단자로서 사회에서 배제된다는 염세적인 메시지를 읽어 낼 수도 있지만, 갓파들이 우정을 잊지 않고 '나'를 찾아오고, '나' 역시 친구 갓파를 만나러 다시 갓파 나라로 가고 싶다는 희망을 이야기하는 장면에서는 새로운 연대의 가능성을 엿볼 수도 있지 않을까. 작중에 등장하는 S박사는 아쿠타가와의 친구, 시인이자 의사인 사이토 모키치

를 모델로 했다는 설이 있다.

&lt;신기루&gt;는 세상을 떠나기 직전인 1927년 3월에 발표된 작품으로, 당시 붐을 일으켰던 구게누마 해변의 신기루 현상을 소재로 했다. 작중에 등장하는 아즈마야 여관이나, '새로운 시대'로 표현되는 양장을 한 커플 등의 묘사에서 당시 문화를 엿볼 수 있다. 아쿠타가와가 문학 평론 &lt;문예적인, 너무나 문예적인&gt;에서 언급한 '이야기 다운 이야기가 없는 소설'로 읽힐 수도 있지만, 다른 각도에서 읽힐 가능성도 분명 있을 것이다.

&lt;톱니바퀴&gt;는 1장 '레인코트'만 1927년 6월에 발표됐고, 같은 해 7월 아쿠타가와가 자살한 뒤 10월에 유고로서 전문이 발표됐다. 정신적인 문제에 시달리는 '나'가 며칠 동안 겪은 일들을 그린 작품이다. 작가 본인의 실제 체험을 바탕으로 한 사소설적 작품으로, 당시 아쿠타가와의 불안정한 심리 상태를 짐작게 한다. '나'의 불안과 우울은 현대를 살아가는 독자의 불안과 우울과도 통하는 부분이 있을 것이다.

&lt;어느 바보의 일생&gt;은 자살 직전에 친구 구메 마사오에게 남긴 작품으로 &lt;톱니바퀴&gt;와 마찬가지로 1927년 10월에 발표됐다. '그'의 일생을 쉰한 장의 산문시 풍으

로 그려 내고 있는데 그를 괴롭혔던 발광에 대한 공포, 자살 원망, 가족에 대한 고뇌 등이 점철된 장면 장면이 주마등처럼 흘러가는 구성이 인상적이다. <톱니바퀴>에 이어 반복해서 등장하는 미친 여자란 불륜 관계에 있던 가인 히데 시게코를 가리키지만, 거기에는 정신 이상이었던 친어머니의 모습도 투영돼 있을지 모른다.

　모쪼록 이 단편집을 통해 독자들이 아쿠타가와의 '청춘'을 만나고, 그의 불안에 공감하며, 나아가 위로받을 수 있기를 바라 본다.

## 아쿠타가와 류노스케 × 청춘

**초판 1쇄 발행** 2024년 5월 30일

**지은이** 아쿠타가와 류노스케
**옮긴이** 최고은

**펴낸이** 안병현 김상훈
**본부장** 이승은 **총괄** 박동옥 **편집장** 임세미
**책임편집** 한지은 **디자인** 서윤하
**마케팅** 신대섭 배태욱 김수연 김하은 **제작** 조화연

**펴낸곳** 주식회사 교보문고
**등록** 제406-2008-000090호(2008년 12월 5일)
**주소** 경기도 파주시 문발로 249
**전화 대표전화** 1544-1900 **주문** 02)3156-3665 **팩스** 0502)987-5725

ISBN 979-11-7061-137-0 (04830)
ISBN 979-11-7061-140-0 (set)
책값은 표지에 있습니다.